U0938201

[名家写新疆丛书]

[名家写新疆丛书]

散文集

坎土曼的春天

郁笛 著

新疆人民出版社
新疆人民出版总社

图书在版编目(CIP)数据

坎土曼的春天 / 郁笛著.—乌鲁木齐:新疆人民出版社,2016.9
(名家写新疆)
ISBN 978-7-228-19556-5

Ⅰ.①坎… Ⅱ.①郁… Ⅲ.①散文集-中国-当代
Ⅳ.①I267

中国版本图书馆CIP数据核字(2016)第222525号

策划统筹 李颖超
责任编辑 李颖超
封面设计 雅集书坊 / 谷子+王瑄

出　版	新疆人民出版总社 新疆人民出版社
地　址	乌鲁木齐市解放南路348号
邮　编	830001
发　行	新疆人民出版社
电　话	0991-3652362(发行部) 0991-2813860(编辑部)
制　作	乌鲁木齐捷迅彩艺有限责任公司
印　刷	乌鲁木齐科恒彩印有限公司
开　本	880 mm × 1230 mm 1/32
印　张	12.75
字　数	280千字
版　次	2017年1月第1版
印　次	2017年1月第1次印刷
印　数	1~3 000册
定　价	32.00元

坎土曼的春天

每一天，這個院子里都會迎來一場場語言的風暴。這个院子里堆滿了連隊里所有的生產資料。在這个季節里，人們開着三輪车、小四輪拖拉機，有時還會有毛驢車，來到院子里領取犁地、播种需要的化肥和种子、同時三五成群地聚集在一起，大聲地談

作者手迹

唯有大地是故乡(序)

老 点

这本随笔集,是一位诗人脚粘泥土写下的慢散歌行。

诗人郁笛,一位从乡村出发的诗人,他带着血脉里的泥土之香,在经过长长的漂泊之后,一个偶然,也是一个必然,他来到南疆的一个村落,一个邮票大的地方,正如游子回到了故乡。

在这个荒僻、落后的小地方,于一个从繁华大都市来的普通人而言,这种生活将是一种煎熬与苦难。然而,这是一位诗人,一位真正的诗人,一位满腹乡愁回家了的诗人。他回到这里,就像回到了灵魂的故地,他暗怀着快意与欢喜,敞开心灵触摸着土地的温凉,这土地,怎教他不抒写,怎教他不用文字歌唱!

他在一个春天到达,他对这片土地的细微感知从春天开始,他的文字之花也从春天初绽。他被那无限的尘土包围着,亦被感染着。他写道:“在连队的土地和房舍间散步,遇见的每一个人,无论是老人还是青年人,也无论是否曾经见过面打过招呼的维吾尔族老乡，每一张脸上都是善意的微笑和热情。”“在这些陌生的土地和人群间穿过，我突然没有了孤单的感觉，也没有了多年来在新疆挥之不去的游子心态。难道我真到了知天命的年纪了吗？这些豁然开朗的顿悟，在如此深切的南疆皮恰克松地这样的小地方，于我而言，真的是一次命运的抵达。”“我只是遇见了自己遥远的故土。我拥有了生命里的另一个村庄，一个两千四百人的维吾尔村庄。”他感激命运的恩赐，这里也是他人生获得天启的地方，使他那谦卑的文字直接从心中涌出。

其实写文就是写人，品文就是品人，真诚是文字的灵魂，写作无须太多的技巧，好文章是真心的流泻，一种心灵的对流。

一个人心中有什么，眼里就会看到什么，心中有善，看到的都是善，心中有花，看到的都是美。一个写作者，要是心中无爱，纵然是能写出再怎么高妙的文字，他的写作还有何意义。可以想见，在皮恰克松地的田地间、旷野中、杏园里、陋巷内、土屋下，以及那尘土飞扬的大路上，面带忧郁和感伤的诗人怀着一颗怎样敏感、慈悲、柔软的心，来与这片土地上的万事万物对语。

他沉迷于这远乡的普通事物，感喟着这些土地的质朴与憨实，连那些看不起眼的小东西往往也能触发他的情思妙悟。他关注于一群麻雀、一只羊、两条狗、散步的鸡、一只蹲在家门口的猫，不忍心去打扰它们，更不要说去伤害它们了。

他是这样来感知《那只蹲在家门口的猫》：“一只猫在家门口的守望，也使我赶紧停下了脚步。……在与猫的对视中，我很快败下阵来。我只是眼神慌乱地看了一眼猫的眼睛，而猫却在目不转睛地看着我，我慌乱地移走自己的眼睛，只是装作无意间地瞄了一眼……我在想,我需要在门前的虚土里站上多久,才能既不引起一只猫的厌倦和反感,又能与猫保持在足够友好的距离中相互观望呢?我首先想到了是自己的撤退,是友善的、礼貌的、也必将是有尊严的撤退。更为重要的,我希望在我撤退的过程中,猫的眼睛能够一直注视着我,我需要告诉这只目不转睛地猫,我从来没有冒犯它的意思……”瞧瞧这文字,就知,诗人该有一颗多么良善的心呀!

他疼爱着这些常人眼里的哑巴畜生,又以惊诧之心来记录村子里的一切。那倾斜的阳光、那奔跑的云朵、那黄昏的麦田、那一些夜晚的风、那一场南疆夜雨、那一把坎土曼、那吊在枝头的青杏、那新鲜的馕,都会吸引他的遐思和赞美。在诗人的眼里这些都是“生活的美味”。

在那《奔跑的云朵》里他好像看到了人生命运的底牌,他如此写道:“当然还有天空的流云。这些黄昏的宏大气象里,村庄、大地,平原上的绿洲和荒漠,都成为一片硕大的云朵里被笼罩和覆盖的一部分。事实上,也只有在黄昏里,我们才能够遭遇如此绚丽的自然景观。无论你是一个过客,还是一个驻足者,你可以带走这里的风俗,语言和尘土里的弥漫,但你带不走这里的一片云彩。”

“一片云彩的阴影,压低了整个大地的背景,在黄昏里,如此绚烂。这时我刚刚散步归来,眼睛里满是云天的光影。我满怀里都是这些土地和村庄的面孔,那些庭院里的梨树飞花,黄雀低掠,有过一个时辰的秘密冥想。”

“我不知道在这条乡村土路上,是自己在旋转,还是一朵云彩在天际里奔跑。时光暗淡的如此迅捷。我何曾只是你晚霞里的一个匆匆过客,那么远呀,又如此短暂。"云朵成了他对生命的顿悟和解读。

然而,在这本小书里,诗人用笔最多的还是这方土地上的人。老连长的遗孀,六十岁的吐尼沙汗、五十七岁的布罕亚森和她的两个残疾孩子、在永安坝水库上偶遇,从故乡山东来的打工者、穷人肉扎洪、水闸上的俩女孩、老党员毛拉、协警买乌拉、打馕的师傅热合曼等。他如亲人一般,动情地讲述他们的生活,哀叹于他们的贫穷。

他沉思着城市与乡村生活之别,留恋于乡村的恬静和安然,"更倾心于南疆这些粗粝、缓慢和阔大的乡村背景。也愿意在这寂静无边的大地上,漫游,或者飞翔。"

何处是归程?他寻找着故乡:"我在想,像乌鲁木齐这样的现代化都市,繁华浮动,奢靡光影,为什么很难成为一个人真正的故乡呢?这大概是因为她缺少一片荒疏如皮恰克松地般的南疆沃壤。只有大片的土地才能构筑起故乡的巢穴,那些深陷在土地深处的艰难和恍惚,才足以满足一个人对于故乡和大地的记忆。而都市里的浮光掠影,她除了对一个人的异化和构陷,把淳朴的乡巴佬,变得日益市侩和追名逐利之外,城市里养育不了真正的文明。"这是一个智者对人类城市化进程的解析,也是一位诗人对乡村故土的悲鸣。

呵!幸运的是,诗人还是回到了这故乡般的大地上,这片土地上的人性之美,给他带来了温暖和安宁。"我想起了这些天里,那些维吾尔族人黝黑的脸庞,粗糙的手掌,热烈而不无幽默的邀约,让你难以推辞。在巴郎子清澈的眸子里,甚至一个上了年纪的老人眼睛里,你都能从他艰难的生存里,发现生命的阳光,如此迷人。女人们的头巾也许是陈旧的,它们鲜艳的轮廓早已褪去,但这并不影响一个女人最为质朴的美丽心性。她们的脚步在没及脚踝的尘土里行走,眉目间的谦逊和友善却是如此纯净。"

德国诗人荷尔德林说:"诗人的天职是还乡。"是的,一位真正的诗人也要引领着迷茫的人群向着童年,向着自然还乡。在这人生的中年,读着诗人郁笛这浸润着心香的文字,我犹如抬头望见了满天的星光,似乎找到了回家的方向。

2016年2月

目 录

卷二　石头上的毡房

卷三　喀什噶尔阳光

卷四　山顶上的云朵

卷五　午后的陶

卷六 微小的蜻蜓

卷七 坎土曼的春天

卷八 大地的片段

卷九 新鲜的馕

卷十　鸟声一片

卷一　沙漠坦途≫

库姆塔格的沙

多少年来，库姆塔格沙漠的远方，不曾越过了我梦想的边界，只是一些遥望，散落在时光里了。聚散无常，恍惚里，我沿着这座城市的方向奔走，然后丢盔卸甲。没有人会在一个突然醒来的梦里告诉你，那一片并不遥远的沙漠里，埋藏着你的宿命。

而关于库姆塔格的记忆，也应该是从那个春天里开始的。几乎是在毫无准备的旅途中，库姆塔格以一张沙漠的面孔，出现在我的面前。我想，自己在新疆生活了这么多年，为什么从来就没有闻听过这样一座别样的沙漠呢？是我的孤陋寡闻，还是深藏不露的库姆塔格，在冥冥中，预谋好了这一次相遇。

有风，猎猎掠动着踏行者的衣衫。墨镜，风衣，更有纱巾围裹着的娇嫩脸庞，大呼小叫的留影者，库姆塔格浩瀚无垠的洁净细沙，成了这些高贵的行旅者镜头里的远方。五月，应该还是在春天里，而沙漠里的阳光，却足以晒出你灵魂里细密的汗珠。

我是这一群大呼小叫的一员。在随后的沙漠旅途上，风和沙，穿过了我的脖颈，进入到我的身体里去，那一种酥酥痒痒的感觉，美妙而难以言说。我是信赖这些沙的。这些随风起舞的沙，穿过了多少时间的黑暗，在库姆塔格春天的阳光里，再一次穿越了我身体里的黑暗。

我没有多余的行囊，索性就躺倒在一面向阳的沙坡上，舒舒服服地睡上一觉。或者，会有一场宽敞而洁净的梦，那些沙上的起伏，阳光下的迷离，不可穷尽的沙漠的远方，都是我在那一场短暂的假寐里，无限伸展的梦境。可是，这一场梦，注定只是一场梦。因为，在一场声势浩大的采风活动中，一切都只是具有表演的性质，舞台上结束了，观众就应该散场了。接下来，你还得跟随着这一场盛大的演出，赶场子呢。

为了拖延时间，我假装着从一座沙丘上滑落到谷底，然后再慢慢地爬上来，耳朵里充塞着那个导游般的姑娘，焦急而不无埋怨的催促声。好在我还有充沛的体力和耐心，沿着一行人散乱的队伍，向着沙漠的深处跋涉。遇见了几座“巨大”的沙雕，有一座就要坍塌的“城堡”，还有一片“庄园”里东倒西歪的茅屋，最让我不能接受的，是沙雕师们，堆积了一群《西游记》中的人物，唐僧、悟空、八戒和沙僧，师徒们在这片荒寂的沙漠深处，行走的何其辛苦。破碎的衣衫，残缺的脸庞上满是沙漠中沦落的“风尘”。我不知道这些沙雕在这里存在了多久，可以肯定的是，这一处“悬置”在沙漠深处的“景点”，几乎没有引起“行人”们的注意。我在它们身边走过的时候，心里不禁为这些落寞的沙雕，掠过一丝悲凉的感慨。唯愿，这些无辜的沙，重新挣脱了禁锢，从这些缺失了灵魂的“沙雕”中解放出来，回到阔大的沙漠中去，开始它们自由而没有目的的流浪。

我也会问，一粒沙有灵魂吗？一粒沙，需要一个有目的和方向的漂流吗？问题是我无从找到真正的答案。我想，我自己何曾不是一场又一场旷日持久的漂流中，迷失了方向，一次次陷入灵魂的孤单和恐惧之中呢？

而阳光下的恐惧是无须挣脱的。四野空茫，长沙无垠，库姆塔格纷乱和细腻的沙粒，早已经将我今生的困厄、迷途，恩怨和纠结，彻底地埋藏了。

或者，在那一个就要远去的春天里，我站在午后铺天盖地的阳光下面，遇见的一场风，已经不知道将这一切，吹到哪里去了。

罗布麻的荒野

顾名思义，或者望文生义吧，我觉得罗布麻的故乡就应该是人迹罕至的罗布泊了。可是罗布泊，那是一片怎样神秘、遥远和恐怖的疆域！也或许，过于神秘的历史和传说，已经使得这一片土地遥不可及。南疆，南疆，继续伸展你的想象吧，那一片荒原上焦土遍野，盐碱覆地，巨大的沟壑和沙丘之间，寸草不生的死亡之地，多么遥远的水，流尽了万物的最后一滴眼泪。

幸好，我遇见罗布麻的这个春天，停留在塔里木腹地的一片原野上。一片又一片的沙壤上，宛若这个春天的波浪，被颠簸远了的一小片绿洲，或者村舍人家，便成了我们遗弃在荒野里的亲人，看见他们招手、微笑着招呼你坐下，聊天、喝茶，顺便当着你的面，从大塑料桶灌满一瓶子又一瓶子的罗布麻蜂蜜。价钱当然是不好讲的。其实，不用讲你也知道，这荒野里的蜜，罗布麻的花香和翅膀上的蜜，是你一个春天的旅行，远不能抵达的。

沿着一条凸凹不平的砂石路，我连续遇见了三户人家，他们分别是来自甘肃、四川和云南的放蜂人。我在云南的这一家放蜂人家里待得最久，不仅是他们一家人异样的口音，还因为这家人有条不紊的荒野生活。我感到好奇，一个七十多岁的老人，蹲在地上用手划拉着什么。走上前去，见沙地的塑料布上，是一层黄红相间的细小颗粒，问过了老人，才知道这就是传说中的花粉呢。也是晾晒着来卖的，野生的花粉，难得一见，老人更说这东西滋阴养肺，女人用了美容，延缓衰老。花粉还是湿的，要三十块钱一公斤，有人称了一两公斤，有人要了更多，装在塑料袋子里提着，满心欢喜地来到下一家，一问，同样的花粉，一公斤才要十五元。但已经无法后悔了，因为车子一气跑出去了好远，你已经无法再回到另一片荒野上去了。

但我喜欢这一家的小孩，一个扎着两条小辫子的女孩，有五六岁了吧，她在专心地玩耍着一条躲进木箱子里的小狗。小狗太小了，灰黑色的茸毛，有一两个月大吗？它那样胆小，无助的神情里疲惫不堪。小女孩就是不乐意它躲进一只木箱子里不出来，三番五次地用手掏出来，放在脚底下的沙土上，可怜的小狗，还是一不留神就又钻回到那一只又脏又破的木箱子里去。小女孩生气了，找来一些木板子，草垫子，把那只四面透气的木箱子盖住，用脚狠狠地踢着，嘴里面不知道念叨着什么样的小小的咒语。一会儿，她又担心着蜷缩在木箱子里的小狗，会不会被自己给踢死或者给吓死了，小心翼翼地移开木板和草垫子，看见一双小狗的黑黑的小眼睛里，满是恐惧和绝望，便又忍不住笑出了声来。如此往复，我不知道该是可怜这一只小狗，还是这个锲而不舍的小女孩？

还有一个两三岁的小男孩，在一条沙丘里追逐着一只脏兮兮的皮球。他用力地将皮球扔上沙丘，看着皮球从沙丘上滚落下来，然后屁颠颠地跑过去，拣上了小皮球，喜不自禁地再次扔到沙丘上去。他正在努力地让自己的皮球越扔越远，或者越高，他一定期待着这一只皮球，能够被自己扔到看不见的地方，可是有时候却恰恰相反，好在他还没有学会放弃，被一只小小的皮球牵引着，顽强而又执着。他看见了路边上突然来了一群看热闹的人，小小的表演欲仿佛又一次被激发，有好事者帮着去拣球，从沙丘上扔回去，他便兴奋地跑了去，小脸上红扑扑地，似乎还发出了咯咯的笑声。

埋头于灶间的一对中年夫妻，不知道是在准备早饭还是午饭，从他们的表情上看，对于这些来来往往的路过的行人，似乎早已经习以为常。而他们的蜜蜂就在这片漫无边际的荒野上飞，一排排蜂箱，沿着沙丘的方向摆开着，这些荒野路边的树底下，一顶支起的帐篷里，就是放蜂人四海漂泊的家吗？

罗布麻的花香在四野里飘散，我已经分不清楚这些花香还是沙土的味道。这些坚硬的、细碎的粉红色花瓣上，我看不清蜜蜂的翅膀还是这个春天迷茫，大片的原野上，只是沙，那些不知疲倦的蜜蜂的翅膀上，沾染着的蜜，是何其的艰难与苦涩。

放蜂人一定不会在一个地方待得太久，他们追着这片荒野上罗布麻的花香，不知道下一个夜晚，安放在哪一片沙丘之上。我心疼的是那两个孩子，那一只无处躲藏的小狗，这样的荒野里的童年，罗布麻的春天，还将要持续多久？

春天，是有尽头的。干燥，和沙土里蒸腾着的热浪，鼓荡着这个季节，向着无边的荒野，漫延着。

沙 雨

夜宿塔里木宾馆,其实就是农场里常见的那种两层小楼。农场里来的大人物不多,有时来了,也不一定在这里住,偶尔午间休息一下的情况应该是有的,所以这塔里木宾馆的档次,在沙漠深处算不上高档,也不算太落伍吧,大多数情况下,都是安排下面的连队来场部开会或者办事的人,回不去了,在这里住上一宿。岁末年初的时候,农场里搞个学习班,集中培训什么的,也会把学员们安排在这里食宿,所以这塔里木宾馆,在农场人的心目中,还是蛮温馨的。

我住在一楼,晚上进来的时候,夜已深了,加上长途劳顿,那梦中的云游,也是香甜的。睁开眼睛的时候,窗外已是大明。我恍惚着,还不愿意从这场陌生的睡眠中彻底醒来。犹豫中,感觉唇齿间有异物充塞,摸了一把脸,一层细细的沙粒。睫毛间,鼻孔里,满是细致的沙。我慌忙起身,看见一扇窗户是开着的,隔着一层陈旧的纱窗,有一道沙子的斜坡横亘在窗台上。我无法想象这些细小的沙子，耗费了整整一个夜晚，从怎样的黑暗中，越过了我的梦境，铺满了这个陌生的房间。它们借助了一场风，还是一场雨的力量，抑或是一场时光的漂移？

是下过了一场雨的。我分明感觉到了这个清晨雨水的气息——清新、爽朗，还有一种豁然开朗的明亮。而那些和沙子一同到来的雨水呢？它们结伴而来，乘兴而归，却把这些干净的沙，留在了我房间里，我的脸上，胳膊上，嘴巴里，眼睛里了。无处不在的沙，耗尽了一场多么微小的雨水，她们一定是赶在黎明到来之前，悄无声息地离开了。而整个沙漠的干渴呢，也一同经历了整个夜晚的逃离吗？

其实，我不用推开窗子，抬眼就可以望见隔不了几步远的沙田里，有几棵垂头耷脑的柳树，在太阳底下蔫不拉叽地站在那里，似乎已经很久了，这些沙漠中的树，弯腰垂背，呈现在阔大的沙漠背景里，孤单而悲怆。

远处，是一溜平房子的家属区，错落着的，挤挤挨挨，这时我一下子就窥见了人间的生活。长驱直入地进入到大漠腹地，过于遥远的荒漠和空旷，有时会在人的心底里，种下一些悲观和绝望。我目不转睛地盯视着错落在远处的“居民区”，看到一个骑着自行车的年轻女孩子，穿着一件白色的裙子，长发飘飘地从那“居民区”的一条巷子里出来，迎着沙漠里硕大的朝阳，渐行渐远，慢慢地变小了，小到她身后铺天盖地的霞光里，只剩下了一个圆点。

早饭的时候，在餐厅里见大家议论着昨天夜里的雨，农场的小杨科长说，塔里木的人已经习惯了这些若有若无的雨水和沙粒，狂风大作的时候，你们称之为“沙尘暴”，实际上，这种昏天黑地的日子，我们这里从来都不觉得稀罕。

我知道，在这里我还有一个上午的时间。便叫上车子，往沙漠深处，漫无目的地走。出了场部的水泥路面不远，接下来，便是松软干爽的沙子路了。初始，路两旁是有树的，杨树、柳树还有榆树，不能说有遮天的浓荫，但树荫下的凉爽是躲避不了的，越往深处走，树影稀疏，渐至断绝。荒漠上也没有了路。望着远处影影绰绰的一小片绿洲，我和司机老李，都怀有莫名的好奇心，觉得这么远地来了，不能枉费了时光的馈赠。老李脚踩着油门，小心地在沙丘上寻找着一些往昔的车辙或者牲畜的蹄印，我们早已经忘记了车窗外面的酷烈和艳阳。

沙漠是柔软的，一如她宽阔的心肠。我们到达的是一个行将废弃的“连队”旧址，这些建于几十年前的房子，大多数处于即将坍塌的状态。但是，在这里我看见了曾经的幼儿园外墙上“幸福的童年”，尽管颜色斑驳了，那些散发着童心和温暖的画面，那些浸泡在旧时光里的幸福，依然让我在这荒原的沙漠深处感动着。“连部”的院子里，停放着几台用于农耕和收割的机车，它们东倒西歪的样子，像极了人生的暮年，一些衰败和被弃置的迹象，漫不经心地生长在墙土和柴堆上的茅草上了。而沙土溅起的尘烟，久久不肯散去。

我没有希望可以看到一个活在其间的人。但我分明看见了两个围着头巾的女人，肩扛着一把镢头还是我们新疆人常说的“坎土曼”，她们从一座堆满了树枝和柴草的院子里出来，轻声地议论着什么，看见我们的车子，就像看见这沙漠里的半截子土墙一样，没有半点儿反应。她们头也不回地从我们身边经过，踩踏着没了脚脖子的沙子，其中一个女人的手上，似乎还拎着一个塑料桶。她们用厚厚的头巾把自己的头和脸包裹得严严实实，露出一双深不可测的眼睛。

我心里面起了疑惑，这个废弃的“连队”旧址上，还有人，还有生活其间的人！我想象到了她们远处的棉花大田里的葵花。这些蛰居在沙漠的人家，需要跋涉多远的路，才能有一次走出沙漠的机会。或许，这里只是她们的一个生活和劳动的点，过了农忙的季节，她们又会回到场部或者连队新的居住小区里去。

而当初的“连队”呢，早已经在岁月的浩繁中四散而去了吗？曾经的热闹，学校、幼儿园，说明人们曾经视这里为自己永久的家园。可是荒漠还是逼走了他们，在时间的这一场比赛之中，人类的退却，只是迟早的事情。

我无法抚平这些流浪在大地上的沙，这些铺天盖地的，无法被自己和命运带走的沙。太持久的荒凉，成就了太过浩大的苍茫，就像我们渴望已久的一场雨，她从没有来过，还是她已来过，又走了，我们早已经习以为常。

悬崖边的火焰

“翻越了天山，就如同翻越了命运的高坎”，这是我在1996年第一次翻越天山，从乌鲁木齐进入库尔勒时写下的一句诗。十多年的光阴过去了，现在的天山公路也已今非昔比，快速、安全、舒适，是我今天坐在车里重新行驶在这条翻越天山的道路时，最为真实的感受。

十多年前的那一次出发，是在一个飘雪的冬天，我们的小车早早地从乌鲁木齐出发，沿着白杨河过干沟，出榆树沟，翻越天山北坡，需要一个上午的时间，才能够来到天山南坡的南疆平原上来。一路上的车祸，风雪，迎面驶来的一辆货车，都有可能在我的心底里掀起一阵阵波澜。当时，大概就是出于这样的心理感受，我回来后写下了本文开头时的那句诗。

时过境迁，当我于2008年11月25日再一次踏上这样一条“翻越天山”的道路时，加上这些年不断地来来往往，我的视野里，早已经习惯这样的“山上的风景”了,许多风景,或许也已经见怪不怪,似曾相识,没有多余的想象空间,除了短暂的兴奋之外,就是这长野荒途上,漫长的寂寞和疲惫。

但是这个上午的晴朗让我们的出行有一些意外,一览无余的阳光就这样追随着,从乌鲁木齐的嘈杂和喧闹中,来到这万山耸立的天山顶上,真是一览众山小呀,渐次排列的大小山峰,像一队队混乱的士兵,没有哪一个山头可以独自称峰。

所谓山外有山,哪一些高岗上,都可以看到另外一些山顶的风景呢。那些黑色的,或者说铁青色的岩上,是一万年的目光雕刻的光阴,那些诞生以来就不曾挪动的,巨大的山巅之上,真的是有一些永恒的东西存在吗?回答是肯定的,也是否定的。因为我们短暂的生命无法去体验这些巨大的山峰,也无法在这些更为持久的风景里,有过一次真正的,哪怕是片刻的停留。

我倒是欣赏这些过往式的山路,凶险和不可预测的前世今生,都会在转身走过的另一段上路上,变得虚无和缥缈了。山移风转,一程又一程,只有行走在路上的人,才可以体会得到一路的风尘中不曾被遗弃的,现世的苦难。既然人生是一次不可逃避的行走,那么来到过一些山顶和人生的低谷,又有什么值得我们惊喜和沮丧的呢。

我说过这一个上午的阳光,就这样一路追随着,就像这一路上的好心情,恣肆而没有过分的夸张。

当车子翻过天山的一道道高坡,来到榆树沟的时候,那一团火焰,就是在这些阳光的照耀下,蓬勃而招展着的。那一个瞬间我没有闭上眼睛,那一团火焰中的两棵树,跳跃着,一面山坡上的火焰,星星点点。

这些生长在天山深处的不息的火焰，整整燃烧了一个季节。没有风可以为它们传递，也没有一条路，使它们可以走下山去。生于悬崖而不曾灭绝，这两棵胡杨树应该是命运的宠儿，但它们又是两个不幸的孤儿，是要把整个天山的阳光和那些流淌在山脊处的雪水，一滴滴地吸进命运的土壤。坚硬的岩石上，也可以盛开这样美丽的火焰。

哦，是的，那是紧紧环抱在悬崖边上的两棵胡杨树。远远的，像一幅被固定在岩石间的油画；不，是一团火，它比油画的色彩更炽烈，也比油画的效果要艳丽得多。是什么样的力量让它的"火焰"如此饱满，那些喷薄的、火焰般树叶上，该是怎样的一些太阳的汁液，它不流淌，也没有凝固，只是远远地，在一道致命的悬崖上，燃烧着。这初冬的阳光，两棵孤立的胡杨树没有哭泣，它们绚烂的色彩，或许终究只是一个季节里，归于沉寂的幻觉。

我看见了那些流沙，从红叶间穿过，那些贴着岩石的风，掀动这些火焰的碎片哗哗作响。

我没有看见一滴眼泪，在阳光里，那些比金属还要坚硬的叶片，那些铜制的树干和金子般的根须，一定是吸饱了这个季节的苦难，在绝境处重生。

转身，一次沙漠里的行走

涉足新疆沙漠多次，但是一次真正意义上的穿越，却从没有开始。2008年，我知道这一年，我真的要宿命般的从沙漠上走过了，那些浩瀚的，裸露在阳光下的那些寂静的沙漠，多么像我灵魂的旷野。

而在时光的恍惚中，我真的是要穿越一座座命运的沙漠吗——

春天的时候，我随南航采风团去了东疆的库姆塔格沙漠，秋天的一个假日里，应朋友之约我去了准噶尔盆地的库尔班通古特沙漠腹地，在炎热和冰凉里，沙漠带给我的，是来自一个季节里的冷暖和抚慰。我知道这所有的行走，都只是一次匆匆地掠过，就像我多么匆忙地把自己的脚步，一次次的，停下来，又茫然地离开。

在荒漠和浩瀚里，我只是紧紧地捂住了自己内心的伤口，那些风沙没有在我的记忆里留下来，它们只是短暂地擦拭了我这一年里，生命的沧桑悲凉。而冬季到来，在2008年就要结束的时候，我知道自己真的就要横穿塔克拉玛干大沙漠了。不管这是不是一次命运的巧合,这一路走来,我仿佛就是为了这一次等待,我的耐心、焦虑,不合时宜的思绪,在这里终于找到了一次灵魂的出口。

我知道位于中国最大的内陆盆地——新疆塔里木盆地的中央的塔克拉玛干大沙漠,仅次于非洲的撒哈拉沙漠,为世界第二大沙漠。这是怎样的一片人间的瀚海,沙波逐浪,旷古的寂寞里,那些沉睡的巨人般的荒凉,哪一些风,可以带领我们穿越时间的隧道,哪一些声音可以引领,这一些惶惑的脚步和目光。

乘车从和田出发的那个下午,已经是五点多钟了,要赶在天黑之前到达民丰县城是不可能的了。好在夜色里的南疆大地上,透过朦胧的灯光,那些一闪而过的村庄和集镇,并没有使我们的旅行陷于迷途的惶恐之中。夜里十一点左右,我们住宿的尼雅宾馆里灯火辉煌。是的,这一小片的光亮,使一座笼罩在夜色里的民丰县城,显出了几分落寞和惆怅。和田的朋友告诉我们,这是民丰县城里最好的宾馆了。而我们的目的,并不是住宿,我们需要一个夜晚的休眠,等待一次漫长的穿越。这条从民丰县到达库尔勒的沙漠公路,全程500多公里,无论是驾驶员还是作为旅客的我们,都需要一点精力的储备。

终于就要出发了,第二天早晨,似乎还在朦胧的夜色里,我们的小车就驶出了街道宽阔而又模糊的民丰县城。出县城三四十公里,随着天色的明朗,我们的这一辆黑色的小车,就一点点地淹没在了漫漫黄沙之中。这个时候我才感觉到,乘车在沙漠公路行驶,犹如荡舟大洋,没有方向,也没有彼岸,一望无尽的沙漠在视野的尽头,是阳光下面的烟云和风尘。走上好长时间的路,你或许才可以发现一辆迎面驶来的一辆车。而公路就像一条被无限延伸的黑色丝带,它铺向一个无法可知的远方,远在天边的那一抹霞光,也已经不知在什么时候消失得无影无踪了。

不知道走出去了多远，到来该吃午饭的时候，车子便一头拐进了路边的一个小沙包，稳稳地停住后，带上水和早晨准备的干粮，我们来到了一个平坦的沙丘上小心翼翼地就餐。不仅是因为风，还因了这个冬日里的寒冷。虽然阳光毫无遮拦地泼洒在沙漠上，但毕竟是在冬季，这个时候才可以感觉到塔克拉玛干巨大的面孔上，是一副怎样冰冷的表情。

就着冰冷的馒头和矿泉水，简单地就餐之后，几乎没有商量，所有的人，都撒了欢地走开去，走向了一个又一个新鲜的沙丘。因为没有方向，也没有路标，才可以任由你迈开自由的脚步。这个时候，也才会发现沙漠是这样的变幻无常，它像一个巨大的魔方，在不可预知的空间里，这里拥塞了最奇特的视觉艺术和造型师。这不是一次人和沙漠的奇遇，而是一次荒旅里，无意中进入的一个奇异的梦幻。

我只身从一个沙包走向了又一个沙包，没有来得及看见自己在沙地上的脚步，我有一些热，有一些兴奋，也有一些晕眩，我恨不得把这眼前的沙漠全部装进自己的口袋里，悄悄带走。带到哪里去呢？我没有想好，带到可以让沙漠掩埋自己的地方去吧，那里有多么干净，又有多么安宁。我看见了一些沙窝里倔强的芦苇，一些红柳，或者我叫不出名字来的沙生植物，它们看见我的时候，纷纷艰难地从沙子里探出头来。

这些并不久远的生命，它们都试图同自己的命运抗争过吗？曾经茁壮的那一抹生命的绿色，在这一刻，只剩下了枯萎或者残断的枝干了，还有一些挺立，三三两两，在风中摇曳着，沙漠还有彻底地摧毁掉这些顽强者的生命意志。

我想到了在这片沙漠里消失的人群和远古文明,那些葬身沙海的绿洲和城邦,是时间的沙粒,完成了这一切。时间的永恒性,清晰地写在沙漠浩瀚的脸庞上,没有什么可靠的力量,来改变这样一个亘古不变的事实和生命的法则。

不管是一片死亡之海,还是一次凶险的旅途,塔克拉玛干对我来说,都像是一个古老的寓言:我没有看见自己的到来,我看见的是沧海桑田,千万年的细沙,打磨着不老的时光。

这个时候,我转过身去才发现自己走得足够远了,总希望翻过最后一座沙丘,可以看见新的地平线。总是希望走,不要停下来,这沙漠里的坦途,阳光下面的迷茫,而我不知道要怎样的行走,才可以忘记你身体里的苦难。

麻扎塔格，涉沙而过的河流

告别了麻扎塔格，浩瀚的塔克拉玛干已经从狂烈的燥热中抽身出来，沙漠边缘的一小片树荫下，挤满了一群疲惫不堪的人。夕阳西斜的时候，不知道是汗水还是泪水蜇疼了我的眼睛。我用沾满了沙子的手揉搓着眼睛，视野里昏黄一片。

我们栖身的这一片野生胡杨林，因为靠近了河水的缘故吧，还有一些多余的枝丫上缀满了叶子，虽然看上去坚硬无比，倒也不失一分荒凉里的寂寞。

面前是一条接近于干涸的和田河。在这个季节里的和田河，宽阔的河床上沙坑遍布，有限的几汪水洼，像大地上破碎的镜面，水洼里的天空，陈旧而凋残，使你不忍多看上一眼。而接下来，更多的水洼连缀成片，凶险莫测的河滩上，不知道你的下一只脚该踏向哪里？

由这条枯水季节的和田河，我想到了它上游的两条伟大的支流——分别发端于昆仑山脉的玉龙喀什河与起源于喀喇昆仑山的喀拉喀什河。和田河，旧称和阗河，是昆仑山北坡最大的河流。和田河在穿越塔克拉玛干沙漠之后，与阿克苏河及叶尔羌河汇合为塔里木河。在横跨塔克拉玛干沙漠的过程中，这条孕育于苦寒之境的河流，蒸发、渗漏严重，水量大减，所以我们能够看见一条河流的衰亡，目睹着一片又一片绿洲的消失。

都说河流是孕育文明的母体，沿着这些古老的山系绵延而下的河流，孕育了同样古老的和田绿洲，也诞生了红白山(麻扎塔格的别称)这样的奇特地貌和神秘的文化遗存，套用一句资料上的话说，成就了一处“令人生畏的荒漠景观”。

麻扎塔格，维吾尔语“坟山”的意思。今天的红白山上，汉唐戍堡、烽火台等残存的遗址清晰可见。传说，当年老子骑青牛出关，一路西行，飘摇西方的时候，最终消失的地方就是此处。当然这样的传说已无迹可考。而作为盛极一时的“交通枢纽”，红白山到底是衰落于一场又一场漫长的宗教战争，还是源自于时间的荒芜，更多的谜团，也只有把答案留给时间了。

我说的是沙，是和田河里湿润而黏稠的河床上的沙。我们的越野车，像一头顽皮的小公牛，正憋足了劲，往对岸的河滩上拱呢。在远处的树荫下看着不起眼的水洼，其实牵连着数不清的明流和暗渠，稍不注意，车轮就陷进去了。众人眼看着着急，车拉人拽，嘻嘻哈哈地像一场游戏。可是，同样的游戏，一场又一场，终于使人厌倦了。一行人，七八辆车，呼呼啦啦地爬上对面的河岸，已经天色不早了。想这一大早从墨玉县城出发，长路短停，几乎没有多少喘息的机会，一晃眼，头顶上的太阳就要落山了。

和田河有多宽呢？几公里吧，还是十几公里。我站在河对岸的一片沙地上回身望去的时候，只觉得水洼闪烁，湿地渺渺，曾经栖身的那一片胡杨树林，像一蓬蒿草一样，可以忽略不计了。倒是麻扎塔格山依然红白分明，在太阳渐渐西斜的余晖照映下，泛射着一层神秘的光晕。

如同对岸的沙地一样，我们涉河过来的岸滩上，依旧是望不到边际的胡杨林地。又有车陷进沙漠里了，大伙下车，一阵推搡后，汽车轮子在沙子里飞快地旋转，倒起的沙尘遮天蔽日，使人不敢近身。折腾了一阵，大多数人退下阵来，只留下几个师傅在研究对策。趁这个当儿，我和几个叼着烟卷的哥们，重新回到河岸上吹一下风，呼吸一点新鲜的空气。我不会抽烟，但我在这个时候特别地欣赏这几个吞云吐雾的家伙，似乎，只有在这样荒绝的处境里，你才能体会到那些明灭在烟头上的火焰，呈现出了另一种与荒漠、老树和这几近干涸的河床融为一体的灭绝感。

我在想，我是不是一个缺乏同情心和集体荣誉感的人呢。当众人们一筹莫展的时候，我的心里却生起了一种坏坏的感觉。我希望陷进沙子里的车轮越陷越深，陷得越久越好。你想呀，大漠孤烟，荒山枯水，胡杨低垂，斜阳夕照，流沙似火——多么古老的诗意，多么遥远的向往，一下子全都在你的眼前铺展开来。我似乎还忘情地张开了双臂，向着那一轮渐渐西沉的斜阳，高呼着什么来着。完全置一行人的困境而不顾，狼嚎一般地嘶鸣着，畅快淋漓，忘乎所以。我甚至找来了一截枯朽的树枝，拄着它，往沙漠的深处走出了好远，直至听得身后有人呼喊着自己的名字，才转身折返。原来，师傅们就地取材，找来树枝铺在沙子上，让一辆辆车平安地驶出了沙漠的陷阱。

我不禁有些失望。如此袒露的荒漠景观，有人竟然无动于衷。我想，我是一个属于荒野的人吧，一个内心里装满了荒凉的人，当大家欢呼着上车的时候,我却有一种说不出的沮丧。难道,这一路上的凶险,或者灰头土脸,不正是我所需要的吗?

我们所谓的一生的远方,在哪里呢?我知道,在命运的前方,在不舍昼夜的漂泊里,那些凶险未知的远途上,有我遥不可及的风景。

孤单的芦苇

你总是要遇见这些芦苇,这些水边的女子们,衣袂飘飘,迎风招展。水,承载着这些扶摇天地的芦苇荡,也在雁声萧索的秋日里,挥洒着一望无际的“芦花飞雪”。关于芦苇的童年往事,我的记忆里只是原封不动地保存了故乡河汉里的那一片沙地,沙地上的故事和传说,在一河汉的芦苇和竹林小屋里,惊悚而又迷人。

而我早已经是一个丢失了故乡的人。我的芦苇和青葱的记忆,已经远远地被弃置在鲁南平原上的万千往事之中了。只是,在新疆,在赤野千里的荒途上,我又一次遇见芦苇的时候,我的眼睛里满含着热泪。在翻越了天山之后的焉耆平原,或者博斯腾盆地上,因了这一湖浩渺的水波,整个夏天里,芦苇浩荡成蜿蜒之势,干渴的旅途中飘来阵阵凉意,间或有一些细小的水滴,飘落在你的睫毛上、脸颊上来。我的感动就是从这一刻开始的。漫长的芦苇,成就了我在这个夏天里短暂的旅途。

是啊，多么漫长的时光，需要一些旅途上的遗忘。或者物换星移，你只是这漫长和寂寞旅途的一个孤单旅客。这些年来，我一次次在不同的季节里，经过博斯腾湖边的芦苇荡，却再也没有了激动和感伤，有的只是苍茫视野里的习以为常。因为我也早已经习惯了这些湖水的浸泡，这些沙滩、湖岸，来来往往的车辆和船影，交错成一片繁荣的景象。

我遇见的另一些芦苇，则完全超出了我的想象。那是一个冬天吧，我们横穿塔克拉玛干沙漠的一个干冷的早晨。沙漠里的波浪，像极了一片幻海，只是那茫茫无际的波涛，凝固成一堆堆真实的沙丘，它们保持着大海的姿势，一下子陷入了沉沉的大梦之中。没有谁来唤醒这些沉睡在时间深处的波涛和汹涌，茫茫无际里，一丝风在沙丘上跑动，只是一些风，浑黄的沙丘上，什么都没有生长。

我们是迎着一缕朝阳进入沙漠的。尽管长时间在远处的奔跑，使我们看不清楚沙漠真实的脸庞，它们浑然不觉地在这里沉睡了亿万千年，那些真实的容颜无人知晓，但我知道，这些沙漠里每一座沙丘的细部一定也是生动着的。我们弃车而行，散开去，向沙漠的深处走去。

我不止一次地进入过沙漠的腹地，也曾不止一次地在塔克拉玛干沙漠里行走，但是这个早晨，在冬天里的沙漠行走，却依然让我感慨万千。朝阳慢慢变得白皙而温暖，而沙漠之上，波涛起伏的沙丘突然显得异常的安静。仿佛经过了一次惊涛骇浪的洗礼，大漠深处的安静让人感到了恐惧。而越往深处走，这种恐惧就变得越加深切而密集。而沙漠腹地摄人心魄的魅力，又使得你不得不往深处走。

其实，沙漠里的行走，往往是一些人生的往复。所谓情到深处，欲罢不能。我翻越了一座又一座沙丘，迎着太阳投射下来的光影，茫茫无际的沙漠，真实而又迷幻。我的脚底下，细密的沙子缓缓流动着，只要我的脚一迈出去，立马有更多的沙子围拢过来，充塞在我的鞋子和袜子之中。后来我索性脱掉了鞋子和袜子，用一只手提着，另一只手搭在眉头上，向着远处眺望一番，然后继续翻越另一座的沙丘。跋涉、翻阅，尽管已是气喘吁吁，但内心里的那一分期待，依然炽烈。

我是站在哪一座沙丘上，发现了这些芦苇的呢？起初，我并不以为这是一些倒伏的芦苇，我惊恐地以为在沙漠里遇见了一条盘根错节的蛇。我心惊肉跳地站在一座刚刚爬上来的沙丘上，惶恐无措。我不知道，在这样的时刻是立即逃命，还是原地不动？等我回过神来的时候，那一条“蛇”，已从沙堆中抬起头来，我才发现，那是一株干枯的芦苇。芦苇已经枯竭了，但骨节完整，颜色泛白，弯曲、纠结地躺卧在一片沙丘围拢的“湖底”。可以想见的是，这是一株曾经旺盛地存活在沙漠里的芦苇。

一株死亡的芦苇，伏地而泣吗？我无法将它重新扶起来，只是站在沙丘上，为这一株在孤独中死去的芦苇，默哀！然后，我环顾四野，再也没有找到另一株活着或者死亡的芦苇了。

浩瀚无垠的沙漠深处，原来也是有生命的呢。那一抹绿色，是怎样穿越了死亡的天险，和几乎不可逾越的漫长的风沙，来到塔克拉玛干沙漠的深处，独自萌芽、生长，然后自行消亡的呢？唯一能够解释的，就是那一场遮天蔽日的风了。风，从远处带来了一粒芦苇的种子，随着沙尘一起轻轻地抛洒在沙丘上，然后又是怎样的一场雨水，在一粒干渴的种子行将干瘪之前，骤然降临！这一场场生命的华典，从来都是在孤单中完成的吗？

或者，是一只还是一群迁徙远方的鸟，旅途中把这一粒孤单的种子，抛向了一片茫茫的沙海。

而无论是一场风，还是一只鸟的翅膀，我都愿意为这一株孤单的、在死亡中慢慢躺下的芦苇，表达一种生命的敬意。生命往复，我们见过了太多的浩荡和无垠，在繁华的尽头，在荒凉的腹地，在大海般凝固的塔克拉玛干沙漠里，我遇见了一种孤单，她的名字叫芦苇。

树叶上的尘土

飞机还在和田上空盘旋的时候，我推开舷窗上的遮挡板，感觉阳光一下子把眼睛给刺得生疼。无遮无拦的阳光，从几千米的高空里垂下来，隔着飞机舷窗的玻璃，与这轰鸣中的降落者，一点点地铺满了干净而结实的大地。

我不是第一次来和田，却是第一次领受和田上空毒辣辣的阳光。我能够想象得到，即将到达的地面上，该是一番怎样扑面的热情了。但不管怎样，阳光总是带给你一份好心情，一次算不上遥远的旅途，一个你永远熟悉又陌生着的目的地，你总是能够在她热情的怀抱里，感受着一分别样的温暖。

和田留给我的记忆，总是匆忙的。匆忙的到来，然后又匆忙的离去，有时候，仅仅是为了在和田住上一个晚上，第二天一早，又匆匆忙忙地上路了。所以我从来没有机会认真地打量过和田，没有机会一个人，在和田寂寞的阳光或者夜晚里，嗅一嗅和田自己的味道。

我在和田上空的飞机上感受到的那种“热浪滚滚”,在和田的地面上并没有觉得有多么强烈,反而一下飞机,不知道是哪个方向吹来的风,就把人一下子给吹晕了。和田机场空旷的停机坪上,此时显得有几分冷清,满眼的空旷里,你能够闻得到一种混合着沙漠和阳光的味道了,甚至,不知道在哪个方位,一股子烤羊肉、皮芽子或者奶茶的香气,萦绕在你的嗅觉里,须臾不曾离开。

我要说的,是和田的尘土。尘土包裹着这座城市的尘土,无须讳言,来自于她不远处塔克拉玛干大沙漠。千百年来,沙漠生态下的和田小城,早已经习惯了这个强悍的沙漠邻居的造访和袭扰。只是,时间造就了她们的相处之道,也造就了一座沙漠与一座绿洲小城的睦邻关系。

车子在和田的街道上行驶的时候,我惊奇地发现,几乎每一棵树上都落满了厚厚的尘土。

整整一条街道上的树叶上,被一层细密的尘土覆盖着,尤其那叶片阔大的法国梧桐上,整齐的伞盖,厚实的叶片上涂满了金黄色的颜料,在阳光的照射下,显得格外壮观。几乎,每一条街道上都伫立着这些“灰头土脸”的皇家列队。除了我惊讶不已之外,我看不到和田人的脸上有什么异样的感觉。人们真的早已经对这一切习以为常了吗?

我看到的是和田人的随意和漫不经心,生活进行得有条不紊,没有人对这些城市上空的沙尘大惊小怪。些许的惊讶和不适应,大多来自于像我这样的一些外来者。你可以说这是一座被沙漠包裹着的城市,但你却不能说这是一座蓬头垢面的城市,维吾尔族人艳丽的服饰和别具一格的语言特色,充斥着这座城市的大街小巷。烤馕、榨石榴汁、玫瑰花酱、核桃和无花果的摊位让你目不暇接,服饰、服装，花帽和艾德莱斯，手鼓、唢呐，冬不拉和热瓦普的鼓噪声混合着你永远都不知道来自哪个方向的吆喝声……或许，只是转过了一条街角，你就忘记了那些树叶上的厚厚的尘土，专注于你无法一一应付的生活的场景。

有时候，我又是一个多么顽固和冥顽不化的人呀。我仍然对自己在这座城市里遇见的尘土耿耿于怀。尤其是其后的几天里，我有机会来到乡下，看到农户的果园、林带里那些伸展在大片阳光下面的树叶上的尘土，更是不能释怀。无处不在的尘土，就像这个季节里的阳光和黑夜一样，覆满了小城和田的街道、村庄和广阔的田野。

在新疆的生活经验，使我对沙尘甚至是沙尘暴等这些气象学上的名词并不陌生。然而，我鲜有的野外经历，又使得我缺乏对这些充满了野性和摧毁性天气的真实感受。更多的时候，我只是坐在乌鲁木齐的书房里，感受或者体会着来自南北疆的沙尘和沙暴的消息。那些被狂风席卷着的尘土，掠夺性的，在大地的上空肆虐着。我却总是在这样的时候，不合时宜地想着，那该是怎样的一种自然奇观呀！想想那天地间浑然一体的沙尘，搅得天地间暗无天日的沙尘，也把自己的命运，一次次抛向了不可预知的远方。

据说，整个华北地区，甚至漂洋过海的日本、韩国等，都能感受到来自新疆，来自塔克拉玛干大沙漠沙尘天气的影响。真是功莫大焉，一粒微小的沙，扶摇直上，何以做了这远方的使者，在漫长的天空，飞翔，还是被飞翔着。一粒沙子的旅途上，我们看不见万水千山，一粒沙子，却是艰难的，它被卷起、飞扬，漫长的旅途，一场又一场不能停歇的风，做了它庞大的翅膀；山河呜咽，森林鼓荡，万顷大海的波浪，每一次，它都必须是一粒亿万分之一的幸运者。而每一次降落，都会是一粒沙子的终点吗？只有那些永不停歇的接力者，才能够完成一次不舍昼夜的、伟大的迁徙。

让那些阴暗和潮湿见鬼去吧，只有一粒沙，携带了太阳的温热、明亮、清洁和时间深处的沉睡，告诉世界的远方，没有不可抵达的梦想。每一粒沙，都怀揣着命运的不确定性，等待着一次被托起，或者扬弃。你见过一粒沙子的哭泣吗？没有。我是说，命运如一粒沙子者，不需要哭泣。

沙漠成就了浩瀚、无垠和无数英雄的梦想，也成就了一粒沙子的传奇。无数的沙，堆积着，在沙漠里游走，等待着永不确定的下一次。在无边无际的塔克拉玛干，如果不是绝望，我们望不到一粒沙子的起伏和它微小的光芒。只是，沙子常常会绊住了我们的脚步，在每一个远行者的脚步里，都填满了故乡般细密的沙子，如同思念，抽水不断。

毗邻沙漠的和田是幸运的。她的绿洲上物产丰盛，瓜果飘香，只是沙和尘土无处不在。想想看，在你的房檐、屋顶上，果园和院子里的每一片树叶上；在你们迎亲的队伍里，在你归去的夕阳里；在你的手鼓、巴拉曼，在你浑然不觉的吟唱里，沙子，也在你眉目传情的眉梢上，停留着呢。

乔格达依之桑

午后,乔格达依村后的果园里,显得有一些密不透风。我最先遇见的,是一条干净的沙土路,尘土先于一阵风,落到了路边的树林和草丛里去。我有些晕眩,闷热和困倦使我愿意在这个时候,更快地回到一片阴凉的下面去。这条乡村的小路,已是南疆的最南端了,炎热,和一种来自于异乡的、久违了的气息,使我不由得放慢了脚步。

隔着一截厚厚的土墙,我看见了一个院子里伸出来粗大的桑树枝,桑叶摇摆着宽厚的叶片,在若有若无的风中摇晃着。阳光密集地停留在一棵高大的桑树上,古老的桑树叶子们,拥挤在一个炎热的夏天里,那些青葱和充沛的活力,使你不忍心看着一棵树的衰老,以及来自于一个季节的遮蔽。

我当然不能丢下了手里的相机,像一个傻瓜一样东瞅西望。我的一副黑色墨镜和满脸潦草的疑惑,没有引起任何人的注意。在炎热中挣扎着的乡村一隅,通往果园的一条乡村土路,已经铺满了几十年的尘土,等着你一脚踏上去,溅起满脸的灰尘,然后它们才又回到路边的角落里去,哪里还有什么一尘不染的所谓乡村的梦想。

一辆装满了红色砖块的小四轮拖拉机,冒着黑烟过去了。一辆疾驰而过的摩托车上,挤着四个还是五个小伙子,嬉笑着,轰的一声从我的身边飞过去了。我下意识地往边上跳了一下,尽管我的这些下意识的反应是完全多余的,但我的心头还是掠过了“躲过一劫”的轻松感。我停下来,看见一辆马车,不,是一辆毛驴车,那个无精打采的人盘腿坐在车上,任由着他的驴车,踢踏踢踏地在我身边走过,宛如时间的钟摆,分秒不差地融入时间的荒芜之中。缓慢的生活,似乎什么都没有落下,植物、土地、田园,远处的院落和风沙弥漫的南疆小镇,一切都显得安详和秩序井然,倒是像我这样的游走者,怀揣着一个世界的梦想和恐慌,找不到一处可以让自己安静的地方。

我还是看到了路边的桑树,三五成群的桑树,就要遮挡了整个夏天。此刻,竟然连一丝风也找不到了呢?早已经过了桑葚的季节,我只是陷落在一片桑叶的回忆和怀念之中。我说过时间的荒芜,漫长的西域之路,我在遥远的和田之境,遇见了一片童年记忆里的桑,细小的,温暖的,一片片桑叶上尘土一样浑然的梦境,不知道是幻觉还是我眼前真实的影像,我已经飘飘欲仙了。

这个下午的阳光曾经使我昏昏欲睡,此刻,我已入了仙境。这里并不是一片桑园,它只是一条沟渠边的几棵野桑树,枝叶婆娑,似乎看不出苍老的树干上,盘桓弯曲着的年轮依稀可见。我伸出手去,在一棵桑树粗糙的树干上轻轻拍打了几下,仿佛是一次久远的告慰,一次久别的重逢。抬头看见树顶的枝杈上,竟然有一个鸟窝,鸟窝下面的树干上,似乎有过一些鸟粪“流淌”的痕迹。再往上看,原来不只是一个鸟窝,三五个不等吧。我还没来得及看看另外几棵桑树上,是否也有同样的鸟窝。而此刻,鸟巢空寂,桑叶无言,无处不在的午后时光里,乡村的恬静的原野上,陷入了可怕的寂静之中。

我的目光是迷离的,一种无以言说的悲凉盈满了心头。置身南疆和田乡间的一处荒野里,似乎这个突然到来的午后,阳光混合着尘土的味道,桑叶也停止了交谈,万籁俱寂,这样的时刻我已经渴望着,或者等待着多久了。就像我的记忆里落满了尘埃的童年往事,一条桑园里的故乡之路,已经使我不敢轻易回首。是的,这一刻的沉寂,我已经在自己浑浊的生命里,等待了太久。

一棵桑树枝繁叶茂,一树鸟巢在空寂中等待,一个下午,总是短暂的。沟渠里的水淙淙流过,水面上漂着一些草叶和细小的树枝,我摘下一片桑叶放进渠水里,看它旋转着,在渠水里打了几个旋,漂走了。

我想,一片桑叶是我在和田遇见的故乡。你永远也无法说得清楚,一个漂泊的人,会在浪迹天涯的哪一条路上,遇见无处不在的故乡。你回不去的乡路,在怎样的远方,都会有一个十字路口,让你停下了脚步,温习一下那些早已经不再属于你的时光。温暖抑或冰凉的往事,任是多么苦涩的回忆,在这一刻,都无法让你一下子转身离去。

古老的乡间丝绸,早已经穿越了千年的欧亚古道。和田植桑的历史,甚至可以追溯到1700多年以前的古老岁月。那时,遥远的故国翻山越岭,几乎每一枚桑叶上,都凝结着一位故人的思乡之梦。翘首东方,黄沙漫漫,遇见驼背上的丝绸和桑蚕等故乡之物,哪一位远嫁的女儿,不是珠泪涟涟。而岁月的烟尘里,我们看不清一张柔弱女儿的脸庞。那些征战、杀伐,鲜血和无尽的尘烟一起,湮灭在历史的背影之中。

桑树上挤满了这个下午就要散去的阳光,一只鸟扑闪着翅膀,在树顶上落下又飞去。我想到了自己这个短暂的下午,应该结束了。

巴拉曼的黄昏

来到布尔其村的前一天,这里一定是刚刚下过了一场罕见的雨。车子在离村子好远的地方就进不去了。下了飞机,又上了车,此刻的步行,在夹道的树木和松软的泥土之间,便有了一种时空倒错的感觉。高大的杨树蓬松着一条算不上宽阔的沙土路,低洼处,还汪着一些明晃晃的雨水。我们就是这样深一脚浅一脚地进入村子的。

隔着一排杨树不远的果园里,是一片又一片连绵的核桃林。看不见核桃的核桃林里,枝繁叶茂,一派青葱。而时光的斑斓,在这些茂盛的叶子的过滤下,更显得支离和破碎。你置身在一片完全陌生的土地上,嗅着这些曾经遥不可及的泥土和植物的味道,若隐若现的农舍和树林里点缀其间的庄稼地,真就觉得,印象里干旱少雨、黄沙漫漫的和田,一下子变得诗意和田园起来。

是呀,果园毗邻着一些整齐的玉米地。一辆毛驴车,和它上面胡乱堆放的柴草,像油画中的静物描写,静止在一些阳光和树叶无声的喧哗之中。那些孩子们,围拢在一片堪做纱帐的玉米林里,不时露出顽皮的脑袋来。整个下午,或者整个的童年的时光里,谁还会找到比这些嬉戏在乡间的孩子们更真实的生活?那些不事喧哗的树林和果园,成为这些庄稼地上被渐渐拉远的背景,多么繁茂的生长,也不曾破坏了大地上的安静。

玉米林里的劳作者,她们弯下了腰,又直起身来,红色的,或者绿色的头巾遮住了她们羞涩的脸庞。远远地,她们就发现了这些手里端着相机嘁哩咔嚓的采访者。她们扭过头去,或者一转身,钻进了玉米地里去。不一会儿的工夫,她们便出现在另一片果园和庄稼地里,依然是一些稍纵即逝的身影和艳丽的头巾。我有些犹疑,这些年轻的维吾尔族妇女们是否真的是在田间劳作?也许,她们也和我们一样,隔着一片果园和玉米林,打量着这些突然而至的造访者。是出于好奇,还是固有的风俗?

而泥土夯筑的院墙和房舍,远远地看上去,涂着一层旧日的时光和泥土色的金黄。我们踏入的这个小院里,住着已经八十多岁的伊干拜德·艾山老人。他是和田地区为数不多的巴拉曼艺术的传承人。他的院子中央,长着一棵高过了房顶的枣树。枣树的枝干,几乎就要盖过了整座小院,而枣树下面,一张刷着天蓝色油漆的木床已经有些斑驳了。清瘦的伊干拜德·艾山老人用手撸了撸下巴上的雪白胡须,抿着脱光了牙齿的笑容,谦逊地握着每一个人的手,嘴里还不停地念叨着什么。几乎没有人能够听得懂老人说了些什么,只是,从那略显苍老和沙哑的声音里,你能够感受到一种长者的真诚和久远的教诲。

接下来,巴拉曼的黄昏开始了。艾山老人和他的演奏团队,四个人，还是五个人呢，清一色的老人，他们在院子外边一排杨树下面的长条凳上坐下，各自从自己的口袋里摸出一根“芦管”一样的东西，放进嘴里吹了几口气，然后，相互示意了一下。紧接着，一声喷薄而出的“呜咽”之曲，宣告了这个掩映在树林和庄稼之中的小院里，一场乡村音乐的盛宴，开始了。四五个老人，脸色红润，他们鼓起的腮帮子里，憋足了一口气，在那根细细的“芦管”里，流淌出绝世的欢愉和悲凉。

黄昏，是这场乡村音乐的盛大背景。从树顶上泻落下来的光影，打在老人们黑红的脸膛上，细密的汗珠，泛出了明亮的光芒。让我感动的是，面对摄影和照相机的狂拍乱照，演奏者竟然无动于衷，他们完全陷入自己的音乐里去了。古老的音律，简朴的乐器，在一双双粗糙的大手下，流淌出磅礴、粗粝而又细腻、温婉的声音。其声呜咽，其音悲切，苍茫悠远里，隐含着整个世界的悲恸，这一节节粗鄙的芦管，竟能释放出如此撼人心魂的力量。我仔细观察了这些巴拉曼的吹奏者手里的“芦管”，类似于我在童年乡间玩过的“柳笛”，大凡乡间的趣味，在这些老人们的手里面，一点都没有散失。

而有谁知道这种“会唱歌的芦苇”，就是千百年来，隐匿于汉唐诗赋中的“筚篥”。筚篥者，声音低沉悲咽，故有悲笳和悲篥之称。有羊骨或羊角制，亦有竹制、木制，树皮制等，我们在和田乡间遇见的“筚篥”，显然属于古老的“芦制”。即在一根特制的芦苇上钻孔取眼，不仅需要制作者懂得音律，还需要演奏者拥有高超的演奏技艺，更为重要的是，只有这些饱经风霜的演奏者，阅尽了人世的沧桑，才可以传达出如此丰富的人生况味。

遥想当年，这古老的“巴拉曼”，作为经由西域传入中原的胡乐，进入宫廷，及至朝野风靡，成为延续至今天的民间吹奏者们，源源不断的音乐之魂。

黄昏的光影渐渐暗下去了,巴拉曼的余音未了。树荫、果园,影影绰绰的玉米地,羞涩的少女和在泥土里滚爬蹦跳的孩子们,全都幻影在这场乡村音乐的盛典里了。

四野垂暮,巴拉曼的黄昏,却不忍散去。

卷二　石头上的毡房»

石头上的毡房

我看见了那些石头，那些巨大的，细小的石头，簇拥在阳光下平坦的河谷里，泛着白色光芒的石头啊，在去往三道海子的祖尔坤峡谷，在夏日里的一阵结结实实的山雨之后，太阳的金色翅膀，重又拍打着这些零落在天边的石头，这些遗落在深山峡谷里的石头。

我气喘吁吁地坐在峡谷高处的另一块石头上，被一阵凉飕飕的山风吹过汗湿的脊背；我正感叹于一条峡谷的悠长，一些夏日里的阴森，会在怎样的暗夜里，搅动起无边的杀机。

我是坐在汽车里，艰难地爬出这条峡谷的。

现在，我坐在这里，似乎是峡谷的转弯处，巨大的拐角地带，形成了一片看似平坦的缓坡，在大大小小的石头中间，除了阳光的刺目和更远处的青葱之处，我没有打算在自己的视野里，发现另外的东西。

然而，我在毫无防备的情况下，竟然看见了一顶帐篷，白色的，石头一样泛着岁月光泽的白色帐篷。

我怀疑自己的眼睛出了问题。我揉了揉红肿的眼睛，再一次放眼过去，没有错，我的眼睛没有错，我的眼睛里真切地捕捉到了一顶帐篷。不，不是一顶，是两顶，三顶，更远处的石头上，是三顶、四顶、五顶帐篷。

那些石头一样的帐篷啊，它们在石头上扎了根，把自己长成了石头的模样了。

我从来没有经历过这样的奇迹。

我打开了挂在脖子上的照相机，我想要把我眼睛里的奇迹留在胶片上；我努力地试图把视野里的毡房和石头一同框进去。可是，任我怎么样努力，我框进取景框里的毡房，总是那么孤零零的一顶，只有一顶。

这些孤独的帐篷啊，它们生长在石头上，没有四季的冷暖和花开花落，有的只是这山谷里的清凉和灼热吗？

而显然，海拔的高度已经使得我的行动变得吃力而夸张。我非常清楚自己身体里的变化，是如何在稀薄的空气中被带上高山之巅的。好在这里的空气中弥漫着的，尽是夏日山野的清新和芳香，半个多月来，已经习惯了山地行走的我，倒是有些留恋了。

就在我坐在石头上，独自欣赏着山谷美景的时候，我的几位同行者们，正在一位当地向导的带领下，绕过一片湿地，到达了河谷的另一侧，去饮一种犹如神话传说般的泉水了。看着他们雀跃的身影，在远远的山地中慢慢地变得小了，几个小人儿，蹦蹦跳跳的，在山谷宽阔的袒露处，直至消失。我有一点儿恐惧了。我慌忙站起来，向着他们消失的方向打量……

他们是否消失在那些石头上的毡房里去了呢？

不一会儿,那几个雀跃着的身影儿出现了。他们仿佛饱饮了山泉,一个个兴奋异常,并不停地向着我所在的这块石头,挥手致意。

我赶紧收起了相机和整理中的行走日记,尝试着穿过草地,向着看起来并不太远的石头和毡房所在的地方,走过去。

我必须绕过这些不知是雨水还是日夜涌流不止的山泉分割和包围着的草地。我别无选择地在草地上跳跃起来,那些看似坚实的覆满了草皮的"高地",一经我的双脚踏上去,便很快地渗出了水来,就像一块又一块浸满了水的海绵一样,正在等待着我的双脚的挤压呢?

我的双脚和裤脚上,已经溅满了水和泥泞。我必须在这重重围困中的湿地上,快速地寻找脱身之术,已经顾不上体面和往日的训练了,几乎完全是凭借着身体里的本能,在一块又一块浸透了水的草皮上,快速地跳跃。

一定是我在草地上的滑稽和狼狈相,引来了石头上的毡房里,孩子们好奇的目光。不远处,他们用手指点着我,不知道嘴里说着些什么,间或有一些笑声传过来。就连一匹低头在石头缝里吃草的马,也抬起头来,向我跳跃的方向,莫名其妙地打了一个响亮的喷嚏。

看到毡房里走出来的孩子和那匹马时,我已经来到草地的中央。我为自己盲目的选择感到了后悔,可是已经没有了退路。我只有努力地向前寻找一块干爽的草地,以使我不至于陷于更大的尴尬和盲目的湿地之中。

我的行动一定充满了慌张和无所适从,甚至一丝丝恐惧,开始袭扰着我穿越过去的决心。好在我很快便找到了摆脱困境的办法——不停地向着高处走,终于,可以踏上一块又一块坚硬一些的草皮了。

而不远处,我的同行者们,正在围拢着一眼山泉,用他们喝空了的矿泉水瓶子,灌满了一瓶又一瓶山泉;他们转过身来,发现了我的惊慌和失措,不禁也放声大笑起来。

事实上,我由于躲避山坡上的湿地,不断地向着山坡的高处走,已经没有办法,或者说,没有了多余的力气,来到他们所在的那一眼山泉了。

经过了这一通历险之后,我选择了一条更为安全的路线,返回了我们的停车处。

我重又坐回到那块光洁的石头上,一边用手抹去脸上的汗水,一边腾出时间来,让自己美美地喘上几口气,何况这山色美景呢!

我的同伴们也已经开始返回了。

不知道他们是怎么绕过了眼前的这一大片湿地,安全地往返的。

这时,一个骑在马上的哈萨克族小伙子,不紧不慢地从我身边走过去。由于这偌大的山谷中,我第一次这么近距离地看见一个骑马的哈萨克人,我甚至能够闻到那马和主人身上的羊膻味了。而这个身穿黑色西服的哈萨克族小伙子,也有意地在经过我的身边时放慢了速度,并投来一张友好的笑脸。他是否看见了我胸前挂着的照相机,或者,他曾在我狼狈于刚才的那片山谷湿地上时,是一个意外的观众?

哈萨克族小伙子从我身边骑马经过之后,便很快加快了速度,快马加鞭,向着我们将要在今天晚上到达的目的地——三道海子,奔驰而去了。

我经历的这次意外,是在去往三道海子的路上,一条名叫祖尔

坤的峡谷里，山泉和夏日里的雨水，冲洗得整条峡谷都显得异常的洁净，就连空气中稀薄的氧气，也变得异常适宜人的呼吸了。

而我仍然百思不得其解的是，这些石头上的毡房，它们选择一大片石头的河谷里，驻扎下来，有什么道理呢？

裂谷遗留下的时间遗迹

去卡拉先格尔地震塌陷区，是我在青河县的最后一个旅游目的地。

由于这是一次没有多少“路途”风险的旅行，所以，我的心情也格外放松了许多。早饭后，从青河县城出发，我们坐的车子，据说是一位副县长的车，副县长去了附近的农十师某个团场挂职了，他的车，有幸被县里安排我这一次卡拉先格尔之行。

卡拉先格尔，是一个地理概念吗？是，显然又不纯粹是，因为在今天的记忆里，卡拉先格尔记录的是一次罕见的地质灾难，一次8级大地震的空前浩劫。

1931年8月11日5时18分，发生在阿尔泰山南麓富蕴县、青河县境内的这次8级大地震，被当时的北京鹫峰台地震仪准确地记录了下来。而远在离震区12000公里的拉丁美洲圣胡安台，则记录到这次地震的震波持续了两个多小时。

这是怎样的一次地动山摇。在可可托海至青河县二台之间的狭长地带，形成了176公里的地震断裂带。

那天，我在富蕴县城去往可可托海的路上时，就有人指给我看那山梁间，犹如一条绶带一样的断裂线。而今天我要到达现场的卡拉先格尔，就是这次地震宏观震区中心位置。

青河县旅游局的张燕，是县里为我安排的导游。她说，整个卡拉先格尔地震塌陷区，已经成为青河县的一个旅游景点了。不过，由于山高路远，除了一些专业人士和热衷文化旅游的人之外，在我们到来的这个夏季里，真正的游客并不多。而我们在塌陷区停留的近三个小时内，没有发现一个外来者。真正的天高地阔，也是真正的绝世风景。不过，要是作为一个纯粹的旅游者，到这样的地方来，怕是要做一些必要的物质和心理准备的。

甚至，在柏油路面和地震塌陷区之间，还没有一条真正的路。我们的小车在一片戈壁上凭着自己的感觉径直开到了一座山口，然后是小汽车艰难地在沟谷和山梁间穿行，据说这样的路有十几公里，可是却让我们的小车跑了一个多小时。

终于来到一块山间平地，可是车却不能再前行了。剩下来的路程，要靠自己的两只脚了。好在我到达这片山谷的日子，已是8月底了，天气并不怎么热，带上相机，一瓶水，张燕告诉我要轻装简行。我甚至连采访包都放在车上了。

山谷里到处长满了野生灌木，一些鲜艳的山花，竟然开放的如此娇美。我们沿着一条山谷的走向，需要不断地避开一些荆棘的划伤，还要巧借着山坡的走向，尽可能地省下一些气力来。好在张燕是一个专业的旅行者，她每年也都要带人上到地震带来，对于这条山路的地势走向比较熟悉。看着她在前面轻松地穿行，我有一种力不从心的感觉。平日里走路，好像从来没有像今天这样费力过，今天的这条山路，不知是怎么了。

有近一个小时的行走吧，终于来到了当年地震的中心区域。像一个巨大的采石场一样，一面面山坡被整齐地切割下来，有的高度竟达十几米，虽然经过七十多年的岁月，那山体的巨大伤痕，依然历历在目。尤其让我震惊的，是张燕指给我看的一处由于当时的地震而引起的一条裂谷。

一道山梁，被生生地撕扯开来，足有十几米宽的口子，我尝试着下到谷底，试图寻找一些自然的谜底，谷底下已经被自然回填了一些山土和碎石，甚至在谷底里，我还发现了一些绿色的植被。

这一道巨大的裂谷，就像是一处被撕裂的伤口，七十多年来，多少风雨往事，都无法将这道巨大的伤口愈合。

我注意到这群山环抱中的地震裂谷，拥有自己不算低的海拔，站在山谷的裂口处，可以放眼看一些更远处的山峰，那些飘浮在蓝天白云间的大大小小的山峰上，挤满云彩和奔涌的气浪。一个夏天的炎热，对于这些高处的山峰而言，甚至是可以忽略不计的。我取下相机，却无法将它们尽收眼底，只有眼前一些在那场猛烈的地质灾害中定格下来的被剥蚀和塌陷的巨大的山体，在向我讲述着七十多年前，那场突如其来的灾难。

这是一处天然的地质灾难博物馆。

这里呈现的，完全是地震发生的那个瞬间的秩序和模样。

一切，都是大地在剧烈蠕动时，保持着的，那个最初的姿势。没有人，也没有更大的力量可以改变这眼前的一切。

就像一些岩石被撼动了，一面巨大的山坡被切开，一些生长在岩石上的石头，迅速地滚下了山坡，滑落到谷底处；一些正在奔跑着的石头，一些刚刚离开了山体，尚未来得及滚落的石头，都在那一个瞬间，停止了它们的奔跑和滑落，它们就这样永远地长在了谷底，长在山坡上，长在了它们刚刚离开的岩石的巨大躯体旁……

这样的情景，在我气喘吁吁的山地行走中随处可见。

在返回的路上，我有意找了一块山坡上的石头坐了下来。这块在七十年前从山头上酥裂滚落至半山腰的石头啊，此刻正承受着洁净阳光的温度，沐浴着整个山谷里，都可以闻得到馨香的山花和草叶儿的气息。

我在这块石头上停留下来，像一块真正的石头一样迎接这一刻阳光的抚摸。我的杂草丛生的脸庞上，被一股温热的山风吹拂而过，不知道是汗水还是泪水，便顺着这山谷里的阳光和风的方向，在我的杂乱的胡须间，毫无顾忌地流了下来。

我感动于这样的山地风光，还是感动于一块石头的温热和山风的轻拂？这高山谷地的野草繁茂，却不见一只羊在山坡上出现，或许因为这山地的遥远吧。

是的，我感动的，正是这片山地的遥远和无人知晓，甚至一个追逐水草的牧人，一只埋首吃草的羊儿，也没有能够凭借自己的力量，找得到这片山地里的峡谷，这繁花与杂草茂盛的一个季节啊！

我到来的这个季节，正是八月中旬，不知是时间的巧合，还是命运的机缘，就在七十多年前的那个八月里，那个八月的中旬啊，在那个同样繁花与杂草丛生的季节里，猛然间发生的一场大地震，由于人迹罕至的原因，竟然没有造成多少人员的伤亡。这场地震，除了在大地上留下这些长久以来无法弥合的伤口之外，在时光过去的七十年之后，我们今天能够凭吊的，就是那些震撼人心的力量过去之后，我们在大地的身躯上，感受到的历史的遗存。

一条裂谷，它张开了这么久，等待着，或者诉说着，山谷里的风来雨往，一些雷鸣或者内电，能够照亮那些深藏的夜晚，从多么遥远的地心深处，从时间的源头，传递着这样撼动世界的力量。

假如我也只是一个小心翼翼地旅行者，我慕名而来，奔着你曾经的灾难之地，一个陌生而迟到的凭吊者，在这样真实的梦境里，迎来了一丝心灵的安慰。

我想我不能够快速的离去，我的身后，已经落下了一面山坡的脚印，那些歪歪扭扭的行走，已经改变了我对阿尔泰山南麓的，这一大片山地的记忆。

黄羊奔跑

下午了，或者就要到达黄昏时的光景。运载着我的黑色桑塔纳，正在从青河县奔往阿勒泰市去的路上。这一路的公路正在修建中，不知道修了多少年，反正是我们来往于各地之间的路途，总是被这样正在修建中的路挡住了去路。

因而，总是要沿着一条在建中（或者是改建中）的公路，那些急于奔命的大小汽车，深深浅浅地，奔驰在公路边的便道上，漫天黄尘，不着边际的路途生活，倒也在这样盛夏的季节里，生出一些别样的意味来。

是的，总是要在这样的便道上行驶着，心里才会有在路上的踏实感。

这样想着的时候，司机小张一不小心便走上了另一条路。他告诉我说，这条路太没有意思了，大路正在修，小路上因为车太多浮土漫过了车轮子，不如我们走一条更小的便道，翻过眼前的这座山梁，就可以重新回到柏油路上去。这样,我们可少受一些罪。

我对这样的建议无法表达自己的意见,甚至我还觉得,走一些山路更好一些,旅途之中,一马平川的有什么意思呢,到山上去吧,反正只要今晚天黑之前,赶到市里面就行了。我说。

戈壁滩上的土路,细密的尘埃如同阳光的兄弟一般,在车轮所能碾过的任何一片路面上,弥漫开来。离开那著名的黄尘大道不久,我们的车子便清爽了许多。首先是没有了路的戈壁滩上,除了一些坚硬的石子儿在车轮的碾轧下欢快地蹦跳起来,溅到窗玻璃,或者铁皮铮铮的车体上之外,尘土明显地减少了浓度。司机小张师傅和我,都同时有一个意外的发现,不远处的一个水洼边,有几只黄羊抬起头来,似乎也同时睁大了眼睛,向着我们这辆黑色桑塔纳行驶的方向,异常警觉地张望着。

这个意外的发现,让小张师傅在无意中放慢了车速。我带着几分惊喜的心情,赶紧打开了车窗,取出相机,想留下几张黄羊的近照。可是,并不友好的黄羊在一只头羊的带领下,仿佛接到了无声的命令,它们,像一支支射出去的箭一样,向着一条更深的山谷里,奔跑而去。

是呀,奔跑的黄羊,四蹄腾空,搅动着一轮黄昏中的太阳,在茫茫无际的戈壁滩上,一下子使我们的黑色桑塔纳,陷入了尴尬的境地。

黄羊奔跑,在一片黄昏前的夕阳里,那些落荒而去的身影,瘦小的,孤弱的身影,就这样在我的视野里,迅速地消失了。

在黄羊和我们的黑色桑塔纳车能够保持的距离里,我的肉眼,还难以真实地领略到,那些机敏而多疑的动物们的神采。现在,它们像一群受到惊吓的孩子一样,远去了,我却不知道怎么样向它们表示哪怕是最起码的歉意。

我们的车子，很快便来到了黄羊们刚才停留过的那片水洼。

不，或者只是一些夏日里的雨水，囤积下来的这么一点点可怜的水洼呀，在山谷和戈壁的低洼处，这一片小小的水光，是如何引来了这么几只干渴的黄羊呀？或者说，这些奔波在大山和戈壁间广阔腹地里的黄羊，是凭着怎样的一种生命的本能，它们侦察到了这些大地上所剩无几的水，可怜兮兮的水啊，它们开始集结起来，一个家族的黄羊，向着命运中的那一汪水，远徙而至。

它们经历了怎样的路途颠簸，和凶险的追杀。

可是，就在它们低头饮水的那一刻，一个黑色的庞然大物不期而至，这黑色的不速之客，在奔跑中，扯起一团团难以消散的黄尘，发出了那些远不是友好之音的嘈杂的轰鸣，于是黄羊们率领它们幼小的族群，带着困惑和谜团，迅速地撤离了自己千辛万苦抵达的一片水洼。

明晃晃的水洼，在夕阳里，只剩下了那一丝弱小的反光。

小张师傅有意加快了车速。他说，运气好的话，或许能在翻过去的那座山包下，赶上那群受到惊吓的黄羊。

起初，远远地，可以看得到那群黄羊的踪迹，没有几分钟的时间，我们的黑色桑塔纳，就被远远地抛在了后面。

小张师傅告诉我，很早以前，在这片戈壁滩上，夜里而把车灯一打开，那些被车灯照亮了眼睛的黄羊就傻眼了，有经验的师傅一路走下来，可以抓到很多的黄羊。这些年来，黄羊在这片戈壁滩上已经很少见到了。随着这几年保护措施的加强和生态环境的改变，在阿勒泰境内的这片戈壁上，人们不仅可以见到更多的黄羊，有时，还可以在靠近公路的地方看到寻找水源的野驴呢。

曾经在多么久远的远古时代，这里水草丰美，林木苍翠，在人类大规模的迁居进来之前吧，这里本来就是黄羊们的家园。

我想起了早些时候，从乌鲁木齐赶往阿勒泰的途中，也就在这片戈壁上吧，见到一辆又一辆车停在路边，有人手里举着随身携带的摄像机和照相机。原来，就在不远处的一个沙包附近，有几只野驴在草丛边的水坑里饮水。幸运的是，那些秩序井然的野驴们，仿佛没有受到这些停在路边的人们的惊扰，它们或低头饮水、吃草，或抬起头来，警觉地向四周张望。似乎，这些野驴们并没有表现出惊慌失措的样子。

或许，这些野驴早已经适应了在公路边饮水的现实，在往来的车辆和驻足观看的人群中，并没有受到一些恶意的攻击，或者惊吓。它们已经学会了与人类保持着这么近的距离，在这样的野生和天然的环境里，它们不再害怕与人类的近距离相处了。

幸运的野驴，也已经是我在阿勒泰见到的极为珍贵的物种了。

与那些在我们的车前奔跑而去的黄羊相比，我不知道是该以欣赏的目光还是以惋惜的眼神，来打量这几只停留在不远处的野驴。

我知道，刚刚在几分钟前发生的事件，或许在我的一生中，都不会发生第二次了。那些夺命而去的黄羊，如此近距离地奔跑在我的车窗外面，我却没有一点儿办法告诉它们，告诉那些奔跑着的黄羊呀，应该以怎样轻松的姿态，在人类面前停留，并等待一些友好和善意的问候。

而毫不理会的黄羊，在几分钟之内，彻底在我的眼前，消失了，消失得无影无踪。

五指泉，密林深处的一缕阳光

汗德尕特河西岸，东去阿勒泰市27公里，便是阿勒泰的著名旅游风景区——五指泉景区的所在地了。

2004年8月16日，从青河县返回阿勒泰市的第二天，恰逢新疆电视台的几位年轻记者来阿勒泰采访，市上有关部门便安排我同这几位年轻的电视记者们，一同参观市辖的几处景点。

于是，有了与这些年轻记者们的同行，便没有人怀疑，去五指泉是一处愉快的旅行。在市广电局王琴局长的率领下，那个阳光算不上明媚的下午，我和我电视台的新闻同行们，有了一睹五指泉的机会了。因为在此之前，我一次次经由那些曾经到访过的人们谈起五指泉时，仿佛是那些言说者无以复加的骄傲一般，他们绘声绘色地讲述着五指泉的时候，对于旅行者是一种诱惑，而对于来到了阿勒泰的旅行者说，便是一种折磨了。由于正值打草季节，我们来到五指泉景区的时候，景区里的游人并不是很多，车子便在景区外的一条水沟边,停了下来。

从景区的入口处,要到达真正的五指泉所在的地方,还要步行走上一段路程。在没有抵达五指泉之前,一条小溪般的河流,自峡谷的上游,沿着一条石板的裂隙,哗哗地流淌下来,狭窄的谷地上,间或有繁茂的桦树、山杨以及爬地松、绣线菊、野刺玫等灌丛和各种说不上名字的草本植物,在河谷的崖壁、石头和水流的徐缓处,自由而散漫的生长着。

而那一溪水,是清澈见底的。同行的广电局王琴局长出于好奇,蹲在石板上,用手猛地抄起了一捧水,没有想到,正有一群从上游下来的小鱼经过,总有十多条吧,几厘米不等的样子,借着这一捧水的力量,跳跃着冲到了水溪边的石板来了,众人见状,无不拍手惊叹王局长为打鱼高手。王琴局长赶紧又用水将这些活蹦乱跳的小鱼,重又冲回到小溪里去。这些自由自在的生命,活命在一条多么清澈的溪水里啊,它们全然不理会这外面的世界,已经嘈杂到了怎样的地步,也当然不会理解,这一行人,肩扛着摄像机等现代器材,穿行在溪流深处的林木之中,沿着一条怎样的峡谷,向着那一汪泉水的源头——五指泉,寻寻觅觅地走过去,是怀着一种怎样的心情,又将在怎样的行走中,留下无从探询的脚步。

去五指泉,还要在这样的山路上,傍着一溪碧水,穿行在林木中间,走上一阵子路。好在这盛夏时节里,有水有树,行路又不怎么急迫,倒也多了几分山野里的惬意和闲适。

看起来,这河谷里,不久前刚刚发生过一场猝不及防的山洪,一些枯朽的树木,一层层地堆积在岸上,呈现着洪水到来又退去时的模样。

这样想着的时候,我不经意间,抬头望了一眼这河谷的两岸,竟是一个陌生人无以逃生的幽闭峡谷啊，倘那山洪到来时，山雨欲催，却还有人，或者活动在这里的野兽们，来不及逃脱怎么办？会有一些天助的力量，可以帮助这些超然于世外的生命吗？

可能我这样的想法，显得过于幼稚和荒唐了。

如此幽静的一条山谷，溪水哗响，林茂草深处，一行陌生人的脚步正在一点点地逼近一个神话般的所在，哪能有这样沮丧的臆想呢。可是，没有办法呀，在这方面，我宁愿是一个悲观主义者，每每在这样的环境里，生出一些一个人无以自救的命运的猜想，设想一些可怕的，或者另外的结局，与这千里迢迢的世外美景，大煞了唉。

果然，走出一段林深草密的谷地，便来到了河谷的开阔处，再抬起头来，望一眼被四周的大山支撑着的天幕上，白云如帆，正运载着如水的蓝天，悠悠地，在头顶上经过呢？原来，天也是这般的伸手可触呀！仿佛是刚刚经过了季节的淘洗一般，远山，近水，都是这般的洁净，一尘不染，就连声音里，也没有了嘈杂之声，只听得见自己的呼吸，合着脚步的起伏，韵律轻松起来。

就在快要到达五指泉的时候，我看见和五指泉上面那块巨石对应着的，河谷边的一座山，酷似一顶皇冠。是呀，那气势，那色彩，那阳光下的熠熠光彩，这一顶巨大的皇冠，已经在这里停留了多久了。似乎在应验着五指泉的传说，应验着阿尔泰山漫长的山脊里，有多少深藏不露的秘密和宝藏。

而过了一条晃晃悠悠的木质吊桥，或者，在一些露出河水的石头上，跳跃而过，就到了五指泉的所在了。

果见一眼山泉，从巨大的山体岩石里，淙淙地流将出来，汪洋了一片草丛里的溪流。周围的树枝上，系满了红布条，是那些虔诚的拜访者们留下的信物吧。有同行者试着把一些硬币和面值较小的纸币往那些红布条里塞，以示自己对这眼神泉的虔诚之心。

而对于一路走来的人们，面对这么一眼被神话了的泉水，大口地灌满自己的肚子，仍然是当务之急。由于我在上来时抢占了先机，正好处于泉水下泻的最佳位置，便义务做了一回装水工，给几乎所有人的水杯里，喝空了的矿泉水瓶子里，灌满了五指泉的神水。

喝完了泉水，也灌满了随身所带的容器，便可以顺着一条山路上山去，爬到五指泉山顶上去，一览众泉小了。

这时，我才抬起头，注视到那一只高悬在头顶上的巨大的“五指”。

后来，我在有关资料上看到了有关五指泉的文字描述，他们是这样讲述这眼神泉的：在汗德尕特河西岸，有一著名的泉水，因在最大的泉眼顶上，有一巨岩——探头石，向东探出三米有余，仰视，整个巨石若一只巨大的左手掌，掌心纹路清晰可见，手指形状、比例恰当，极像人工雕琢成的阴线石雕。

是啊，一只巨大的手指在头顶上罩着，一眼涓流不息的泉水，便有了言说不尽的神话和传说。

沿着一条并不算陡峭的山路，攀上五指泉的崖顶，便可以有机会钻到那只巨大的手指下面去，近距离地感受“手指”的魅力了。

可惜，我的恐高症使我无法走到那巨大的“手指”下面去，只是远远地看着电视台的那些顽皮的姑娘和小伙子们，在那只巨大的“手指”里照相留影了。

原来，山顶上还有一座新修的敖包，高高的山顶上，那五颜六色的布条在敖包上被山风吹得瑟瑟作响。遵从了这山地的习俗，我希望能够在这不期而遇的敖包下，许下一个心愿。电视台的女记者杨汉英赶紧跑回山下五指泉处，帮众人捡回来一些石头，按照当地的习俗，手里攥紧了石头，闭上眼睛，围着敖包转上自己内仪的几圈，许下自己的心愿，神灵便会帮你完成心愿。

我也学着姑娘们的样子，攥紧了手里的那块石头，围着这山顶上的敖包转了十圈，算作实心实意吧，多日的劳顿，旅途的艰辛，独自一人的异地行走，还有不可预测的未完成的日程，我只是希望，这次阿勒泰之行，能有一个圆满的结局。

背对敖包，还有远山的美景，在午后的阳光里，是一些年轻的面孔和笑声。我在敖包跟前，为他们拍下了一张青春的合影照，算是一次永久的纪念吧。

转过身去，这山顶的阔地上，竟是一个巨大的“奇石展览馆”，不，是天然的奇石聚会。那些巨大的石头被风，或者雪，或者更为久远的天体运动所凿蚀的石洞，雨点样掏空了一座山岩，或立或卧，无不彰显着这高山阔野的石头的风韵。

眺望远处，那些平日里高不可攀的雄山峻峰，便有了一种与我同等高的感慨。我注意到刚才从河谷里上山时的那座皇冠似的山坡上，此时，有了些影影绰绰的人的影像，正在三五成群地在山坡上移动，好像还有新修的栈道供人们攀爬。

如果我的眼睛没有发生错觉的话，我以为，这山中的旅游，在更多的人还没有涌入的情况下，该是怎样的一种冒险行为呀！所谓人多的地方没有风景，我理解的五指泉景区，正是这样一处还没有被更多的旅游者所抵达的地方；至少可以说，在这个季节里，偌大的山野间，漫长的边际处，人的身影啊，显得是这样稀少而弥足珍贵。

我在这山顶上，甚至找不到一捧土。巨大的石头把自己长成了一座山，一些树木，便只有在石头的缝隙里，经历了怎样艰辛的岁月，使自己茁壮的枝叶在山顶上招摇着，一蓬蓬绿色里盛载着高处的阳光。那少得可怜的绿树下的阴影里,便是我们这些无处躲藏的踏访者了。好在午后的阳光,并不怎么猛烈,一些高处的山风也帮助了我们这些山外来客,驱赶着盛夏的炎热。

而越是在这样的山顶上行走,无言的大山默然耸立的旷远和宁静里,我越是感到了一种天命里的不安。我不知道大山在我们这些匆匆忙忙的旅行者下山以后,该怎样打发自己的时光。那些寂寞呢?那些漫长的冬季和无法洞开的岁月,一座大山挽着一座大山,它们洁净的心怀里,是鸟兽们行走的天堂;是一场大雪覆盖的,天底下的童话;是暴雨袭来时,浑浊的泪水呀,向着浊世里,倾泻经年的狂喜或者悲恸吗?

是呀,我感到了山的孤独。在这一刻,我行将下山,不管有多少不舍,我都无法把自己留住,我的脚步告诉我,我必须继续行走下去,这一生中,没有唯一的目的地。

我慌忙地随着人们下山而去,在一个山的拐弯处,一处天然石坑般的悬崖上,新疆电视台的几位记者,展开了自己的想象,摆开了各样的姿势,他们照相,留影,无比的兴奋。我也学着帝王的样子,张开了双臂,向着高天远山,再一次发出了野狼一样的嚎叫。

整条山谷里,是一声又一声野狼的嘶鸣,却不知惊走了多少无辜的飞鸟。

再一次回到谷地里来,阳光也就要收拢了自己的笑脸。

我们赶紧绕过一些河滩上的石头和木桥,走在回返的路上。途中,我不知道怎么一个人掉队了,一个人穿行在树丛和密林中,竟不觉有一些怕,匆匆地赶上去,见河谷出口处的毡房里,已有袅袅的炊烟,升起了。

浩瀚的湿地

很遗憾，我至今没有过亲临大海的机会。作为一个在新疆生活了二十多年的人，我却有幸见识过真正的沙海，从塔克拉玛干至库尔班通古特，那沙海连绵的纵深地带，那流沙洗濯着的艳阳烈日，我都曾经以一个亲历者的身份，见证过大海一般的浩瀚和无垠。

但是，真正让我为之震撼的，却是这连绵不绝的湿地景观。那天，2004年9月的一天，从喀纳斯的秋色美景里下得山来，我们的行程，有了一次意外的改变——我们要从途中经过的布尔津县，直插哈巴河，去新疆生产建设兵团的农十师一八五团，作一次边境线上的秋色之旅。正是这一次意外的改变行程，使我有机会在哈巴河县境内，目睹到如此壮观的湿地景象。

一条算不上宽阔的柏油马路，不知在什么时候，牵引着我的目光，驶进了这连绵着几千亩，几万亩不止的无边的湿地，水光，草影，不时有一些水鸟在水中，在沙地上，在青青河水上，拍打着自己的翅膀。那些沙地上的植物们,多半都还没有长大,一律都由铁丝网围着,圈着,拦着,一直就这样,弯弯曲曲,蜿蜒不止,冷不丁地见到一块广告牌——“国家级湿地保护工程”之类的大字,赫然醒目。我才恍然大悟,这是哈巴河县的国家级的湿地保护工程。

我不知道世界上是否还有比这里更大的湿地保护工程了。

当然,我说的是“湿地保护工程”,是赤野千里的戈壁上,突然呈现出来的,湿润的景观。

或许额尔齐斯河这样的漫漶之地,足以滋润了这样疆域辽阔的湿地,也或许,这涓流不息的地下水,涌上了滩头……

我疑惑的是,这些大面积湿地上的景观,开始在什么时候生长发育成今天的模样,是自然因素,还是人为干预的结果?

这样的现实景观,使我联想到哈巴河县城附近,额尔齐斯河谷地的那一片号称西北地区最大的野生桦林,那遮天蔽日的绿色浪波,掩映着一条河谷,是何等的壮美啊!

一切皆因为有了水,才成为了可能?

水,成就了荒漠地带的湿地景观;水渗出了地面,便有了眼泪一样的荒野里一个季节的疯长。

这样的情景让我感动。

是因为我在新疆,或者说,在阿勒泰广大的土地上进行着的这次行走,多半的旅途,会被那些因为缺少了水而陷入了千古干渴的景象,那些裸露在长天背景下的瘠薄的土地,正在等待着从天而降的水,来改变自己的命运呢。

在这样的湿地上行走,一直这样走下去,走出这片湿润的视野,重新回到干旱的地面上来,我也一直沉浸于那大片稀疏的绿色,和水波漾动的视觉享受里。

但我很快看到了白沙堆积的一座湖泊。有人告诉我说,一八五团白沙湖到了。我没有看见更多的水，却只有满目的白沙，和沙坡上那些燃烧着火一样灼红的新疆银灰杨的叶子，几棵树，燃烧着，簇拥着，连接成一小块跃动着的火焰。这些火焰一样红艳的银灰杨，掺杂在山坡上大片的绿色和黄叶之中，醒目而张扬。

我知道这些燃烧在边境地带的银灰杨，多半都是一些野生的树木上，生长着的叶片，却是因为远离了水，或者长期无法得到过水的补给，而恣意长成了这般模样的。

我知道了一条河流的灌溉和滋润，孕育了多少惊世的美景。绿洲、丛林，荒漠间的植被，那些水，正是这样缓慢地经过了这样复杂的系统工程，呈现在我们的视野里的。

当然，让我惊异的还不仅仅是这些行走在旅途中的风景。当我们的汽车穿越了哈巴河湿地平原上，被牛羊守护着的湿地之后，我意识到了这个秋天里，和这个秋天之后，那些生活在荒漠和植被后面的田畴和人家。

这便是我要到达的一个名叫一八五团的边境农场。

当河流交汇，一些时过境迁的水，带着一些山林和土地的祈愿，从这里，缓慢地流出境外的时候，正是这一天的夕阳，镀红了宽阔河面的时候。偌大的一条河流，囤积了足够流量的水，当寂静像一条缓慢的河流，在这片狭长的边境上，无声的流走，我觉得它们并没有消逝，它们以连续不断的水的囤积，构筑了我们视野里的，时间的防线。

似乎，这一天的时光，全部消耗在路途的奔波之中了。

当我们还没有拥有足够富有的时间，供自己挥霍的时候，我以为，行走在路途上吧，那是我们唯一能够进行的与时间的置换。

就像我这一天之中经历着的，浩瀚的湿地和沙坡银杨，它们在这里，等待着我们，有多么久了。

三道海子，一个季节的枯黄

几乎所有到青河来的旅游者，或者另一种意义上的文化考察者，去三道海子，是他们最为重要的选择。

而由于天气、安全、交通等方面的原因，一般情况下，县里面能够安排车辆和保障到三道海子的可能性，应该说是越来越少了。

三道海子地处阿尔泰山东段南坡亚高山草原带，位于青河县海拔2675米的查干郭勒乡北部，由三个高山湖泊组成。从东南向西北依次为花海子（什巴尔库存勒湖）、中海子（沃尔塔库勒湖）、边海子（切特勒库勒湖）。三湖由高山积雪和泉水汇集而成，其中花海子、中海子位于小青格里河南侧主流河谷内；边海子在小青格里河支流切特勒库勒河的河谷内。三个湖泊连线呈北西走向，大致与阿尔泰山走向平行，湖泊所在河谷呈“U”形，谷底平坦，水流平缓，河道蜿蜒，河水向西北流去。三道海子中，花海子与中海子的直线距离为3.5公里，中海子与边海子之间的直线距离为7公里。

海子周围为高寒草原。春季牧草葱绿,夏季哈萨克牧民来此放牧,成群的牛羊散布于河湖周围,宽阔的草原上,远远望去顶顶毡房恰似蘑菇点缀在草地上,潺潺小河流水,蓝天下澄清碧绿的湖泊犹如蓝宝石般晶莹剔透。

我是在到达青河县的第二天,也就是8月12日早饭后,从县城向三道海子出发的,同行的有县旅游局的张燕女士和她的哈萨克族同事艾尔肯。我们上山的车辆,是一辆改进后的212北京吉普车,驾驶员也是一位拥有美男子之誉的年轻、英俊而又身材高大的哈萨克小伙子巴哈提。

原计划早上九点钟出发,由于车辆等方面的原因,而一直等到了十一点。县委的殷新涛副部长告诉我说,他们每次组织人上山(三道海子),都要做充分的准备,主要是出于安全方面的考虑,一般情况下,县里不会主动安排客人上山去,即使上山,也要有专人陪同,并且上山的人数一般不低于三个人以下,以确保在上山途中不会出现意外,可以相互照应。

殷部长的这番话,我当时只是以为在安慰我,并没有怎么往心里去,后来在上山途中和山上的住宿生活,才让我有了更切身的体会。

我们的北京吉普车,是用来专门攀登像三道海子这样的高山的,具有良好的越野性能。从县城出发,一路平坦的柏油马路,晴空里的一丝丝凉风从车窗吹进来,似乎是预示着这是一次愉快的旅程。

果然,用了不到一个小时的时间,大概是十二点半左右吧,我们便来到了查干郭楞乡政府的所在地。张燕告诉我,我们必须在这里用午餐,因为这是我们进山途中最后一个有汉族人居住、能够提供像样饭菜的小镇了。同时她还告诉我说,从县城到三道海子所在的阿尔泰山东段南坡那片亚高山草原带,大概有150公里的路程,仍然属于我们中午吃饭的这个乡——查干郭楞乡的辖区。而从县城到查干郭楞乡政府所在地,我们已经走完了一百公里的柏油路,自此以后,出查干郭楞乡政府所在地,一路便是戈壁土路和山间林道了,而这一段约50公里的行程,没有三四个小时的时间,是断不可能完成的。

在查干郭楞乡吃过了午饭之后,我们的北京吉普车,又开始了继续攀登三道海子的艰难行程。

那是一些怎样的路啊,在乡政府边上的一片庄稼地上驶过去以后,所谓的路面,大抵算得上是一些牧民们进山的牧道吧,车轮飞溅处,黄尘漫起的烟尘足可以阻挡一场古老的战争。而一些弯曲漫溢的河道上,无桥无路的一河滩碎石,正好应验了这简易吉普车的越野性能。真是难以想象,在万里之外、遥远的不可想象的另一个地方,这些吉普车的设计和制造者们,任他们发挥怎样的想象力,绝对也无法设想到自己的产品,会经受过如此丰富而艰难的路面的考验。

有时候,车走在戈壁滩上,因一些雨水和尘土的缘故,现成的路面或者先行者的车辙印,也变得不真实或者对于彼时彼地的行驶者而言,已经不再是可靠和有效的借鉴了。所以我们年轻的哈萨克族司机巴哈提先生,往往是凭着自己个人的经验和直觉,径直选择自己的行车路线,而不是按照已有的车辙和固有路面行驶。

虽然也有几次“走投无路”而退回来重走的经历,但基本上来说,巴哈提的判断和选择是准确和有效的,从而避免了许多冤枉路。风趣幽默的巴哈提就这样把一条艰难的上山之路,左冲右颠,变成了一次愉快的旅行。

当然，艰难的山路总又是伴随着稀世的美景。

当那些现代化的交通工具无法轻易抵达的时候，人们能进入到山里来的机会也就大大地减少了。因而当车进入一个名叫祖尔坤的峡谷之后，立时那满山满谷的古木和溪流，便深深地吸引了我。

不知道从哪里流出的一溪碧水，洁净的水花拍打在谷底的山石上，而我们无路可走的吉普车，又不得不在一层浅浅的“水”上行走。山谷清泉，水路叮咚，两岸一棵棵巨大的青杨、灰杨或者松柏间偶尔惊飞的一只小鸟，会冲天而去，悠悠飞旋中，蓝天白云中那些高远的气象，俨然绝世的辰光。就连空气中也能嗅到一个季节里被拥塞着的峡谷气息。

在山石和河流中，有一些巨大的树木倒下了，不知是什么年代里的一场风暴，或者电闪雷鸣的那个夜晚，或者什么都没有发生，而一棵树因为站立得太久，支撑不住岁月在它身上增加的年轮，轰然倒地了，就像一棵熟透的果子坠落在地，就像一个奔波了一生的老人，无疾而终。这样一棵棵安详睡去的古树，它巨大的身躯有些刚好横陈在河流的两岸，被人们用来当作了桥梁，牧人们骑马而过，羊群如流水一样，在它们粗糙的树杆上滚滚而去，不免会把一些凌乱的羊毛粘挂在道路两边的树枝上，风起处，羊毛抖动，已经成为这自然风景的一部分。

我们的北京吉普车，就是在这样的风景中穿行而过的。偶尔会被一些巨大的石头挡住了去路，山高路险，一辆小车在峡谷中的处境，有时候就像一个孤独的旅人在远途中的行走一样，孤立无援中，是一种自由的境界。而我们的小车已经习惯了在山石的颠簸中保持一个相对的速度，向着自己既定的目标，默然行进着。

我们经历的这个有惊无险的峡谷,名曰祖尔坤峡谷。

我又一次记住了这条峡谷,是因为我们在整个谷地的穿越中,始终怀着巨大的兴奋,早已经忽略了每时每刻,都有可能发生的灾难性后果。好在,我们终于顺利地走出了峡谷。

在2600多米的海拔上,我们走出峡谷,爬上了一片高山草地。缓慢的山坡和巨大的山峦间,明灭的水光闪耀,这便是三道海子的所在地。

由于我们到来的季节已值夏天的边缘,加上今年的干旱持续了好长的时间,海子里的水已经不多了。事实上我们的小汽车,就行驶在往年的“海水”中的,因为海水的退去,留下了一些缓坡平地,在适量的雨水过后,山坡便成了天然的牧场,而羊群过后,少有的车辆便循了它们的踪迹,也终于使我们的吉普车在行驶中有了一种速度的感觉了。

三道海子,大部分的草已枯黄了,传说和记忆中的花红草绿,在我们来到之前的许多日子里,它们确曾真实的存在过吗?

除了在一些“低矮”的山坡间若隐若现的水的湖泊,我在行驶中的小车里,往海子深处的低洼里看过去,一顶又一顶白色的毡房,若有若无,近处的羊群和远处的大山里,那些骑在马上的男人或者女人们,仿佛他们并不急着回家似的,任由马在草地和山路上散步,悠然自得的心情,又着实是让你也无法为他们着急的。

而风景在哪里呢?巨大的天幕下,一座座缺少树木和植被荫护的山峰,全都像三道海子里的“海水”淹没过了一样。

而山不争锋,水不汪洋,草色的枯黄里,一个季节的背影,是否,正在渐渐远去。

夜宿毡房

太阳还没有下山的时候，我便从三道海石堆墓对面的山坡上下来了。这让带我们上山的张燕女士颇感意外，在她的计划中，我们可能要在“山上”待到天黑以后再下来的。

张燕决定带我们去她在牧场的哈萨克族朋友——古丽的毡房去，因为我们早上从县城出发的时候，张燕就说，晚上要住到她的老朋友的毡房里，大家彼此都很熟悉了，很方便的。不巧的是，古丽的毡房里只有两个十几岁学生模样的孩子。据说古丽今天一大早就到她妹妹所在的那片牧场上去了，留下自己的女儿和一个亲戚家的孩子来照顾着毡房里商店的生意。原来，古丽跟随乡亲们来到三道海子夏牧场，并不是来放牧牛羊的，她主要是把自己在镇子上的百货商店跟随牧民们搬到草原上来，以图一个夏日里的好生意。正值暑假期间，在县城里读书的女儿和亲戚家的孩子们，便也来到山上帮助她打理生意了。生意不忙的时候，她便骑上马去几公里外的毡房里走走亲戚,这不,一大早便去了她的妹妹家了。

见古丽不在家,毡房里还有亲戚的孩子,张燕说,不好意思再提出住在她们家的要求了。便把我们上山途中,在查干郭楞乡上吃饭时采购的黄瓜、西红柿、土豆等蔬菜送了一些给毡房里的孩子,转达一个老朋友的问候。因为上山和下山的困难,牧民们很难在三道海子这样的高山草地上吃到新鲜的蔬菜。

告别了古丽家的毡房,我们径直去了草甸的另一侧一顶看上去有些新而气派的白色毡房,一个夏日里要陪"客人"们上几次山的张燕说,那是查干郭楞乡驻三道海子的"牧办",一个负责草原牧场管理、联络的临时机构所在地。没想到"牧办"的毡房是一对中年哈萨克族夫妇,男主人那斯尔是这个草原上牧业办公室的负责人,他和妻子及两个孩子还有一群自家数目不大的羊群,在三道海子的整个夏牧季节里,承担着草原和山下面的"迎来送往",多数县乡里来的"旅游者",也都会带到他家的毡房里来。

通过我们的哈萨克族司机巴哈提翻译,很快与那斯尔谈好了我们一行四人的住宿价格——每人二十元钱,在他的毡房里住一个晚上,吃两顿饭。

进得毡房之后,那斯尔的妻子很快铺开了一条单子,酥油、奶茶、奶疙瘩以及一种名叫"乔尔玛克"的面点等很快摊开在了单子上面。我在上山来的头一天晚上,于青河县城的宾馆里,曾经认真地看过有关哈萨克族人的禁忌、习俗等,但是一不小心,在这个时候全都忘光了。可能是上山来的一路颠簸,肚子饿了,在吃"乔尔玛克"时,竟然忘记了哈萨克族人吃东西是要用手一块一块地掰着放到嘴里去的,径直拿起来像吃馒头一样大口吃起来。坐在我旁边的张燕很含蓄地用胳膊捅了我一下,小声说,在毡房里吃东西要掰着吃,我才赶紧收起了自己颇为不雅的“狼吞虎咽”。最让我尴尬的是，喝奶茶的时候，别人喝了两碗以后，坐在单子边上的女主人就不再给倒了，而我只要一放下碗，这位客气的女主人就要给我的碗里重新添满，而我出于礼貌，对人家端上来的奶茶又不好不喝下去，觉得这样会对主人不尊重，就这样我一口气喝了五六碗之后，肚子受不了啦，一时竟大汗淋漓起来，张燕问我怎么了，说如果双腿盘着时间长了受不了，可以把脚收起来，侧卧在毡子上，只要不将两腿叉开就行。她哪里知道我是奶茶喝得太多，肚子招不住了。后来，张燕看到了我在接过女主人的奶茶时的为难情绪，似乎明白了我的尴尬，便说，如果喝好了，就用手掌在碗上一盖，人家就明白了，不会给你加满了。我这才恍然大悟，仿佛获得了解放一般。

在新疆生活的这么多年里，各种各样的毡房去过不少，但大多都是一些礼节性地拜访，最多待上一顿饭的工夫，且大多数时候，同去的汉族人比较多，在一些程式化了的毡房宴席中，很少注意到一些严格意义上的礼节。而真正进入到那斯尔这样的哈萨克族的高山毡房里来，古朴而庄严的仪式里，便使你不得不小心翼翼起来，尤其是像我这样人生地不熟的“外地汉族人”，生怕有什么疏忽而影响了我们一行人的形象。

想来，除了县旅游局的张燕和我两个人是汉族人外，她的同事叶尔肯和司机巴哈提也都是地道的哈萨克族，在这个毡房里，甚至在整个三道海子草原上，我们是两个唯一在这里住宿、过夜的汉族人了。此时此地的三道海子草原，我才是一个真正的少数民族。

说话间，那斯尔的毡房里又来了几个亲戚，她们是从十几里路外的另一条山谷里赶来的。毡房里只有一个烧着劈柴的炉子，女主人要先给她的亲戚们做饭吃，因为她们吃完饭后还要赶回去。

天色尚早，张燕提议我们到毡房外面走走，也顺便再去她的老朋友古丽的毡房里去看一看，古丽回来了没有？

果然古丽已经回家了，见到了张燕带我们进到毡房来，显得异常兴奋，说要不是自己的毡房里来了太多的人，一定要留我们住在她家毡房里。

依然是摊开了一件桌布一样的布单子，堆满了酸奶、糖果等食品，依然是一人一碗的奶茶，依然是双腿结结实实地盘坐在主人为我们准备的毡子上。就像一个固定的节目，张燕说到草原来做客，这是一门必修课。时间就这样在一碗又一碗奶茶和半生不熟的汉语与哈萨克语的交流中，飞快地过去了。从古丽家毡房里出来的时候，太阳已经不知道在什么时候躲到大山的后面去了。黯淡的天色里，有几丝小雨从天空中若有若无地飘荡着，或许是草原上的人们早已经习惯了这一丝丝意外。

张燕是县里安排我这次上山来的一个主要负责人，她不仅要陪同我们完成在三道海子地区的采访任务，还要负责我们一行人的安全和食宿。虽然是一个地地道道的汉族姑娘，但她那一口在我听来还算流畅的哈萨克语，足以完成与这些草原上的哈萨克族人的交流了，何况还有她的同事叶尔肯和司机巴哈提这样的既通晓汉语又能熟练地使用母语的双语人才呢。只是在多数时候，我倒是一个身处在语言孤岛上的“漂流者”了。有时候看着包括张燕在内的我的同伴们，在毡房里那样像唱歌一般地交流着，我都有一种置身世外的“局外人”的感觉。

好在张燕是一位处事干练，又非常果断的人，她是我们这一行真正的组织者和领导人。她在我们走出古丽毡房的时候，抬头看了看天空，便脱口而出：“走，回去做饭吃去！”

我疑惑地问道，不是已经吃过了吗？而且在两家人的毡房里已经“吃”过两回了。

张燕笑着告诉我，在草原上，喝茶永远是喝茶，当不得饭的。

重新回到那斯尔的毡房，他们家的亲戚已经吃过饭了，正在准备走人。

忙活了一阵子后，张燕与女主人用哈萨克语交流一通，我们便开始做饭了。这时，我才注意到那斯尔的毡房里还有一位穿着军裤西装、戴着一副茶色眼镜的中年男子。该男子主动地与我们一一打着招呼，原来他是边防武警阿勒泰支队的一位中校警官，在草原上值勤已经有两个多月了，要一直等到牧民们转下山之后，才能下山，因而与这里的每一户人家都很熟悉。

中校是一位汉语讲得很好的维吾尔族人，他是那斯尔家的常客了。并不客气的中校主动承担了切菜的任务，且一招一式都很专业，引来了大家的一阵好评。而就在我们齐心协力围着毡房里的火炉做“揪片子”的时候，又从外面进来两位穿着皮大衣的年轻武警军官。显然他们是奔着中校而来的。没由分说，他们很快将马鞍子等交通工具抱了进来，并简单地洗过手之后，加入到了“揪片子”的行列。

外面的天是已经彻底地黑下来了。那斯尔打开了太阳能蓄电池，点亮一盏专门在草原上用的节能灯泡。

昏暗的灯火下，熊熊的炉火映照着每一个人的脸庞。

在这一刻，我看到了每一个人眼睛里的闪光，那种在炉火的映衬下，无私而纯洁的人性深处的闪光啊！这些来自于异乡草原毡房里的闪光，使我理解了像那斯尔这样的哈萨克族人，为什么活得这样健康而充满了热情。在这样高天阔地的山地草原上，每一个人的相遇都显得异常珍贵，每一个人的生命里，都燃烧着友善的火焰啊！

就像转场一样，在一个牧人的生活中，除了不可更改的季节荣枯着草原的四季牧草，他们的生活，简单得一生似乎只做了两个季节的事情——春天过了，追着夏天的脚步上得山来；秋色退去，回到冬窝子里，依然是一支火炉上燃烧着的奶茶的芳香。

“揪片子”是一种需要集体参与的草原上的大众食品，类似我们习惯里的“面片”，除了羊肉、皮牙子（洋葱）、青辣椒等在山下面非常普通的蔬菜，在这里也显得异常珍贵。

每人一大碗飘荡着辣子和洋葱的“揪片子”，还有哈萨克族人用刀子切成了块状的馕，一团团的热气，便洋溢在每个人的脸上了。

天黑夜凉，这毡房里昏暗的灯光下，聚集着天底下最美味的聚餐。一碗不够，又来一碗，我想象不出，还有什么美食，能让我这样胃口大开。

一顿快节奏的自助晚餐之后，大家不约而同地穿上了衣服，走出毡房。那斯尔很熟练地拿出了手电筒，随着大家一同到草甸上来。这是大家的一种默契，在远离毡房和水源的地方，沉沉的夜幕下，大家各行方便去了。

想不到草原上的夜色是如此寂静。在无边的虚空里，这夜色黑得如此浓重，所谓夜黑如漆，不过如此罢了。

再次回到毡房，女主人和她十一岁的小女儿，已经在忙着给大家“铺床”了。趁着女主人在毡房里忙活的当儿，到草地上方便的人慢慢回到毡房前，大概也是一种默契吧，在女主人没有完全铺展好床铺之前，我们便有一搭没一搭地与那斯尔闲聊了起来。

不一会儿，女主人示意大家可以进去休息了，那斯尔便招呼大家，逐一回到了毡房里面。

其实，在经历一天的奔波和有些漫长的毡房礼仪般的喝茶聊天之后，对于早一点躺到被窝里睡觉，又困又乏的我已经有一些迫不及待了。大概因为我是一行人当中最远的一位客人吧，主人安排我睡在毡房里最中间的一床褥子上。我有些不安，但别无选择。

正在我准备钻进被窝里美美地睡上一觉的时候，不料，那位身着便衣的中校警官，不知从哪里掏出来一瓶白酒，嘴里用有些生硬的汉语念叨；"郁老师，别急着睡嘛，来，喝一点，好好谝一谝。"

我不知道草原上还有这样的习惯，问身边的张燕和同来的小伙子叶尔肯，两个人都未置可否。初来乍到，不知深浅，当然也不好拒绝。我只好声称自己酒量不行，胃也不好，只能少量地喝一点，可以与大家谝一谝。

一瓶酒，一只酒杯。

这位维吾尔族中校警官行的是流水令。

只见他熟练地打开了酒瓶，是一种阿勒泰当地产的烈性白酒。第一杯酒自然只有主人那斯尔担当得起，中校将满满一小茶杯酒双手端给了那斯尔。那斯尔没有客气，他接过酒杯，低声念祷了几句，将酒杯送至唇边，少顷，一仰头，一杯酒下去了。第二杯自然轮到我这位"远方的客人"了。就这样一个人接一个人地喝，没有人对这样的规则和方式提出异议，一直到一瓶白酒喝完了，最后的那一杯"幸福酒"，依然轮到了我的头上，几杯酒下肚之后，已经头昏脑涨的我，不知道是中校有意"照顾"了我，还是自然轮到了我的头上来的。

没有菜，也无须菜，围在火炉旁的男人们就这样心照不宣地完成了一瓶酒的任务。

酒后，我主动要求主人将灯熄灭了，目的是早一点进入睡眠，困倦和草原深夜的寒冷，使我希望早一点进入梦乡，当然还有酒精的作用了。

沉沉睡梦中一觉醒来，已是早晨六点多了，毡房里依然处在似醒非醒的夜色之中，左边的张燕和右边的便衣中校，都还沉浸在香甜的梦中。我悄悄地穿上衣服，到了毡房外的草地上。我们住宿的这片草甸是三道海子其中的一个，名叫“花海子”，那座巨大的石堆墓就在我所在的位置不足一公里的地方。视野之内，一层薄雾轻轻地环绕在远处的山巅间，寂静使这片沉睡中的高山草原，变得异常安详，仿佛白天的喧闹，早已经离去了很久很久。

我独自走到了草甸的深处，四周没有了毡房或者山冈的遮挡，一丝清冷的风中间或有几滴雨水一样的液体撞击在我的脸上，它们没有等到我用皮肤上的温度去融化，便在顷刻间消失得无影无踪了。

我想到了这片草地上，古人的驻足与停留，他们把命运的寄宿和不舍四季的奔赴，与那座千年石堆一同，谜一样地留在了这个世界上；他们“消失”的那样彻底，那样义无反顾啊！而我们现在所能做的种种揣测，也只能是揣测而已；更多的时候，这只是我们自己的想象，而绝非古人的真实情状。

我打开了照相机，取景框里的风景一片迷蒙，水雾交织着的黎明前短暂的黑暗，正在淹没着人间的景象。

一阵阵的冷，使我还不能在外面停留的太久。回到毡房里，大家依然在梦中，没一个人有准备起床的意思，包括主人那斯尔和他勤劳的妻子。我想这可能是草原上的习惯吧。

没有别的办法，我只能重新回到被窝里，旧梦重温了。

再一次醒来，耳朵里是毡房后面那条小河里流水的声音，还有雨点敲打着毡房的声音。

多么奇怪呀，这么沉沉的一夜大梦，一条清澈的小河在枕边流过，我竟然毫无察觉。

而在草原的深处，雨下得更疾了。

山雨坡上行

行走在阿勒泰的万千山地和丛林之间，这是一次难忘的经历，一次雨中山路上的奇特历险。所谓命悬一线的非常时刻，一个多么强悍的人，面对无从把握的命运的无奈选择，在险象环生的绝境里，需要抛却的，正是自己所珍视的生命本身。

8月13日一大早，在密密麻麻的雨点声里，那斯尔的妻子生着了炉子，一壶奶茶和桌布上的早点，简单而实在。疲惫的身体，经过一个夜晚的恢复，又加上了奶茶和馕的热量，在淅沥的雨声中，大家的精神看上去好多了。

用完早餐，雨似乎小了下来。

一直盼着雨停下来好下山的张燕用征求的口气问我，怎么办，可以下山吗？其实几乎所有在场的人都知道，这大山里夏天的雨说来就来，说走就走。只是谁也说不准这雨什么时候走，什么时候来。望着毡房外面渐渐小下来的雨，我表示，在保证人车安全的前提下，还是尽可能地下山去。一是因为山上的气候条件复杂，稍有耽搁，再有更大的天气变化，人车都要困在人烟稀少的高山上，后果不堪设想；第二个原因，是我早在上山之前，就把下山后的行程和计划已经安排好了，一旦下不了山，将影响后面的行程和计划。司机巴哈提也认为，只要这雨停下来，用不了几分钟，这山坡上的沙石就可以把路面上的积水渗下去，我们的越野吉普车，走这样的山路没有多大问题。

说话间，雨竟然停了下来。巴哈提开始捣腾他的那辆越野车了，提前做着出发的准备。果敢的张燕女士做出了下山的决定。这时，仍然留在毡房里的便衣中校和他的两个战友，半开玩笑地对着张燕说，好妹妹，这样的天气你下不了山的，不信，你等着瞧，我们在这毡房里煮好奶茶等着你回来。张燕也开玩笑说，不会的，老天会帮助我们的，你们肯定会失望，奶茶还是留着你们自己喝吧。

就这样，我们与留在毡房里的便衣中校和他的战友以及主人那斯尔一一握手告别，庄严地踏上了雨后的下山之路。在这一刻，有些悲壮，也有一些难以说清楚的情感和缘由，人在“高处”的那一种特殊的感觉，依依惜别又暗怀在心里的那一丝安慰和庆幸，多多少少地拥塞在各自的心头。

车子在发动的时候，天空中又飘起了雨丝，我们大家都以为这只不过是刚才那阵大雨的余韵，很快雨就会消失的。而谁也无法否认，强烈的下山欲望，或许影响了我们对天气准确至少是客观的判断。

开弓没有回头箭。既然已经上了路，就没有更多的选择了。

没有想到的是，雨中的山路，湿滑泥泞不说，且大都顺着山坡斜立着的自然路面，原本想的积水会渗到下面去，现在积水不但没有渗下去，天上又一刻也不停地泼洒下来毫无遮拦的雨水。我开始在心里犯起了嘀咕，这样的雨天，这样的泥水山路，能下得山去吗？

性格开朗的驾驶员巴哈提，这时也变得默不言语，双目紧盯着车前的路面。就在这时，张燕在同巴哈提的交谈中得知，我们的北京“212”吉普车，这时已没有了前加力。这个意外的出现，无异于雪上加霜。

这时，车子开始在泥地上打滑、转圈，就像一个醉酒人的身体，东摇西摆地怎么也不听使唤了。意外随时都有可能发生：翻车、搁浅甚至滚下山谷，各种可能都成为这个雨中的山坡上，一辆孤立无援的吉普车最为现实的选择。

正是意识到了这坡陡路滑的山坡上，随时都有翻车的危险，不知在什么时候，车上所有的人都没有了声音。彼此的喘息和心跳声，似乎也异常清晰地涌荡在每个人的耳朵里。

雨，越下越大了。

车，却在泥泞的山坡上越陷越深。

行进的艰难，变成了怎样保持车辆的平衡和稳定，以使这慢速转动的车轮，不在跌入下一个泥坑的时候，使车辆倾覆。

这样走一走、停一停，前进了不到一公里，大家开始下来推车，希望能够用人力的推动，翻过这面山坡，到达峡谷里的石子路，可能会好一些。而推车不仅是一项力气活，更是一项技术活。没用几分钟，张燕和叶尔肯，再看看我自己，一身泥水不说，脸上眉毛里，都已经生动地印上了泥水的痕迹。

如果不是急着赶路，如果不是孤立无援，我倒是可以静下心来，好好地欣赏这山中豪雨的。是啊，这高处的雨水，海拔两千米以上的雨水，不是为了浇灌，也不是为了洗刷，只是为了宣泄啊，倾盆而下，无人喝彩。而山坡上已经有些枯黄的青草，在密集的雨水中似乎重又焕发了生机，泛动着明晃晃的生命的光波，那些在干旱和霜色里几乎枯黄的草叶下面，也似乎又有更多的细嫩的枝叶伸展开来，探着了茁壮的头颅，要向这个偌大的山野，讨上一季生长的期许。

再看看山坡下远处的海子里，水天一色，就要淹没了那些若隐若现的远处的山包；细小的水，涌动起巨大的山野的巨涛，如梦似幻的天地相连啊，也因了这山地的高拔，多了些真切的气势和豪迈的柔情。

只是这雨中美景，最是行路难。

雨成倾盆之势时，就连在车后推车的我也产生了怀疑，是否真的能够凭着我们这几个人的力气，将这钢铁之物推过山坡去。已经无计可施的巴哈提也终于摇头了。他说，实在不行，我们还是要回到那斯尔的毡房里避避雨，修修车再说吧。早已筋疲力尽的三张“泥巴脸”，面面相觑，对巴哈提的提议毫无异议。

艰难地在泥水中推行了几公里山路的汽车，这时又要调过头来，往回推。

这是一条怎样的泥水路啊！

雨，一直就这样倾盆而下，一点也没有要饶恕这几个山外来客的意思。

好在回去的路已经走过一遍，有一些“失足”的经验和教训，使我们的北京“212”似乎变得聪明了一点；已经没有了下山的希望，大家的心情反而倒放松了许多。

回到毡房，本来就不希望我们走的便衣中校和他的战友们，一下子欢呼了起来。幸灾乐祸地笑着说，就知道你们走不了，所以我们一直在毡房里等着你们呢!

不知道这是不是上帝的主意,在变化无常的大自然面前,我们能够改变的东西,有多么可怜,又有多么艰难。

重新又回到了毡房里来,望着火炉里熊熊的火苗,赶快脱下泥水外衣,在火炉上烤,以驱走身上和心中的寒意。就是在大家相互谦让的烤火过程中,我发现了自己的屁股上又多了一条缝——不知道在什么时候,我的牛仔裤被划烂了一道长长的口子,不知是雨水还是泥水,已经顺着这条便捷的通道,进入到我的身体里去了。

众人皆笑,以为滑稽。也不枉此次上到三道海子来,一个令人难忘的纪念吧,所以,我倒以为这是一件值得纪念的事情呢。

在毡房里烤干了湿透的衣服,却烤不掉一身的泥污。正在大家说笑当儿,雨停了下来。司机巴哈提胸有成竹地说:“我敢保证,这次雨停了,就不会再接着下了,等十几分钟,我们就可以上路了!”

借着巴哈提的吉言,我们再一次告别了主人那斯尔和便衣中校,相互簇拥着钻进车里。

车行驶在同样的山路上,因为没有雨水的猛烈浇灌,行车的困难减去了好多,但遇到困难的路面,仍然需要大家下车推行,被雨水浇透了的山坡上,一不小心,仍然有翻下山去的可能性。还真有那么一两次,吉普车在山坡上像特技表演一样转了好几圈,不知道巴哈提使用了什么样的手段,车稳稳地停了下来。

惊出了一身冷汗不敢说,隐隐地担忧还是有的。这面倾斜度近40度的山坡路,有五公里多的行程,是在我们上车和下车的推行中,艰难地走过来的。

下得山来,进入峡谷,重又驶上一条阳光扑面,尘土飞扬的乡间土路。

只是山中一夜，恍如隔世；雨大坡陡，路滑泥湿，茫茫山野间竟无人接应，不觉一阵后怕。

想来，人生有限，能有几回历险。这样的经历或者说经验，想必是我们在人生的坦途中，应该牢牢记住的吧。

岩石上的猎手

这是一个阳光明媚的正午,夏日的火焰,正在炙烤着这面名曰查干郭勒的山坡。

从青河县城去三道海子夏牧场,查干郭勒是必经之地。在乡上用过了午饭,往西北方向行不到五公里的路程,便来到这面长满了铁黑色岩石的山坡。起初,当有人给我介绍这座水库边上的山梁子时,我并没有怎么介意,一面算不上山的山,坡也不陡,小汽车几乎没有费什么力气就爬上了山腰,在一大块岩石后面,缓慢地停下了车。

这是一些怎样的岩石呀,在正午的太阳下泛着铁黑色的油光,一眼望过去,有一种被灼伤的感觉。我就像一个丧失了视觉的人一样,来到一块又一块岩石跟前,拨开一丛丛荆棘和草叶,我终于看见了那些锈迹斑斑的线条,那些在岁月的风尘中变得迷离和斑驳的轮廓。我发现了马,古老的骆驼和一种狼一样的动物的图案,当然还有羊：盘羊、北山羊，温驯的牧羊，还有狩猎归途中的人……

我的旅行向导告诉我，原来这里两座大山梁上，方圆几十公里的范围，只要能被敲击和凿镂的岩石平面上，到处都是这样的岩画。20世纪这座山梁下面修建了一座水库，一部分山体被毁坏，那些在这里停留了几千年的岩画也一同消失了。仅就我目前站立的这座山坡上，视野所及的岩石和平坦一些的石头上，布满了这些大大小小，分属于不同年代的古老画面。它们诞生的年代，据说应该在三千年至四千年之前的岁月里，那是一个铜石并用的时代啊，这些游牧在高山旷野间的民间艺术家们，他们传承和记忆着的，是怎样的一种生存图景。

在一面靠近水库的稍大的岩石上，我甚至看到了一个威猛的男人，骑在马上弯弓射箭的狩猎情景，那只中箭而逃的野山羊，仿佛还在发出悲凉的凄鸣……

在更多的岩石上，我看到了那些行走中被孤立下来的羊或者马匹，它们或许是一些被猎获的个体，举首仰望或者沮丧地垂下了自己的脑袋，却看不见猎人的表情和归途的希望。它们永远地停留在了一块又一块裸露的岩石上。多么凌厉的风，多么泥泞的雨雪，吹不动也推不走的石头上，任是怎样坚硬的目光，也无法穿越这一段荒远的历史了。

我取下了相机，对着一块又一块残缺的岩石聚焦时，奇怪的是，竟然在镜头复制下了我自己的影子。浓重的轮廓，热烈的气息，在那一刻，我被自己的影子吓了一跳。我不知道这些被高远的阳光在瞬间定格下来的身影，会以这样的方式呈现出来，恍惚中包含着某些冥冥中的暗喻，这个在瞬间闯入镜头来的莫名的身影，是来自我自己的身躯，还是另有他者？我一时竟无法判断。

我仿佛听见了这样的声音:这是阳光的杰作啊！正午的阳光，浓烈而滚烫,让一个捕捉影像的人,陷入了惶恐。

我想到了这一条古老的牧道,多么高远的天空下面,那个手持石头或者铁器的人,他的羊群和马匹在山坡上散开之后,他的心思散漫,若有所思,他挥动着手中这块坚硬的石头,来到一面岩石跟前,一下又一下地敲击着,直到敲击出了他心中的灵物——一只山羊或者牧道上的骆驼,甚或他还记忆起了一只梅花鹿,在猎人的追击中受伤时的情景;他一下又一下地在岩石上敲击着,天高地阔,没有人能够影响自己的创作和思路,当然也不会有要完成任务的压迫感;他随意而为,即兴发挥,可以把一只山羊的角加粗拉长,也可以在一头骆驼的双峰间,放置上一块松柔的草垫,所有这一切,既没有人来监督,也没有指望会博得一阵激赏者的掌声。

这些游牧于四野的远古民间艺术家,在一个短暂的夏牧季节里,或许能够凭着自己的坚韧和执着,把自己所能经历的牧场风景，或者狩猎记忆,真实地绘刻在这些没有表情的岩石上。

一天又一天,一年又一年,或许有一天这个坐在山坡上敲击石头的人老了,再也爬不上山来了,那么这些刻记在岩石上的生命,会替他照看着自己的羊群,它们也许还能够以此为标记,告诉后来和再后来的人,指引着一条生生不息的游牧之路啊!

人老了,会留在他原来的地方。他已经走不动路,丧失了语言和行动的能力,他会在生命的冬季里,怀揣着这些山坡上的温暖记忆,闭上眼睛,在一个很长的夜晚里,慢慢醒来。而经历了怎样的时间的变故,那些跳跃于山石间的山羊呢？那些梅花鹿充满悲情的鸣叫声,那些野狼的踪迹呢？它们是怎么在这面荒凉的山坡上突然消失的啊？举目望去,我看到了岩石的残缺里阳光的斑点,更远处,一座被称之为查干郭楞水库的湖底，少得可怜的水，就像一滴被大地收藏的眼泪，山高路远，奔波至此的野山羊消失了，那只在追击中嚎叫的野狼，消隐在了阿尔泰大山深处的另一片密林之中，再也看不到它们的踪影了。

当水草变得日渐稀少而枯黄，猎物们也纷纷远徙而去的日子里，那个在三千年前靠着放牧和打猎为生的古老部落，那些在岩石上用石头和铁器敲凿下生命记忆的人们，又去了何方？谜一样的山路，弯弯曲曲，沿着羊群和骆驼的蹄印，你或许可以一直向西，向中亚、西亚、欧洲高原……那里人烟更加稀少，草深林密，哪一条河谷里不能收留一个季节的生活呢。

人生一世，就如同一个季节的水草，一群游牧和狩猎人的生活，随着冬去春来，一条山谷又一条谷地转移着活命的场景；或许更像是一场时间的追逐赛，当猎物消失了，一面山坡的青草，被啃食已尽，剩下的事情，便是平日里可望而不可即的另一面山坡，另一条河谷里丰美的水草。

需要故乡吗？需要童年的记忆和少年的情爱，需要一个我们共同拥有的故乡呀，在回忆中消磨着旅途上的时光。

这便是查干郭楞岩画这样的古老山坡上，被我们的先民们，所共同拥有过的一面山坡啊，是这些永远都不会被时间背叛的恒久的存在，为我们保留着正在远去的历史。

是的，一面幼小的山坡，珍藏下你们游走和猎杀的记忆，在时间的深处，慢慢地浮上来，在阳光下生动和鲜活地叙说着，那些远走和不再归来的日子啊。

漠风吹过了旗帐遗址

长风猎猎,旌旗浩荡.或许今天的人们再也无法想象,用四十匹战马,拖着一辆宫帐大车,穿高山、过草地、涉峡谷、走沙漠,那威严与气势胜过千军万马的军前厮杀,早已使敌军闻风丧胆,疆土尽失。一代天骄,成吉思汗的蒙古大军所向披靡的真正缘由,就应该在这里寻找吧。

卡增达坂,蒙古语即为“宽阔的山路”,它距离三道海子东北约3.5公里处,相传为一代天骄成吉思汗第一次西征乃蛮部落(1204年)时修筑的古栈道。卡增达坂长约两公里,最宽处可达八米,路面砌有大小不一的平整石板。路的一侧是海拔三千多米的卡增达坂山峰,另一侧是悬崖绝壁。1994年7月,哈萨克族学者哈德斯二次考察青河县古道时说:“成吉思汗大道自青格里河上游经巴特泉,南到齐巴尔格勒湖,再经两边湖泊翻越勒干敖包进入蒙古境内。青河县境内的成吉思汗大道原为石筑路面,宽7.6—10米,当年四十匹马拖着成吉思汗的宫帐大车就从这条大道上走过,蒙古大军缴获的外国珍宝也从这里源源不断的运回漠北成吉思汗的大营。”

相传,是成吉思汗下令开山辟路,并命名为“卡增达坂”的。

而蒙古人的千万铁骑,是怎样呼啸着,翻越了阿尔泰山,建立起自己的庞大帝国的呢?就今天的阿勒泰地区我们所能见到的用蒙古语命运的山峰、河流以及古道、营帐遗址而言,这样的故事能够千古流传,是让人一点都不感到奇怪的。

遗落在“卡增达坂”上的这个旗帐遗址,据说为成吉思汗第六次挥师西进,在辽阔的中亚草原上驰骋了六年之久,奠定了自己的雄大基业之后,再次东返时留下的。那时,一代天骄已是六十四岁的老人了。也就是这一次回来之后仅仅两年,这位心怀天下的马上将军,病逝在营帐之中,同时也留下了其身后的千古之谜。

不仅仅是成吉思汗六次翻越阿尔泰山,更是他的漫长的军阵,使一些自然的山水,呈现出历史的风貌来。所谓一个地方的文化记忆,我想也正是通过这样的方式来完成的吧。

那天,我们的越野车在祖尔坤峡谷的出口处停留的时候,我非常犹豫,因为雨天路滑,车上所有的人都不主张到那条存放着旗帐遗址的古道上去,而我又由于担心着后面的行程及安全,就再没有坚持。只是,在浑然一片的大野之下,雨雾蒙蒙,我站在峡谷的高处向那条古老大道的方向仰望,一股清凉的山风从我的面颊上掠过去,空旷、无垠的寂寞里,一条峡谷高处的仰望,远隔着千年的历史,怎样的感叹,在历史的迷雾中轻轻地滴落。

我没有如愿用自己的脚步,踏上一条千年之前大军行进中的古老山道。即便是在今天,现代交通工具也无法抵达的另一条山路,它是那样遥远,遥远如一条无法企及的古老的迷途;而在此时此刻,它又离我这样近，近得我翻过了另一条山谷，就可以用自己真实的脚步踏上去，那些古老的石头和泥土黏合的路面上，已经长满了青草和岁月的风霜。

那是一条怎样的路呀，是驿站相通，粮草囤积；是车马大道，军阵隆隆；是横扫亚欧，威名远播；是源源不断的战利品，是运载着伤兵和眷属们，归返蒙古草原的故乡之梦……

多么荣光的大漠长风，多么艰辛的筑路大军，终于等到了一条可以回家的消息，那些停留在驿站里的军车战马，再也不用为前线的战事而劳途奔波了。

当战事平息之后，大军的车马消散在山林和草原的深处，征战的勇士们回到了自己的营帐里，开始寻找一条回家之路时，一条远征军的深山大道，其漫长的寂寞是不可避免的。

后来，我看到了这条大道的遗址上，已经被一些上了年纪的树木给占领了，营帐基石上的青苔泛着油绿的青光，远徙而至的鸟，偶尔会在这里停留上一小会儿，还有一些山地动物们，习惯了这里的寂静和宽敞，或许也会在山路旁边的某一处石洞里，建筑一所高山洞穴，繁衍生息也未可知否？

总之是一条荒芜了的大道。一处处长满了蒿草和树木的旗帐遗址，慢慢地，会在时间的安抚下扎下根来。那些军人抑或战犯们用尽了气力从远处移来的山石铺筑的山道，已经自然地生长为这山体的一部分了。

山，或者树木的风霜四季，在阿尔泰千山万壑间的每一种风情，都无法逾越一个季节的停留。而这一切山色苍茫的雄浑视野里，是一些千年不息的厮杀声吗？

我一直在想，那些蒙古大军远征途中的伤兵残部，那些战死或者病死的蒙古军人们,他们有能力让自己的灵魂,回到那片故乡的草原上去吗?

一千年的路程,何其遥远。战争的血腥凝固在了万里之外的深山途中,没有谁能够告诉那些个泣血哀鸣的伤兵残部,会在哪一条归乡的途中,客死他乡。唯有一条路可以证明,一条没有被时间迷失的山间大道,能够在记忆和想象中,为我们讲述,这样一条古老的山路,曾经的一切。

卷三　喀什噶尔阳光>>

无边的寂静在远方等我

无边的寂静在远方等我。这一句话是我坐在黑夜中的小车里，从帕米尔赶往喀什的路途中想到的。因为连日的奔波，也因为贪图路途中的阳光和旷野美景，一次又一次停下车来，在冰冷的河水中洗涤疲倦，也因为，雪山、峡谷，巨大的冰面，裸露的河床，迎面而来的雪山倒影里，一只鹰的翅膀擦亮了寂静的天空，所以迷醉了归途，预定中的行程，只能一推再推。

终于到达了黑夜。南疆的旷野上，除了黑夜，和车窗外的原野里一阵又一阵的风声，此刻我已经听不到自己的心跳，我一个人，把目光伸向黑暗中的旷野，在车速和沙石的撞击声里，那些时间的颗粒，犹如针芒，击打着我呼呼作响的耳膜。

所有的人，都陷入了黑暗中的沉寂。无语有多么可怕，而任何一点声音，又显得如此多余，只有车轮在时间的黑暗中，无声地转动。多么寂静的远方，现在只剩下了沉沉的夜色，大幕一般落了下来。

往事般的沉寂呀,我已经是一个舍弃了一切的人,在如此陌生的远方,归途或者故乡,都是那么遥远。我想到了那些追随了一生的苦难,那些心灵中祈祷的万水千山,你在此刻的黑暗里,是否听到了我无声的叹息。

这是真正的旷野的黑暗,黄昏刚刚在一片残血的夕阳中坠落下去。接下来,我还不能知道,下一个目的地,在多么漫长的时间里到来,我只想一个人,享受旷野的黑暗和寂静。那巨大的山谷中,水,或者风留下的痕迹,就像刀刻斧凿的历史,她们停留了一百万年,或者更久,而我们依然把自己称为时间的过客,像一群小丑,停下来,撒了一泡尿,或者照相。这是多么滑稽的事情。可是几乎所有的人,除此之外,已经不知道还能够做些什么了。

拥有这样的旷野和黑暗,我不知道自己已经沉陷在巨大的幸福之中,我的思乡和可怜的个人苦难,再一次扑面而来,她们此刻,像一群乌鸦般占据了我的视野,我想,在这样的旷野上,我必须敞开了自己的伤口,让这些陌生的黑暗来缝合,已经足够长久的伤,在时间的疼痛中,在黑暗里,是否已经接受愈合的事实。

接下来,还有多么长的路要走呀,你一个人悄悄地逼近了事实的真相,看见了那些山水,和高海拔的缺氧,你气喘吁吁地告诉了那个山口,那个洁净如同贫穷一般的山顶的雪,垂落下来,在明亮和午后的阳光里,快如闪电。

还有树木吗?夜色里的灌木和丛林,沿着车窗外面的寂静在延长和生长,在平缓的大路或者街道两侧,村庄也已经掩去了背影,那些拥挤或者争吵,在可以想象的炊烟中一层层退却。

怎样的生长,使我望见了停留在千万里之外的那个故乡的村庄。就像此刻的亲人,从往事中走来。

这一刻,乡风扑面呀,无边的寂静,在黑暗中的远方,等我。

问水帕米尔

那天,我们在喀什的"朦胧夜色"里,早早地打点好了自己的行装,我们就要出发,去往一个神秘的地方,穿越海拔和阳光的高度,朝着太阳的方向,我们都在自己的心底,埋藏着各自的秘密。

此去喀什,一个最为重要的任务是要去一趟神秘的高原——塔什库尔干。这也是我多年来在新疆大地上行走,遗留下来的不多的地方了。而初冬的天气,显然又增加了此行的担忧和莫名的隐忧。据说,往年到了这样的时候,当地一般是不会安排客人上去。一是海拔太高,许多生活在低海拔地区的人无法适应;二是天气太冷,怕上山的路结冰打滑,行车不安全。

而无论如何,这是一次难得的机会,好在天公作美,我们来到喀什的这些天里,一直都是晴空万里。

就像我要抬头看见的一张脸,喀什噶尔在初冬的原野上,在车轮飞动的广大的原野上,是一张怎样灿烂的脸庞!阳光还需要在怎样的挥洒中，来完成一次心灵的朝拜呀？

当我们的小车终于到达了喀喇库勒湖的时候，风也终于把那些稀薄的云彩，从雪山的头顶上飘了过来。在雪山和阳光的作用下，我甚至分不清楚，哪里是湖面，哪里是雪山，积着薄冰还是雪水漾动的湖面，已经被这高原的风，洗涤得异常干净，就连寒冷也是经过了洗涤的，就连明显减少的氧气，一样是经过了这高原的过滤。

喀喇库勒湖是一座洁净的湖。在喀喇昆仑万山耸立的峰峦叠嶂中，这个巨大的蜿蜒数十公里的湖面，在遥远和寂静里看上去是那样渺小，渺小到我们的眼睛完全可以忽略的地步。远远地，你会以为这是一条司空见惯的河谷，或者只是你视野里的一次错觉，她深藏在大山的皱褶里，被一条著名的中巴公路像飘带一样拖拽着，蜿蜒而去，而总是缺少了聚集和舒展的空间。那些宽大而又显得有些拥挤的山峰，那些明亮的雪山和纵深处的悬崖告诉我说，这多么像是一次遗忘！

我们鲜有探知她的勇气，就像我们在多数时候的无知，无法告诉我们另外的世界，那些横亘在伤痛和时间深处的，是一条怎样的冰川。她在这里停留的愈久，就仿佛是要告诉世界，多么高处的深渊，都会有陷落的峰峦。所谓高处不胜寒，哪里的寒冷，能够比得了这时间深处的遗忘。

我想说的是，这蜿蜒的湖面上停放的，不应该是最彻底的绝望，而是最坚韧的等待。面对这些伟大的山系和更高远的风景，没有人愿意为了这些寂寞的湖水做一分钟的停留，远山近水，你都去了故乡以外的另一个地方。一个又一个目标明确的目的地，而不是这无以籍名的自然山水。

有多少长旅里奔波的人，一程又一程，多么盲目的奔赴，我们舍下了英雄的去处，停留在人间的悲哀和苦痛之中。因而你还会发现，其实要学会忘却也是如此的艰难。

或许帕米尔，我来到这里只是一次偶然，却是我在今生里，必须要遇见的，一生的伤口。在阳光和雪影里，我是否能够丢下这尘世的罪孽？那些深渊里的宁静，无边苍茫，一粒风中的沙子在飘游的途中，我需要一些灵魂的搬运工。

孤独或许一生，问水帕米尔，高原无语；还有前生今世，阳光擦亮了一只乌鸦的翅膀，在远方，还是身后的寂寞里。

石头上的城堡

那天下午，我们抵达塔什库尔干县城的时候，高原上的阳光已经开始缓慢地向西方移动了，虽然是天高地阔，有些稀薄的空气中，凌厉的寒风还是让人觉出了一种异样的陌生和凉意。就如同我携带着一个季节的寒冷，和命运中的一次伤痛来到高原。我希望这只是一次长旅中的意外，多么遥远的旅途，我没有放弃的一次意外。我看见了自己这一片命运中的荒野，被我一次次抛弃在路途之外的荒野呀，需要我一生的跋涉来偿还的一片荒野，这一次来得有些意外。

从来没有置身于这样一个寂静的小城——一座以塔吉克人为主要居住民族的自治县城。高天流云，雪山环绕，一条宽阔的河谷，仿佛是一条柔软的毯子，横亘在小城的枕边，那些草场一样平缓的湿地上，多么稀少的牦牛和羊群，那些随意散落在远处的树木和人家，像极了一幅油画，却不知道它的边际在哪里——不知是洪水季节遗留下来，还是从草地下面涌流出来的清澈的溪流，在那些即将枯黄的草叶间流过，在夕阳的余晖中，闪着明亮的水光，与不远处的雪山遥相呼应。在水花和雪光的明亮里，我发现自己的眼睛并不是用来瞭望的，它只是一个高原的盲点，一条视野里的迷途，而对于近处的风景或者远处的命运，我的眼睛在此刻一无所用。我必须像一个盲人一样来面对一片心中的风景，我还不知道用什么样的方式，来抚摸这一片高原。

草地溪流过，荒村古城边，我立马想到了这些草木边关，时光荏苒的古老意象。而我要登临的就是这样一座千年的古城——位于塔什库尔干塔县城北侧不足百米处的“石头城”。资料上说，这是新疆境内古丝道上一个著名的古城遗址，是古代丝绸之路中道和南道的交汇点，喀什、莎车、英吉沙及叶城通往帕米尔高原的数条通道都在此地汇合。城堡建在高丘上，地势极为险峻。城外建有多层或断或续的城垣，隔墙之间石丘重叠，乱石成堆，构成独特的石头城风光。汉代时，这里是西域三十六国之一的蒲犁国的王城。唐王朝政府统一西域后，这里设有葱岭守捉所。元朝初期，大兴土木扩建城郭；光绪二十八年，清政府在此建立蒲犁厅，在旧城堡南面兴建了新城镇，这座石头城遂被废弃。

因为路线不熟，我们并没有找到进入古城的“正门”，只是在一段围墙的断裂处，顺势而上，气喘吁吁地攀上了古城。是石头连接着石头，也是石头连接着向上的天堂吗？

当我终于来到四野散布着石头的残破遗址时，一座散落在时光里的城市，已经完全放弃了所有的抵抗，只是在这里静静地等待着那些消失了的繁华，而所有的期待和努力，都已经变得悄无声息。可以想象的是，多少年来，那些城市的建设和居住者，那些远天高地的王呀，荣华和富贵的源头，被命运逼走的那一行远行的雁群，或许还会记得这一切；那些守卫在一个王朝边关的将士们，对于故乡的思念也已经湮灭在风雪和高原的黄土之下了。接下来，我们也许可以在这些破碎的石头间窥见自己的命运，时间的沧桑清晰可辨，即使我们多么庄重地来过了，也只是时间这个巨大城堡里的一粒尘土，一阵风刮来，一切又都回到了原来的地方。

有什么可以值得炫耀的呢？你来过，又走了，远不如一块石头来得坚硬和持久。我放弃了继续寻找的念头，沿着一段城墙的遗址走去，突然看见了一块乳白色的石头，像一座城堡的微雕，洁白而光润。拿在手上沉甸甸的，我想到了自己和这块石头的缘分，不禁暗自庆幸，我轻轻地拂去石头上的尘土，看见了它曾经有过的细微的伤痕，用手掌擦了一擦，还果然显出了一座城堡的图案来。我把它紧紧抱在自己的怀中，一直没有放弃。这是一座多么遥远的古城呀，无论在时间还是空间上，我手中的这一座“石头上的城堡”，都应该是我命中的珍宝。

此时我又一次举目高原，夕阳已经染红了半边的天空。我手捧着一块“石头上的城堡”，站立在满目的碎石和残破的遗址之上，夕阳如血，惨烈而浩荡。我却忍不住，问浩然昆仑：高天远路，却不知我归何处？

黄昏穿越乌帕尔乡

从塔什库尔干下来的时候,是一个慵懒而又有些清凉的午后,高原的阳光在碧蓝如洗的天空里,恣意而挥洒。用过了午饭,在县城有些空阔的街道上穿过去,偶尔的塔吉克人和过路的大客车,就像邻家的亲戚一样,敦厚而踏实。我注意到一个塔吉克少年的脸庞上,那样朴实的微笑,他只是看见了这样几个游客有些笨拙地穿越马路,在几家仅有的清真餐馆间选择并用餐的时候,他的笑容里流淌着一些真实的迷惑。

我喜欢在这样的笑容和人群间停留,因为陌生或者稀少的缘故,在异地他乡,在别样的风俗中你看到了一些被展开的生活。它们是这样古老的保留着与传统的关系,一些斑驳中的流传,洋溢着那些不曾被断裂的先人们的精神和气息。在空气有些稀薄的帕米尔高原,塔什库尔干完整而又鲜活地保留了这片辽阔高地的原始风貌。

我想我已经足够幸福了。除了有一点吃不饱的氧气，我的行动缓慢，有时会免不了气喘吁吁，但我一次又一次在这个几乎到了天边上的小县城里，发现了“远方”的亲人，他们素昧平生，使用一种我完全陌生的语言却是我熟悉的表情，相互传递着那种叫作幸福的东西。还有永远都不会缺少的阳光，在一张张黝黑的脸庞上一览无余。

下山就是要回到喀什去。一条路，就是我们上来时走过的中巴公路。在河谷和广袤的平原上疾驰而过的车辆，可能很少有人注意到散落在远处的毡房，那些寂寞中的庭院里，兀自生长的果树和寂寞。几乎看不到远处的人群，我有些奇怪的是，空留了这些街道和房舍，人们在同一个时间里都去到了哪里？是地域间的苍茫，还是隐身于尘世的生活，使得我看不见他们生活的身影。那些散漫的，端坐在毛驴车上的老人，似乎要一直在这条路上走下去，你不知道他是回家还是要远行。我有时候会有一些隐隐的担忧，在“永远也看不见尽头”的路的远方，真的存在着我们需要的抵达吗？

这样想着的时候，我感觉到了恍惚间的困乏和旅途的疲倦。连日来的高原旅行，使我的睡眠变得破碎和凌乱起来，许多时候，我的沉沉一梦，都是在奔驰中的小车里完成的。一个梦，断断续续，走了上百公里的路了吧，我仍不愿意醒来，把往事搁在了荒原之上。

当车子到达疏附县境内的时候，天地间的恢宏大幕似乎已经缓慢地打开了。这是黄昏的序幕。往前或者往后的路上，浑黄的低气压，环绕着不远处的村庄和田舍，炊烟弯曲着，爬上一户人家的柴垛，消失在一只草鸡展翅飞起的那一瞬间。一辆小四轮拖拉机，载满了一车人，也突突突地吼叫着一股气味浓重的浊气，在人群中急不可待地穿过去了，我甚至想，在马路两边的某一个庭院里，这个信仰着穆斯林的驾驶者,会在怎样的表情中停下来呢?我知道祈祷的时刻就要到来,而黄昏就是回家的方向,所有行走在路上的人们,都会在这样的时刻满怀虔敬,向着一个永远的远方,祈祷。

道路上的拥挤,使车子的速度缓慢下来,这个时刻你只有前行,空气里的凝重,使一车人比任何时候都愿意保持沉默。

乌帕尔乡就是在这样的时刻被我们抵达的。在天色还没有完全暗下来之前,我们要去拜访的是一个墓地,一位维吾尔族先哲麻赫穆德·喀什葛里的麻扎(墓地)。作为《突厥语大辞典》的作者,麻赫穆德·喀什葛里的身世充满了传奇,这里是他出发并最终回来的地方。我们到来的时候,正值麻赫穆德·喀什葛里诞辰一千周年的纪念,一条长长的横幅悬挂在麻扎的大门上,在铁门缝隙里,我用手机拍了一张麻赫穆德·喀什葛里站立在远处的塑像。天色已经晚了,我看不清陵园里的其他建筑,即将到来的夜晚,也催促着我们要急急地赶路了。

我是一个异族,我的敬意来自我一知半解的历史知识和现场的气氛。在那些遥远的年代里,准确地说,在中原的宋朝,这个山坡上智者就已经诞生了,他曲折而传奇的经历,发生在葱岭以西,发生在遥远的波斯湾腹地。那里是跋涉者的故乡,却远隔着历史的千山万水,就着黄昏的掩护,我在乌帕尔的乡间小路上,被一次意外的造访,感动得热泪盈眶。

我们要急于赶路,原路返回的时候,我才有时间打量小路两边的维吾尔族农舍,柴草堆积的小院周围,是尘土和着即将落幕的生活,在村庄里起伏的。

这个村庄留给我的记忆,是黄昏里的落寞,是无声的祈祷,是生活的低语,是一张张无法被我看得清晰的、复杂而丰富的面孔。或许这个村庄更加鲜活的生活,它们会停留在另一片更为灿烂的天空下呢。

在黄昏即将落幕的时候,我又一次踏上了归途。我知道远方依然在召唤着我的灵魂,我需要收藏好了,我的奔波和不可预知的前路。

盖孜村上空的乌鸦

若隐若现，那些在头顶上一闪而过的黑色的斑点，像是谁从山头上扔下的一块石头，重重地击打在天空的某一个污点上。这是乌鸦吗？在南疆的天空下，我试图寻找一个依据，一个不能够让乌鸦们飞向远方的重要依据。它们盘踞在一些低矮的山头，畏缩着的翅膀上早已收拢了远大的志向，它们在等待什么呢？

在这些异域般的土地上，莽莽昆仑的巨大山系和褶皱里，一群又一群小规模的乌鸦，蹲伏在一个山垭或者一个村庄的上空，有一些窥视，也有一些默然。

这里是盖孜村，是喀什通往红其拉甫的中巴公路上，第一个边防检查站。依傍着一条巨大的河谷和连绵不断的黑色的岩石，这个小小的村庄，在通往塔什库尔干的道路上，如此谦卑又如此险要，仿佛还没有多余道路可以选择。

然而乌鸦，终于在这里迎来了时光的潮水，它们像客人们一样睁大了好奇的眼睛，在无限的高度和深陷的峡谷中，徒然地张望着，那些即将到来又将在瞬间滑落的短暂的飞翔。

已经多么久了，我看见了这些停靠在公路边上的黑色岩石，太过陈旧，仿佛岁月的锈迹上涂抹着一层层生活的艰难；除了间或出现的房屋里，一根木棍支撑的炊烟，那些汲水归来的主妇们，在自家的门口倚门而立，在稍远处的山坳里，一匹马和它的小马驹，被拴在一块大石头的下面，只是偶尔地抬去头来向着马路对面的山坡上，毫无目的地张望一阵儿，马呀，你还能够做什么呢？

这时我看见了头顶上的乌鸦，它们紧紧地贴在岩石上，远远看去，甚至它们和颜色没有了区别。我看不见乌鸦的翅膀，也看不见它们的目光，我看见的是那些无声的守望，或者乌鸦是这里的另一些岩石，它们生长，或者退缩，只是把偶尔的飞翔当作往事。然而一次真正的飞翔，果真是乌鸦们回忆的一部分吗？

我是不是使用了太多的问号？这个下午，有些阴郁的天空终于弯下了身腰，有一些冷，是对面的雪山上逼过来的冷呀，盖孜峡谷和这个小小的村庄，用这些黑色的岩石作为抵抗，而不是撤退。除此之外，还有这些乌鸦的坚守，最沉默的坚守者，最为暗淡的生命，它们成群结队，小规模的布防，却有效地阻击了这些大山的压迫和进逼。

而昆仑山这样的背景下面，一只只乌鸦，一群又一群乌鸦成为石头的堡垒。生活在这些石头下面的，不管是塔吉克族，柯尔克孜族，还是维吾尔族，他们世代守着的，不也是同样的大山和高远的天空吗！他们是一些石头一样的命运的守望者，也是这些石头的搬运工，他们搬走了一生的石头，也搬走了自己的一生，生生不息，而大山和这条同样名叫盖孜的河谷，却一点也没有减少。

是时间的生长,还是生命的衰亡,一个村庄,周而复始的是我们无法深入进去的那些漫长的时光。而乌鸦才是这个村庄最好的见证,也只有乌鸦,是我们无法搬走的另一些石头。

这一路上我都在想,在雪山如此逼近的高海拔里,一只乌鸦,需要怎样的飞翔,才可以跨越自由的障碍,那无垠的天空,一次次降落又豁然升起,她开启的,一定是命运的另一扇大门。

赛尔亚,抖地毯的女孩

这个早晨的出发有一些迟缓,加上司机并不熟悉上山的路,在一条河流的阻隔下,我们的车子一时间陷入了迷途,好在河边一位正在装运石头的维吾尔族青年,用他一脸灿烂的笑容和不太顺畅的汉语,告诉了我们另外一条上山的路。这时我从车窗里看着这条名叫疏附的河流,一湾浅水在大大小小的石头上无声地流过,而阳光像一抹刚刚被烧红的霞光,在水面上跳跃,那些清冷的水,也便有了一些温度。而十二月的南疆平原上,寂寞和枯黄的漫长的大地,树木和水草,早已经进入了等待和复苏之中。是的,正是在这样一些漫不经心的事物中,我希望中的抵达,正在一点点地,向我靠近。

我知道我的高原塔克拉玛干,直到这一刻,还只是一个遥远中悄然抵达的梦。在这一刻,我恍然觉得,你走多远的路,经历了怎样的曲折,急急缓缓,都是你一生的宿命。我在新疆生活了这么多年,从来没有像今年这样,一直都在路上,从开春开始,南疆和北疆,我

一次次出发，又一次次归来。仿佛我的命运在路上丢失，仿佛我的魂魄，在那些酷风烈日和漫长的风雪中，有过怎样的合约。只要在路上，也只有在路上我的心思才可以平复下来，那些漂泊不定的行程，是我必须要支付的一生，还是这一生中，必不可少的路程！

车子从一座村庄穿过，驶上了一条乡村土路。十二月的南疆，有一些干燥和清冷，那些出没于庭院间的风，夹带着一些柴草和牛羊粪的味道，便在一些尘土上面消磨着时光。

我不知道车子在这样的乡村公路上行驶了多久，我也无法计算这样的路程，是一些艰难还是幸福。我满怀好奇地沉浸在一段段往事的回忆和现实的风景之中，脑海里，一次次抛锚又一次次被车子给颠了回来。

当我又一次回到现实中来的时候，我们的小车已经平稳地行驶在一条宽阔的柏油马路上了。依然是一个村庄，或者是一个小镇，为数不多的行人，三三两两的街道，有一些手工艺品和石榴一类的水果摊位，更多的，是一家又一家散发着热气和粮食香味的馕铺。那些相貌简陋，似乎永不知疲倦的馕坑，立在马路的两边，仿佛在告诉所有远行至此的人们，行多远的路，都需要把粮食带在自己的身边。

我首先看到的是一个叫“赛尔亚”的道路提示牌。迎着太阳的方向，我的视野里，道路延伸下去，是越来越清晰的人群和低矮的房屋，是被清水洒扫过的干净的庭院门前，一些在简陋的岁月里堆积的柴草，泛着历史的光芒。那些模糊的记忆，使我觉得自己并没有走远，我只是回到了自己的另一些童年和往事之中。我原来以为，这是一片多么陌生和奇异的土地，遥远、苍茫，那些铭刻在想象之中的城池和荒原，现在，正在一点点地消弭在你现实的记忆之中。有多么强大的历史可以推动，这些远隔着文明和记忆的幻象，多么像一部错乱的影片，没有结束，也没有开始。

奇迹，就是在这一刻出现的。

我一眼就看见了那个维吾尔族女孩，头顶上裹着黑色的纱巾，站在自家的门前，用力向着马路挥动这一张地毯。红色的地毯，有一些长和宽。小女孩不得不用力地甩动一角，然后再挥动着另一角。阳光下的女孩，她的脸上洋溢着幸福还是笑容，我不得而知。她非常熟悉并老练地挥动着一张宽大的地毯，这即使不是她生活的全部，也应该是她每一天的功课。阳光适时地抛洒在她的脸上，她的黑纱飘动在有些空旷的马路上，没有灰尘飘落下来，只有阳光的金粉，在那张并不清晰的维吾尔族少女的脸上，轻轻地落下来，落下来。

仿佛这只是一个瞬间，我在车子缓缓穿过小镇的时候，被这一个奇异的瞬间固定了下来。因为还需要继续赶路，我并没有停下来的时间和理由，我只是心灵的朝圣者，永远的下一站，是我唯一的远方。

我在这里，在这一刻，记住了这个遥远的小镇叫赛尔亚，记住了这个维吾尔族女孩。

这个夜晚我闻见了青草的味道

从海拔5100米的红其拉甫口岸下来，沿着干净而有些寂寥的中巴公路飘然而下，高天阔土里的一草一木，明净而疏朗。初冬的高原，除了清朗朗的视野里大山水的激扬，还有偶尔的氧气不足，好在有了在塔什库尔干的一个夜晚，时差和心脏的跳动，有了一次缓冲的机会。接下来，我以为这一路便是归途，不会再有路途上的波折了。

而接下来的走走停停却也是无法预料的。首先我们遇到了一条巨石堆垒的巨大河谷，那些裸露在阳光下面的石头，仿佛每一块石头上价值连城。在我们停下车来，沿着河谷捡拾石头的过程中，似乎早已经忘记了这个下午，还会有几百公里的路要走呢。沿途的风光，又总是牵绊着前行的脚步，那些目光里掠过的寂寞山水，仿佛早已经等待在我命运的前方，即使是无法停留下来，我知道这一路上，我已经为自己设下无数个驿站。似乎在对自己说，在命运的远方，还会不会有这样的驿站，在灵魂的高海拔里，寂寞地等待。

那些荒野里的村庄，孤单的小院里低矮的灌木，一些人家的篱笆上，缀满了沙枣和红色的浆果。一只走街串巷的鸡，连续穿过几道篱笆，慵懒地踱步在树影间的草地上，还有一头毛驴不顾灌木上是荆棘，动作娴熟地啃食着枝条上几近干枯的叶片。这一切都进行得井井有条，只有太阳，忽远忽近地飘游在高远的天空下，似乎它才是万物的源头。

是的，这时我看见了高原的阳光，照在一群塔吉克族孩子的脸庞上，他们站在一处山坡的平台上，用好奇的目光打量着这几位“天外来客”，用迷人的微笑和相互间的拥挤，表达着自己最真实的疑惑和好奇。

当我们发现距离下一个目的地，还需要有好几个小时的路程时，天色已经变得有些灰暗了。因为并不急于赶路，所以才会这样放任了自己，你走在路上的时候，每一程都会有不一样的方向，偶尔的迷途或者驻足，并不足以影响我们到达那个终极的归途。

或者，夜色也就是在这样的惶惑和思绪中，悄然抵达的。当我发现自己已经深陷在夜色之中的时候，深切的黑暗正将一路的疲倦和兴奋，置于一个无可挽回的地步了。偶尔的灯光在疾驰而过的马路两边，沉沉的夜晚，早已使大地进入了睡眠。在一条公路的岔口，我们的小车为了节省时间，终于驶下了柏油马路，进入一条被黄土和砂石铺就的小路上，反而由于地形的陌生，加上夜色的遮蔽，一次次返回又重新上路，不得不在一个村庄的路口，等待一个过路的车辆问路。

远远地，我就听见了一辆小四轮被空气呛着的喘息声。我们下得车来，问路，却由于语言的障碍不得而知。但透过浓浓的夜色，我分明闻见了那小山一样堆积的车斗里,是一些久违了的青草的味道。

那些熟悉的青草已经被晒干,为什么像我们一样,耽搁在这夜色里的乡村路上?我还注意到了那些青草的散落,它们重新落草到尘土之中,泛起一片细小的尘埃,在那小四轮剧烈的颤动里,一定会有一些轻飘飘的青草,纷纷地落下。那些长长短短的草叶呀,已经停止了争吵,它们多么需要一些安静,夜色淹没了它们的声音,却无法阻止这些青草的气息,重新回到土地上来。

我不知道这些坠落的青草还会不会生长,一些干枯的记忆,就像漂泊成为一个人的命运,一程又一程,其实你并不知道自己,终究会飘落在哪一片尘土上,栖身在哪一个寂寞的夜晚里。

接下来,我依然还需要在夜色里赶路。多么深的夜晚呀,我的双脚上,沾满了这个夜晚的尘埃,一些青草,也加入了我对往事的回忆。青草曾经铺满了我童年的一面山坡,在这个迷途的夜晚,青草是我唯一可以回家的方向。

我望见了风,那些落叶中的盘旋

多么寂静的夜晚,像一场刚刚醒来的睡眠,不知道时光过去了多么久,我被自己沉睡在记忆里的那些落叶又一次唤醒。仿佛在路上,隐蔽在一条峡谷里的秘密的森林,那个秋天像一条河流,流淌着一个季节的绚烂和落寞。

我不管时光过去了多久,我的记忆里依然会保存着天山深处的这一条峡谷。尽管二十年前的那一座军营,已经成为一片阳光下的废墟。我能够想到的是,那些青春的脸庞上,曾经有过的热血和迷茫,那些队列里的脚步,那些营房深处的欢闹和喧哗,在这一刻,全部陷入了可怕的寂静之中了。是大山收藏了这些往事和记忆,还是一条寂静的河谷,吞噬了那些远去的岁月。

难以想象的是,几乎是在一个瞬间,所有的人都消失了。部队要被裁撤,一个野战师的番号被取消了。许多人的脸庞上,就像这些天里的阴云,因为接下来,谁也不知道自己将会面临的命运,已经有一些连队被编入其他部队去了，一些到服役年限或者即将到了服役年限的人，开始被通知提前退役。在山谷里的这条唯一的公路上，是一些长长的车队，那些去往其他部队，或者即将踏上返乡之路的人们，脸上的表情是复杂的，有一些留恋，也有一些无奈。从此以后，许多朝夕相处的人，就要天各一方，也许终生不会相见了。

我在想，那些来自天南地北的年轻人，被怎样的命运裹挟着，他们是服从了自己的命运，还是服从于一个不可更改的时代的选择。我只能说，当这样大的动荡或者变化来临时，许多人都陷入了盲目和无所适从的尴尬之中，就像随风飘落的树叶，有过徒劳的挣扎和自由的方向吗？有时候，我们不得不屈从于那个无所不在的命运。那么多人的命运被改变了，在突然到来的这个季节里，整整一条山谷也改变了模样。

现在，这里已经看不到任何一支部队的影子了。曾经的营房已经废弃，操场上，是一些荒草和牛羊的粪便，还有一些瓦砾像是被时间搬运的弃儿，更远处的山谷里，草木繁盛，河水就像我们已经忘记的自己，那么干净的洗濯，寂静成了今天可以面对的往事了。

已经有一些冷，如果不是太阳的缘故，这个山谷里已经提前进入另一个季节了。我不是一个人，也不是第一次来到这里，或者说，这是我二十年后的一次故地重游。河谷里的草已经枯黄了，远处的树梢上，晃动着火焰般的一树又一树金黄和斑驳。我需要牵着一个人的手，在密林处缓慢地前行，这个时候，就连一些寂静也踩出了声响。我听见了你的呼吸，还是难以掩饰的紧张和胆怯，你说这个山谷里，静得有些害怕。

而我们已经无法返回，也找不到回去的路了。返回市里的班车，需要三个小时以后才可以路过这里。所以趁着天色尚早，尽可能多的往前走吧。我已经忘记了自己置身的这一片风景，许多年前的那些脚步，早已被一些落叶覆盖了，我能够记起的是那些艰难的面孔，青春里的苦涩，无法被选择也无法被驱赶的命运，就这样埋葬了许多人的前程。现在散落在天涯海角的故人往事，还有人会记起这条山谷里的岁月吗？

据说，这几年陆续有一些老部队的人来过。他们默默地走在这条山谷里，各自寻找着属于自己的一些旧物，无限的感慨和物是人非，有哪一些岁月可以承载，往事里的那一些等待。

如果一切都已经一去不返了，那我们是否愿意在记忆里，保守一个山谷的秘密，就像无法被还原的那一个秋天，我望见的风，和她落叶中的盘旋。

卷四　山顶上的云朵≫

山顶上的云朵

早晨从乌鲁木齐驱车，去往塔城的路上，天空的大幕里便多了一些阴晴不定的表情。总也算是一次长途吧，我有些揪心，这路上的雨水会不会浇湿了畅达的行程。而在心里，又有些默默地想念和期待着，一些雨，久违的滂沱和瓢泼而至。

我想，那一分畅快和淋漓，确实久违了的。

连带着一些故乡和童年的记忆，也一起给抛了出来。山雨欲来时，风摇树动，一些草垛和低矮的瓜屋子上的茅草，就开始按捺不住地撅着屁股飞了。风似乎还动不了这些茅草的根基，那些草垛和瓜屋子上，只是风刮乱了的一些毛发。雨点子铜钱般砸在温热的暄土里。瞬时，溅起的水泡像水汪里浮上水面的鱼儿，憋气般地争相张开了嘴巴，那样急切地张开又闭合着。雨天里的孩子们，很少有避雨的习惯。任了那雨点子狂野地砸在自己的屁股蛋上，光光的胸脯和肚皮上，都有一种酥酥麻麻的感觉，仿佛一个夏天的燥热，都经了这一场雨水给浇灭啦。唯独那雨点子砸在了赤着的光脚板上，会有一种被钝器击打的酥痒和疼痛。暄土里，早已是深一脚浅一脚的泥汤子了，而赤脚的幼年记忆里，那该是一片多么干净的天空呀。

而想了一路的雨，终是没有如约而至。或者，那一片顶着雨水的云彩，飘到了另一片旷野里去了吧。我没有用心地想那一片顶着雨水的云彩，只是透过扣在脸上的那一副黑色墨镜，有些故作深沉又貌似潇洒地跷着二郎腿，从摇下的车窗里，毫无目的地张望着。其实，面对这些疾驰而过的车窗外的影像，你也没有办法让自己的思绪，过于长久地凝固在一处“风景”里。没有人知道，我是多么喜欢在这样的“幻境”里，来消磨着漫长的旅程——眼睛里的物象飘忽不定，大脑里的风暴也风驰电掣。有时候，你脑子里的小差，开得比师傅的车还快，跑了多少路，没有烧掉一滴油，却独独地一个人，去了神游八荒的精神故地，全然是一趟不需要盘缠的免费旅游。

车子从克拉玛依穿城而过。很快，就缓慢地漂移在一座低缓而又起伏不定的山顶上了。这是一座平缓的山，还是一片广阔的丘陵？我终于记住了一座山顶的名字——索尔库都克。这是树立在路边上的一块牌子上写的，蓝底白字，清晰地印在了我的脑子里。有多么开阔呀，山地平缓，稍有的起伏里，那一条柏油马路，就做了黑色的丝带，舒缓而流畅。我知道这是一些山地上的轻音乐，无声地流淌着。高天上的流云吧，她那样近，似乎伸手可触了，却总是无法真实地触摸到那一抹总是悬挂在天边和山顶上的云彩。

是的，一抹天边上的云彩，也总是停留在这些低缓平坦的山顶上。而天空的轮廓，那一顶巨大的苍穹和弯曲里，不知道是因为天空的逼近还是大地的辽远，你一下子觉得，这些头顶上的云朵，是如此的曼妙温润。在这些庞大的云团裹挟之下，你周围的天空和不远处的山顶，全都浑然一体了。云层时远时近，大地飘忽不定，那快速掠过的云朵里风云变幻，而山顶上的车速一点也没有减缓，仿佛是车子追着云彩跑，也似乎是云彩推拥着车子，腾云驾雾。

大地是寥落的，而山野也变得如此虚弱。天空的穹幕之下，何曾有过的千堆雪，卷走了多少岁月的风云。而人呢？我在这条山路上看不见一个孤独行走的人，也少有车辆从山顶上穿行而过。我觉得疑惑，怎样的荒远和高峻的旅途，使势单力薄的行人却步？我在想，美景里往往是一些人生的畏途吧。更多的人向往美景，却更喜欢热闹，孤单的旅途上你总是难以承受世俗者的观光。当旅游也成为一种消费，并越来越多地成为一种经济行为的时候，这个愈加繁荣和庞大的产业里，人们内心里存放着的那一点儿孤独感，早已经在你上路的时候，就被赶跑了。所以真正的旅游，我觉得应该属于那些心灵的孤独者，那些漂泊的，远行的，独自行走并孜孜不倦的人。

荒凉的美景，总是在你无法想象的那一处山梁上。可是你无法预约了这些时光的闪电中，瞬间即逝的旷世杰作，她的存在和显现，总是那样辽阔和短暂。你永远也想象不到这些大地上的阴凉，切换着时空的频道，在索尔库都克这样一个名不见经传的山顶上，堆积过的云朵和掠走的，一片又一片阴凉。而山色里的那一点儿苍茫，在云天之间，又算得了什么呢？

或许，只有这样的夏天里，你才有足够的时间和漫长的旅程，来消磨这大片的时光里，白云飘忽的天空下面，空旷的寂寞和毫无遮拦的畅想。似乎，也只有在新疆的长路上，你习惯了山野里的困倦和不知疲倦的奔跑，这些寂寞，才会生长出无垠的幻想。有时，你也只是一程又一程地奔波在路上而已。没有人会因为错过了一个夏天，而忘记了酷热中的等待；也没有人会因为一次长途中的困顿，而舍弃了一生中不断到来的下一段行程。因为，总是要走，出去，或者归来，你的这点破心思，全都抖落在一些荒寂和落寞的路上了。

我乐意于这样的行旅。一程又一程，往往复复，无始无终。

困倦的羊群

阳光，云影，缓缓移动的山冈，远方的视线里层峦叠嶂。大山也应该有自己的温床，那么辽阔的一场睡眠呢，在整个午后的阳光下面，铺展、延宕着。太阳也一定是翻过了太多的山坡，她有些厌倦了奔跑，在云天的背后，高天阔野里的倦怠已经无可阻挡。

谁能够阻止一场天空的酣梦？

我只能说，在玛依塔斯为我们标识的这一片群山里，我遇见了一场天底下最为辽阔的睡眠。你不能不放下脚底下的行程，赶赴在一场远天的大梦里。依然只是在路上，你没有舍弃的是一个目的地，而大山没有终点，她的睡眠才刚刚开始。甚至没有一只鸟，在车窗外的天空里做一回自由的滑翔。甚至没有草，没有奔跑着的一只野兔，没有追赶和夺命而去的仓皇奔逃。

假如我只是一场梦游。我想，我到来的正是时候呢。山路上的时光总是缓慢的，即使你坐在疾驰而去的小车里，你也感觉不到这山野的飞奔而去。是大山过于漫长,还是天空的帷帐里,恍惚如梦。一面又一面向阳的山坡,就这样无限的荒芜着。我的眼睛里铺满了整个世界的阳光也还是荒芜。温暖总是浮在你的眼睛里,内心里的寒冷还是会一点点地浸润上来,就像你无法改变的命运一样。

而何曾有过这样的一面山坡?车子拐过了一道山梁,隔着几十米,还是几公里的距离,一面平缓的山坡上,竟然是一群趴卧在地上的羊。我是不敢在这样的时候,太过于相信自己的眼睛的。我忙着惊呼:那山坡上是什么东西?起初,我以为是一堆石头。有人不以为然地说,羊嘛。

在新疆,浮生如梦的漫游里,我见过太多的漫山遍野的羊群,而唯独没有见过一群睡眠中的羊。就像大山的沉睡一样,阳光下的云团里,一群羊进入了一片山野的大梦之中。羊们席地而卧,就坡低枕,也不讲究睡姿的优雅与否,全然只是一场睡眠。山色里的混沌,掺杂了一群毛色鲜亮的羊,而阳光正好从它们的头顶上经过。

或许会有一只狗,在熟睡的羊群里窜来窜去,它在追逐着一只蝴蝶或者令它恼怒的另一只飞翔之物。狗在羊群里上蹿下跳,也全然没有影响到一群羊的安然入睡。它到底是一位不速之客,还是主人忠实的牧羊犬?不管怎样,一只狗的出现,总比得上一群羊的酣睡更加生动。

一下子,这些山坡上的羊群,将我的思绪拽回到恍如昨日的童年记忆里去了。我的短暂的放牧岁月里,几只羊和一头倔强的小黄牛,曾经使我的童年伤透了脑筋。在我放牧南山的那些夏天,阳光酷烈得无处躲藏。洋槐树和荆条棵的荫凉下面,我也曾有过的一些午后的睡眠里,牛羊们不知道去了哪一片梦中的山坡上。当我揉着惺忪的睡眼醒来的时候,还必须赤着一双脚板在细碎的山石间,呼喊着我的羊群。

故乡的山水如此遥远，她如同我的羊群一样远在童年的一场梦里。我这一生没有做过的梦，就是这天边的山坡上，另一群熟睡的羊。蓝天，白云，低缓的山坡上草色浑然，一群撒乱的睡眠中席地而卧的羊，像极了天空下面几块干净的补丁。是天空的缝隙，云朵的缺憾，还是万年如斯的大山的残破里，一群羊张贴在远方的风景里。我没有听见一丝风，从它的旁边走过，也没有一块调皮的石头，在羊群和大山的睡眠之中，抬起头来四处张望。

一群困倦的羊终于睡去，整个大山也合上了眼睑。天空的低垂里，云朵的飘荡多么恰如其分，那些舒缓的音乐呢，你才是大地的摇篮上适时的催眠曲。谁说此梦只应天上有，哪堪散乱草莽间？

我记住了这个荒蛮的午后，一群羊，枕着一片云朵在大地上的酣睡。那些大山的轮廓里，你看不见一片皱褶，你只是睁开了一双眼睛，什么都没有做。在路上，只有神谕。大地的荒凉里，全是美景的故乡。

玛依塔斯在额敏县喇嘛昭乡境内，即使是一片胡乱生长的石头，也因为这个夏日里的苦旅，在莽原的尽头，你抵达了比西北的天空更加遥远的一场梦境。所谓大国的僻壤，全是莽莽苍苍的另一派“繁华”之境。

我们的车子正行驶在去往铁厂沟镇的山路上。那是铁，还是山石铺就的另一座人间的小镇？有人顺口叫出了“铁钩子镇”。有意还是无意的口误，都使得我这一趟迷惑不解的山野之旅，有了更多的念想。

我想，接下来，置身何处都会是故乡。因为你在大地的方圆里，你并没有比一场梦，走得更远。

沿着一条河流的方向

我们去寻访一片河滩。准确地说，我们是要寻访一条河流，一条名叫额敏河的河流。来到额敏的第二天上午，没有我的课，也没有另外的安排，于是觉得一个上午的时光如此奢侈，便约了另外几个和我一样无所事事的人，去城外去找一片河滩上的树林子，散散心去。

虽然不是第一次来额敏了，但大家对这个边境上的小县城并不熟悉。车子轻易地出了县城，却一下子失去了方向。只是大片的玉米地，在一排又一排杨树林的浓荫里，显得整齐和错落有致。出城，便是为了更好地辨认一条河流，或者是为了更好地辨认一条河流的方向。

而额敏河的方向在哪里呢？起初是一些树木的遮挡，继而是一座村庄，几间破败的砖房前，消隐在另一个时代的标语依稀可见。我并不以为自己是走错了方向，只是固执地认为，或许那一条河流，一不小心,就会出现在一个村庄和一排房子的后面。

车子沿着一条马路肆无忌惮地驶去。因为愈加空旷的原野上,我们既看不到村庄的轮廓,也寻不见一条河流的影子。好在,我们都知道,车子是在与这条河流平行的方向前行。并且,我们也一定坚信,不管怎样,继续走下去,我们一定会找到那一条似乎是愈加清晰的河流了。没有人相信,这条额敏乡间的柏油马路,和那一条被额敏人称之为母亲河的额敏河,会毫无关系。甚至,也没有人知道,我们这样无目的的行走下去,最后会到达一个什么样的地方。

好在大片的原野上已经不再荒芜,青葱和更加茂盛的庄稼地里,玉米已然成长为这个遥远夏日里的青纱帐。浓稠、茂密,清脆的色彩里,透不过一丝风。玉米的丛林,连接成漫无边际的纱帐和帷幔,成为接地连天的一片辽阔风景。玉米的风景我是见识过的。乡村生活的经验使我对玉米林织成的青纱帐,有着一种特殊的情感,而那密密的青稞里,演绎和发生过的乡村故事,也曾经让一些乡村的夜晚兴味盎然。在玉米还没有以金黄色的颗粒展现出粮食的堆积时,茁壮而茂密的玉米地里,那些青春期里的风吹草动,被漫长的夏日拥堵得寸步难行。

想到了玉米,在额敏县境内一片远离河滩的庄稼地里,竟然成了大家一致的感慨。似乎,每个人的童年记忆里,都曾经有过一片玉米地。庄稼的意义被改变。一片夏日里的玉米林,和那些金黄色的颗粒之间,到底存在着一种怎样的传承和延续关系。

渐渐地,坐在车子里的人便起了歹意。竟然周密地计划起来,掰一些玉米棒子回去烤了吃。更有创意的想法还在于,有人竟然想到了乡野的烧烤。掰几个嫩玉米棒子,在田埂间捡一些柴火烧了吃。虽然这样的创意充满了可行性,可是坐在车子里的人,没有一个人付诸行动。

这个上午的风，也一定吹动了远处的树梢。那些杨树还是榆树的枝头，轻风摇曳，只是，你再也看不见成片的树林。除了庄稼，在这个季节里，没有一处青葱的风景，会从荒芜的田野上飘过。

我们的车子几次试图改变方向，以为近在咫尺的额敏河，经由铺满了砂石的石子路上的颠簸，终会呈现一条清冽的河水吧。但是终因人生地不熟，总是不得要领。车子往砂石路上一次次掠过，可是最终又不得不退出来。

河流的方向，非但没有逼近，反而是愈走愈远了。见到一个扛着铁锨的哈萨克族人，停下车来问路。问了半天，那个热情的哈萨克族小伙子连比带划，竟然没有说出一句囫囵的汉话。关于河流的去向，就更加成为一个悬疑的问题了。又有一个骑着摩托车的老汉远远地从对面驶来。他一手扶着车把，另一只手捂着肚子，远远看上去，好像是一个生病，并且疼痛难忍的人。远远地打了招呼，说明了来路和要去的地方。那在夏日里头上戴着一顶皮帽子的老汉，一脸不耐烦地说，河坝吗？往前走上两里路，往东一拐，就是河坝了。他并不能理解我们所说的额敏河，只是觉得那是一条巨大的河坝吧。

车子前行，遵照那个指路者说的方向，提前就下了道。其实，这条铺满了碎石子的乡路上，似乎本来是没有路的。

我们最先到达的并不是一条河流，而是一座干渴的村庄。颠簸、尘土，夹道生长的玉米林的尽头，终于使我们遇见了一座稀疏的村庄。几个老年妇女坐在一家门前闲聊。见我们的车子扭扭捏捏地驶进村子里来，相互睁大了好奇的眼睛。走下车来去搭讪，一位豁了牙的老妇人嗫嚅着说道："河坝吗？往前直直地走吧，前面不远就是河坝了”。

一车人欣喜若狂，以为穿过了这个荒僻的村子，就可以很快见到河流了。往前走，村子里的几户人家，寥落在一条砂石路的两边。院墙高耸，而院门洞开着。一个孩子，把一块石头差一点扔在了车子的后备厢上。而那孩子却也并没有显示出丝毫的不快乐和不高兴来。他撅着屁股把头藏在自己的小裤裆里，斜着眼睛看着我们的车摇摇晃晃地从他家的门前经过。

而干旱是这个村子和大地上的庄稼人，所要在这个季节里忍受的苦难。一眼机井在疯狂地冒水，没有人觉得那些冒出来白白流走的水是不正常的。再往前走，村庄外面的庄稼地里，油葵、打瓜的地里，长满了齐腰深的荒草。只是见不到一个人的影子。在荒村的尽头，一个小院里矗立着一面鲜艳的红旗。有人说好奇怪，这里的庄稼人都知道在自己的院子里插上一面红旗。其实不然，我是说，这个小院一定是村部或者村子里集体办公的地方。如今院子里长满了荒草，一面红旗在院子里高高的桅杆上，飘扬着。

穿过村子，再往前走的时候，竟然是一条干涸的河床。额敏河干渴的河床上，堆满了大大小小的沙堆和石坝。我们停下车子，在河床上环顾四周，荒山秃岭间找不到一滴水的痕迹。

我原来设想的河水边上的一片树林子是泡了汤啦。一座村庄，看似斯文和缓慢的节奏里，时间的表情上，早已经显得不耐烦了。当一些人游手好闲地从村子里走过的时候，这个季节里的干旱正在进一步加剧着。

谁能够理解在一条干渴的河床上四顾张望的人？面对一条河流的干旱和荒芜时，我真的觉得自己的内心里羞愧无比。

天边牧场

去往小白杨哨所的路上，其实是一次真正的山地之旅。无论是从额敏县城出发去裕民县城的路上，还是从农九师一六一团部所在地，再转往小白杨哨所的途中，山野连绵，丘陵跌宕，在你眼前掠过的，是巴尔鲁克山近乎原生状态的山地风貌。

而此时，在车子爬高走低的山野间，我几乎忘记了自己身在何处。幻境般的边地风光里，我忘记了长途的困倦，一个人，迷失在一程又一程的山野里了。在此之前，我没有想过，巴尔鲁克山这个名字是如何的遥远，她和那些遍布新疆南北的万千山脉一样偏安一处，拥有自己漫长时光里的大寂寞。偏僻或者偏远的自处之道，对于一座名不见经传的山脉而言，像极了人生的智慧——安静、随意、悠长而缓慢。

据说，每一年，属于巴尔鲁克山的那个春天里，漫山遍野的山野间，犹如仙境。而繁花盛开的那一季，总是如此短暂。我没有赶上她的春天，我从盛夏的酷烈里，乘着一抹边地的山风，悄然地到来了。我像一个陌生的游历者，怀揣着太多的疑惑和茫然。对于大多数遥不可及的山野，当有机会慢慢地抵近她的时候，我的内心里总是充满了莫名的惶惑、不安和犹疑。你没有办法让自己能够平静地面对一片未曾谋面的山野，她巨大的阴影将你覆盖的时候，你轻若尘埃般的一声叹息，变得多么微小和渺茫。

据说，巴尔鲁克是天山马鹿的故乡，是世界上面积最大的野生珍稀植物"活化石"——野巴旦杏的天然陈列室；是世界独有的兰花贝母生长的摇篮；是羊中极品巴什拜羊的原产地；是中国最大的红花基地。巴尔鲁克山同时是野生动植物的天然博物馆：有雪豹、盘羊、羚羊、黄羊、大鸨、雪鸡、天鹅、灰雁等野生动物九十余种；有贝母、大芸、党参、甘草、芍药、柴胡等中草药材和野生植物千余种。处于天山和阿尔泰山过渡地带的巴尔鲁克山，似乎也浓缩了两者的精华，丘陵草原和高山峡谷，森林草甸和湖泊河流都别具特色。

所有这一切，巴尔鲁克的丰富和博杂，都与我"这一次"匆匆的行旅似乎又毫无关系。我眼里的风景，几乎是一片荒芜。高地寒凉，似乎季节也总是慢了些节拍吧。我看到了山坡上，大片收割后的麦地里被捆扎整齐的麦草。它们应该是大型收割机作业后的产物，不知道什么时候能够被运走？或许要等到今年的第一场大雪到来之前。那么这些空旷的麦地上，将长时间地停放着这些被机器挤压后的麦草了。长方形的麦草，脱离了粮食和生长的需要，在一片山野的空旷和寥落里，有了一些童话的颜色和味道。它们大致有序地排列在一片又一片收割后的麦地上，太阳经过的时候，黄灿灿的麦地上，魔幻境界里的虚拟和真实效果，全都显现出来了。

野果林也应该是存在的。那些河谷里的绿色走廊，总是隔着一些山梁，让你无法真实地打量清楚。模糊不清的房舍和村落，是一些人间的气息吗？那些牛羊的脊背上，泛着一片山野的光芒。荆棘、茅草，或者被我叫不上名字的红色浆果，总是走不到头的漫长山路，就这样和一群无名无姓的牛羊毗邻而居。

红花和雪菊的田野，也在一些低缓的山坡上展开着，似乎到了收获的季节，隐约的人影在那些深红和橘黄间移动着。我心里犹如针扎。长天阔野，是怎样的一些人，隐忍在天边的山野里，寂寂无声的山地间，劳动也是寂寞的吗？他们背着命运里的一片天空，躬身于荒芜的山野，劳作和厮守在一片灵魂般的边疆。似乎，望一眼山野里的风，那些吹动在天边和国界的山梁上的风，就已经足够幸福的了。山不转水转，而人没有移动。在红花和雪菊的花海里，山野的苍翠，有了另一重苍茫和悲壮的颜色。

山河有她自己的归属吗？万物有灵，各有所处。可是，在这里，在巴尔鲁克山漫长和弯曲的山道上，我们总是遇见这些无声的山野里，悠然行走的牧场。一年又一年，贯穿了整个四季的牧场，你很难辨认是哪一场雪或者雨，改变了一个季节的走向。只有这些无法移动的牧场，放牧着天空的牛羊。

在云天之间，你找得到一片云彩和一只牛羊的故乡吗？没有！我们只是这一片山野的过客，你的到来和离去，无法改变一粒尘土的命运。

时光总是悠闲的，在人影稀落的山野间，我总是怅然若失。大地的苦难是没有终点的。遥远、荒芜和时间的空旷，都不能阻止生命顽强的生长和挣扎。我愿意在这样荒凉的处境里，使用“挣扎”这两个字来描述生命的况味。与那些怒放和夺目的生命相比，在巴尔鲁克山，无论是大地和人群，我都能在他们的表情中，看到命运的酷烈和霜迹。除了挣扎，还有哪一种描述，更能够准确地表达我对这些生命的印象。

远在天边的山野，即使是一片荒凉的牧场，也应该是我们所珍惜的。因为你已经没有了灵魂的皈依，那些四季里的流浪，多么需要一片清洁的牧场。

一棵树的荒原

那是一棵树，还是一座荒原？我已经难以说得清楚了。在天山北坡的这一片叫作准噶尔的荒原上，我们的小车从乌鲁木齐的漫天飞雪中，向着荒原深处的另一座城市进发。我并没有期待有怎样的意外发生，我期望着，从乌鲁木齐冬天的迷雾和烟尘中，快一点地冲出去，去到那片旷野荒原上的蓝天里去。

多么广袤的一片荒原，是雪野里的一次放牧。连绵的视野里，是白茫茫的雪幕和几近裸露的土地，除了漫无边际的雪，还有寒冷一样如影相随的季节。我不能像早年一样看见自己的脚印，那些记忆里的寒冷，已经连同我渐渐远去的故土一样，模糊而遥远了。

雪地上的行驶，是我现在唯一可以把握并深深依赖的一种行走了。我必须把眼睛擦亮了，才可以望见车窗外面那些急速掠过的风景。没有提示，也没有预留，所有的景物都是一掠而过。因而，在时速的切换中，假如还会有一些风景留存下来，将是一件多么难得的事情。

而一棵树，就是在这样的情景下，进入我的视野并持续地站立在荒原上的。我没有看见另外的树木，在它的身后，是无尽的雪雾和白茫茫的荒原。或许，这并不是一座荒原的全部，但一棵树，承担着这个季节里荒原上的全部孤单和寒冷。

在我视野穷尽的这一片荒原上，我能够遭遇的只是这一棵树，没有呼应，也没有背景，一棵树艰难地挺立着，少许的弯曲，是它挣扎和抗争过的命运吗？

我注意到这棵树的时候，车子正在快速地从它的身边经过。我惊讶的不是一棵树在荒原上的苦难，恰恰相反，我被一棵树在荒原上的美丽而深深地震撼。我坚信这一棵树不是荒原的逃兵，而坚守这样的历史使命，对于一棵树而言，多少有一些沉重了。我愿意相信的事实是，一棵树，在一片荒原上的停留，或许只是一次偶然的邂逅，没有秘密的相约和美丽的童话，却是没有选择的一次命运中的相守。

那么一棵树的孤独和荒原上的承担，便有了一种无法被言说的意味在里面了。你很难面对一棵树去安慰一座偌大的荒原，也无法在一片荒原上，寄托一棵树对森林的渴望。这个冬天旷野上，我能够告诉自己的，只是无法被安放妥当的故乡，和无处寄存的漂泊中的灵魂。

一个真正的游子，是否才需要一片自己的荒原？那些背井离乡的风尘啊，在这一刻的雪野里，是否愿意尘埃落定。我不是一个顽固的思乡病患者，这么多年，我早已把异乡化为故乡，或者说，多少年的漂泊，我已经不知道故乡在哪一条道路上，等我的归途了。

在车子就要将我的视野带离这片荒原的时候，我看见了一棵树在冬天里的绽放，是如此的美丽和震撼。那是一树的冰凌，还有被冻结的积雪，一个夜晚的包裹如此晶莹，我知道太阳可以忽略一座荒原，但是绝不会忽略了这一树的冰挂。阳光逼近了这些荒原上枝条：细碎、弯曲，明亮而夺目。

远远地，在树干和枝条间，我看见的是一棵树的生长和瞬间的开放。

多么寒冷的一个季节，多么寂寥的一片原野，一棵树的冰凌玉挂，在雪地里的独自开放，生动着的，是一座沉睡中的万古荒原。

是的，我们无法索取一座荒原的温暖，但是我相信，一棵树伫立在生命的严冬里，不需要挺拔的枝干，那些稀疏的枝条上，凝结着的，该是我们无法被冻结的感动。

偶遇野马

远远地，几辆车子停在路边。我们的车子也慢慢地靠了过去。几乎没有人发出声音。顺着众人手里高高举起的照相机的方向，我看见两匹马相视而立。终于有人嘀咕着说，哦，野马，这就是野马！

的确，以我站立的位置去看这两匹远处的野马，确是模糊的，且形迹可疑。我的经验里，野马的飘逸、劲健和飞扬，在这两匹马的身上全无踪迹。它甚至是那样矮小、羞怯，神情里的落寞和沮丧，都使我有过小小的失望。

除了在影视画面里见过的那些在荒原上奔驰而去的野马，其实，十几年间，我在这片荒原上也曾经不止一次地见识过成群结队的野马群。它们或者相互嬉戏着在远处的荒野里腾起一阵黄烟，或者安静地来到马路边的一汪水洼边，井然有序地饮水，然后离去。有过那么一回，野马们结队从马路上穿过，路两端的车辆全都停了下来，人们纷纷下车，远远地注视着它们，那样安静地走下公路，缓缓地隐入荒原。

今天,这两匹野马是因为孤单而显得矮小,还是因为荒原的背景过于辽阔,使得两匹野马陷入孤立无援的情景之中。这是两个落难的兄弟,还是两位私奔的情人?抑或是为野马群前来探路的两个“侦察兵”?更多的猜测,也许会使我陷入更大的茫然和惶惑之中。

我的困惑还在于,两匹野马为什么站在那里一动不动?烈日炎炎,荒原上没有一片阴凉。两匹野马就这样相互凝视着对方,像两个凝固的雕塑般,暗合着荒野里无边的沉寂。我只是在想,两匹野马在浩大的荒原上走投无路,一时间陷入了人类的好奇和围观之中,大概还无从反应吧。我们无从真正懂得和了解这些荒原之子的心,我们的好奇或者同情心,全都隔着莽莽苍苍的荒原,无法被这些惊恐和孤单的眼睛领会和阅读。我们从残酷的杀戮和追赶中幡然醒悟。但是,当我们停下了追杀的脚步,希望再一次和这些荒原的主人们,建立一种良性互动的关系时,你会发现,这些从惊魂中逃脱的生命,再也无法平静地走进我们的视野了。

大多数时候,野马群远逸在人类的视野之外,那些荒无人烟的原野上,才是野马们的家园。只是,种群的迁徙,部落的征战,或者因为路边的水洼里,存放着野马们赖以维持生命的水吧,野马们总要冒险涉过人类为他们设置的这些通道,横穿马路,从飞驰的车轮和人类复杂的情感注视中走过。

野马的驯养和放归实验,在这片亘古的荒原上已经持续了多年。今天,我们有幸或者不幸地与一些散失的野马不期而遇,在烈日和阳光的注视下,似乎谁,都没有了去路。仔细想想,荒原才是我们共同的家园。从我们茫然无知的命运中出发,到我们内心里一生都无法退却的荒原,在生命的背景上,我们人类的圈舍,远不比一匹野马来得更加壮阔和辽远。先不说那些被我们丢失殆尽的野性和自由，我们自私、狭隘以及物质化时代欲望的膨胀，在多么迅捷地消弭着我们生命中的鲜活体验。盲目的幸福，在现代化和人类文明进程的双重夹击下，我们的眼睛里，已经丧失了对一片荒原过于长久的注视。

216国道，卡拉麦里。这一条从昼夜的荒原里穿梭来往的"通衢大道"，见证了多少人间的奇迹。似乎，只有这些荒原上不断跃动的生命的奇迹，才是我们需要穿越的风景。

那两匹野马，依然在荒原上伫立着。它们安静得让我疑惑，也让我愈加感到莫名的恐慌和不安。两匹野马气定神闲，它们相互注视着对方的眼睛，似乎在传递着某种特殊的感情，或者讯息。终于有等不到奇迹的人，重又开车上路了。它们的惊奇和新鲜感在一阵慌乱的拍照和录影之后，变得了无情趣。最后也没有办法让两匹意志坚定的野马，有过任何表情上的变化。他们上路的时候，不知道是满意而去，还是失望而归。

依然有不断到来的好奇者停下车子，在这片毫无风景的荒原上，锁定两匹孤单的野马。车子竟排起了长队。摄影者的队伍里，有专业的"炮手"，亦有随身的"卡片"，更多的人，端着宽屏幕的手机向着野马所在的方向，急切地扫描着。可惜，我的眼睛在强阳光的作用下几乎一无所获。我在放弃了所有的尝试之后，只有远远地注视着这两匹安静的野马。

当我们也终于踏上了行程的时候，两匹烈日下的野马，依然没有要挪动一下的迹象。我摇下车窗，看那两匹野马的脊背上，驮动着刺眼的阳光，无垠又广阔。很快，我们的车子进入到了飞驰的状态，我感到了身后的荒原，也在一起飞驰起来。而野马呢，你没有随着被拖动的荒原一起飞驰，你只是安静地伫立在一片愈加遥远的荒原上，神色安宁。

荒原上的行驶，有时候看似漫不经心，但每时每刻，又都会让人惊心动魄。我无奈地摇上了车窗，眼睛里全是一片赤色的荒原，像这个季节里一团巨大的火焰，燃烧着，奔驰着。

小镇恰库尔图的前世今生

就像所有在旅途中陷入绝望的人一样，漫长的荒野上，沙漠、戈壁，黄尘掩映，长风猎猎，你满眼的荒芜里，别无他物。这时候，在你视野的前方模模糊糊，一小片绿洲的幻影，若海市蜃楼，水中倒影，继而渐次清晰，绿树红瓦，饭馆酒肆，吵嚷的人群和拥挤的脸庞，一下子，你又一次回到了繁杂的人间。

我说的这个小镇叫恰库尔图。在乌鲁木齐通往阿勒泰的216国道上，恰库尔图像一枚绿色的纽扣，贴伏在准噶尔盆地和古尔班通古特沙漠的东北边缘。这个地名连同她的地理方位一样，洋溢着一种异域般的味道。或许，再也没有这样一个遥远处的小镇，被远途的干渴和饥饿召唤着了。

想想，作为一个小镇，恰库尔图这么多年来，她既没有长大也没有走远。她是我们搁在路上的一位穷亲戚，出远门了会想起来，回家过日子的时候，会把她忘得一干二净。也真是可怕，有多少年了，从小镇上来来往往地路过了多少次，却从来没有用心地打量她一下。

说起来也真是奇怪，就连恰库尔图这个名字，我把她完整地记忆下来，竟然也费了一番周折。起初，我听见开车的师傅说，我们在“恰尔库图”吃饭吧，就跟着“恰尔库图”叫了一路，后来我发现不对，路边的指示牌上，明明写着的是“恰库尔图”嘛，我忙着纠正，也赶紧在自己的记忆库存里清理一遍。谁知，不纠正不要紧，反而越来越混乱，有一阵子，我自己也搞糊涂了，不知道到底是“恰尔库图”还是“恰库尔图”。动手敲打这篇短文的时候，我不得不到网上重新检索了一遍，才敢确认了“恰库尔图”的真实身份。

如果不嫌弃那些时光里的陈旧，那些光阴和记忆的荒芜里，恰库尔图这样的小镇，我想一定还会是我的前世今生吧。那么，第一次呢？我想了想，竟然无从记忆。从时间上推算，我想，我第一次在这个小镇上经过的时候，应该是20世纪的80年代末或者90年代初吧。

那是怎样的一个时刻，黄昏了吗？一车人昏昏欲睡，夕阳的晖光染红了天边，没有一个人从昏睡中被惊醒。我抬起头来，无精打采地望了一眼车窗外面。我一眼就看到了成片的杨树，或者柳树什么的，在一些人家的院子和围墙外边环绕着。似乎是一片洼地上的河滩，荒漠尽头的绿树人家。我瞪大了眼睛在车窗外边梭巡着，希图找到更多的惊奇。那个时候，我在新疆的漂游生活才刚刚开始，还没有太多的长途和远足的经验。我的眼睛里，满是这个世界的荒芜。

当时，我们的车子在恰库尔图一晃而过，没有停下来吃一顿饭，或者小憩。不知道是什么原因，在那样漫长的黄昏里，一个小镇上的绿树人影，竟是如此短暂。

后来的许多次，早晨从乌鲁木齐出发，大概在两三点钟的时候到达这个沙漠边上的小镇恰库尔图，几乎无一例外地会在这里吃午饭。而午饭，也几乎是清一色的“拉条子”，我们叫“拌面”。最近的这一次，我陪着北京的两位女士和一位小伙子上喀纳斯，到达这里的时候，已经快三点了，在一家回民饭馆，我们每人要了一盘子拌面。

虽然饥肠辘辘，我还是在心里面犯嘀咕，小伙子不用说，从来没有来过新疆的女士们，能吃得惯这粗碟子大碗的新疆拌面吗？吃饭前，我征求了一下大家的意见，要不要吃大蒜？因为我知道，吃拌面不就着大蒜，那感觉也就差得远了。但我在征求意见的时候，却是从卫生和安全方面考虑的。看着北京来的小伙子和女士们就着蒜瓣把拌面吃得滋滋啦啦地响，我心里的石头，也慢慢地落了下来。

吃拌面的当儿，我看见了老板的吧台上摆着几块石头，上前搭话，老板说石头是一位朋友放在这里玩的，不卖。我试着和他讨论了一块石头的品相和成色。他笑着说，你是行家呀。我说，我喜欢石头。并坦诚地跟老板说，说实话，你朋友的这几块石头都一般般，自己玩玩可以，卖不出好价钱来的。老板便显得有些窘，不好意思地说，我们也只是玩玩而已。

这家回民饭馆的生意不错，虽然已经过了中午就餐的高峰期，但馆子里依然座无虚席。从熙熙攘攘的座位间穿过，我出门站在饭馆的台阶上，往恰库尔图的大街上打量了一下，见沿街的饭馆门前停满了车辆，人们从长途的奔波中，从旷远的虚无和幻景中，来到这个沙漠的小镇上寻找一顿人世间真实的味觉和肠胃的安慰。

而整个恰库尔图，也似乎都沉浸在这样一场即时的盛宴和狂欢之中。各家餐馆和饭店的灶头上,是拌面的摔打和铁锅里滚沸的面汤。成群结队的食客,也就是这么一阵子。等到夕阳西斜的时候,过路的客人就像一阵风一样,从恰库尔图的街道上消失了。接下来,是漫长的沉寂和等待,等待着第二天的客人们再一次蜂拥而至。没有人想到,这看上去热闹非凡的嘈杂和喧哗,却是如此的短暂。因为你注定只是一个远方的驿站,而不是终点。

是的,恰库尔图是微小的,在庞大的地理方位和时间坐标里,恰库尔图注定将会一次次被抵达,然后一次次,被彻底的遗忘。

布尔津河的火焰

此刻，我站在布尔津河谷的台地上，看见了一条如此安静的蓝色绸带。她和我一生所要到达的梦想如此接近，那些蜿蜒的蓝色——深蓝、浅蓝，涂抹了早晨霞光的火焰般的蓝色里，一条河流如此安静地迎来了黎明。

而整个布尔津河宽阔的河谷里，似乎也只有这寂静的声音，陪伴着一条河流的缓慢苏醒。是的，整个布尔津河谷里，遍布着白桦、柳树和新疆银灰杨的幼年、成年和老年时代的群落和部族。这些千百年来不曾消失的古老植物们，与一条缓慢的河流相生相伴，仿佛这才是时间和光阴的节奏，没有大江大河般的奔泻而去，只有千年不变的光阴里，生命的繁衍。我们看不见一棵树，哪怕是一株野草的消亡，那些生命消失得如此隐秘，就像我们从没有看见过一粒种子，在暗无天日的黑洞里缓慢地生长、发芽。

我知道布尔津河，是新疆另外一条更加著名的河流——额尔齐斯河的支流。只是在布尔津境内的这一段,被称作布尔津河。不知道为什么,从第一眼遇见她的时候开始,我就毫无缘由地喜欢上了她。或许,是这个黎明我醒来的过早,从她幽深的灌木、林涛和田畴间,漫漶在堤岸上的寂静里,一条河流的秘密被我撞见了吧。那么,大河滔滔,不息的奔流中这些远徙而至的水,又是怎样变得如此安静的呢?一个夜晚,是否足以承载所有的黑暗?而晨光里的这一分安宁,如此广袤,我甚至没有办法把她们中最微小的那一部分,带上自己的旅途。

我还不能过多地贪恋这个早晨的寂静和安宁,我必须离开河岸,向着更广阔的滩涂和荒芜走去。这几乎是我一生的宿命。在路上的时候,我每每被这些陌生的境遇和神秘的土地弄得精疲力竭。我没有办法让自己安静地待在一个地方,我必须不停地上路,然后,为自己躁动的灵魂,寻找片刻的安宁。

当我这样满怀伤感地踏上行程的时候,我看见了河谷里茂盛的灌木和高低错落的次生林,愈加清晰了。而那一抹静止的蓝色河流,就要漫上了河岸,她同时也凝固在我们奔跑中的车窗里,一幅幅缓慢、忧伤,不可遏制的断裂,忽远忽近。

贴近于河谷的另一侧,是一面几近于荒芜的山坡,遥看近却无的斑斑草色,真的就显得微不足道了。巨大的山梁上吹刮下来的一股股寒气,不知是来自高处的寒冷,还是来自这些河谷里的阵阵清凉?陡峭的山谷里,总又有一些平缓和开阔的地带,植物和庄稼们,没有辜负了这个短暂的季节,她们以各自静止的姿态,与布尔津河谷迎来了同一个黎明。我想象着那些即将到来的中午,那些雀跃着的植物和庄稼的头顶上,热烈的拥吻还没有到来,蜜蜂和水鸟们煽动着微小的翅膀,在灌木和植物间奔忙的身影,已经若隐若现了。

只是这个早上的晨晖里，还会有几分凉意夹带其中。车子弯过了几条山路之后，隐匿于林涛和灌木之中的布尔津河，始终没有离开我的视线。那一抹冰凉的蓝色水面，也始终牵引着我的目光。我不敢在这样的时刻，使我的眼睛稍微地离开了河面，有时候我的目光游走到另外的地方去了，稍稍有点儿远，当我担心真的一下子回不来了时，便用眼睛的余光，偷偷地瞄上一眼河面，见她依然在谷地的林涛间穿行着，就又贪心地把目光伸向了别处。

葵花，大片大片的葵花，就是在这个时候进入了我的视野的。那些几十亩上百亩地的万千朵金黄色葵花，在河岸边的山地上竞相怒放，也似乎只有这些早晨，这些阳光的粉尘，在旷野的清辉和空寂中弥漫。我无法细数着这些金黄色的花瓣上，火焰般燃放的寂静的呼喊，那些远，和近处的灌木与植物，也全都悄无声息地降低了自己的声调，躲避到一些隐蔽的低洼处去了。葵花们蜿蜒着几十公里的山路，隔着一片灌木和植物的距离，她们与那条寂静的蓝色布尔津河遥相呼应，秩序井然。

这些色彩的火焰，看上去并不浓烈，在高远的天空和一些低矮的山峰衬托下，整个河谷里，显得热烈又安静。

我总在想，远在路上的人们，该怎样去安慰一片遥远的风景？似乎永无止境的远方，也总有你停歇下来的时候，这些路上的停歇，挽留，一次次感动和心灵的叹息，不才是你真正需要珍惜的吗？你窥见了一条河流的秘密，她的斑斓和简洁，她的安宁和怒放，有如布尔津河谷里的简单和繁杂，她宽阔的谷地，茂盛的植物，蜿蜒而去的葵花地，荒芜的山冈上冷风习习，蜜蜂们微小的翅膀上，携带着多少尘世间的寂静和明亮。

而所有这些神谕般的遭遇，你都无法将她们哪怕是最微小的一部分带上旅途，也许，你能够实现的，只是这一掠而过的惊羡而已。就像此时此刻的布尔津河，她的蓝色火焰和金黄色花瓣，正在一条遥远的河谷里，独自绽放。

卷五　午后的陶>>

老房子里的旧时光

九月的库车，依然让人难以感受到秋日的凉爽，阳光如同这个季节里古老记忆的一部分，像那些旧时光里暄腾或者坚硬的泥土一样，明亮而又热烈地盈满了你的眼目。我说的当然是晕染着旧时光的库车老城。泥墙、深巷，院落和人家，你几乎找不到哪一方景物里，没有附着了泥土的颜色、气味，和她千百年来不曾沉落的历史的光亮。

几乎每一个到访库车的人，都会被告知，要到老城里去逛一逛。

去寻找老房子，古民居。让我没有想到的是，老城里竟是如此的安静。幽深的土巷和喧哗的街面似乎相距并不遥远。在一些并不规则的巷子里我只是随意地走着，偶尔有一位裹着头巾的维吾尔族少女，从虚掩的木门里朝外望上一眼，两位同样戴着头巾的老妇人，牵着一个小女孩，在窄窄的巷子里平静地走着。隔着不远，就有一个馕坑，一些年轻或者中年的维吾尔族人，一条腿盘坐在馕坑的边上，那些大若锅盖的馕，不时被从馕坑里取出来，摊放在跟前的案子上。冒着热气的鲜馕，金黄，明亮，飘散着不可抵挡的诱人的面食的香气，在街道上弥散。

而此时，阳光在这个上午，也显得温和了许多。我看见一些古老的树木，从一些土院里伸出遒劲的老枝，枝叶间苍绿和阔大的浓荫，覆盖着整个小院和半条巷子。我们连去了两家被称为“古建筑”的民居，由于没有县文物部门的文件和通知，而不得入内。趴在门缝处往里看上几眼，也只是瞧见了一些斑驳的老墙上时光的旧影，不得不悻悻而归。

连续的碰壁之后，我们有一搭没一搭地随意在巷子里走着，没有了要刻意进入哪一家老宅里，去一探究竟的强烈愿望。走着走着，我就被一家敞着门的老院子吸引了。似乎，院子里没有人。我们径直踏入这家有着天井的四合院式的人家。几个人忙着拍照的时候，从一间屋子里走出来一位中年维吾尔族男子，他对我们的不请自进，似乎也没有表现出太多的惊讶，也许是习惯了被参观吧，他来到院子看了一眼，就又回到房间里去了。

这是一座修建于清末民初的老房子，虽然房子只有一二百年的历史，但从建筑风格和建筑布局上可以看出，中原汉文化和龟兹文化的交融与融合。整个院子的回廊、廊顶和廊柱都烙印着深厚的汉文化的建筑风格，而上面描绘的古龟兹花卉和飞鸟图案，使得这座看上去有些破败的院落显得古老又现代。院子有些破落了，廊顶上有些塌陷迹象，泥墙、木雕上也落满了岁月的灰尘，柴草和杂物堆满了一些废弃的房间。

没有经过主人的允许，我们无法进入他们居住的房间。只是在一些废弃的房间里，隔着朽坏的窗棂和门洞，看见房间里的壁橱、灯台等当时房间的布局，想象着它当年的恢宏气度。

在一间临街的房子里，我看到两个被打通的房间。显然这是一项正在进行的施工。地上的木屑和草泥，一面墙上被打开的门洞，斜吊着的一扇木门，却唯独不见施工的人。难道那个从房间里露了一脸的中年人，是这一项工程的施工者？我难以断定，这个房间里的改造，已经进行了多长的时间，它显然没有经过设计和工程规划，是手工时代里的匠人手艺。看看周围时光里的沉寂，似乎也没有多么急切的需要。甚至关于房间，是不是需要改造，改造后的目的是什么，以及什么时候能够完工等等，我看不清答案，也找不到尽头。也似乎，这些附着在时间里的漂浮物，你无法更确切地赋予它具体的意义和象征。

不知道为什么，此时此刻，我从内心里欣赏这种老房子里的慢施工。缓慢的，甚至是停下了脚步的旧事旧物，才和这深巷泥墙，和这古树颓院，若隐若现的时光般的脸庞，有了一种沟通古今的默契与暗合。我欣赏着的，不是这时光里的停滞和无奈，是你幻梦般的前世今生里，一场贯穿了生死轮回的大寂静。

想想，我也是去过了一些老城的，去过了一些沉睡在历史里奄奄一息的老城，也去过了一些被过度保护和开发后的老城。一些颓败和带着一张假面具的老城记忆，总使我在面临库车老城时心怀忐忑，唯恐我面对的又是一个失去了自己鲜活生命和记忆的老城。旅游，或者观光产业的兴盛，使得我们对那些原本沉静的老城旧街，生出了许多恶念。在巨大利益的诱惑下，一些老旧的时光，正在被驱赶着，切割、碾压，踏上了一条不归之路。

正如我们看到的一些崭新的城市，街道、楼房，花池和树木都显得整洁而干净，你看不到一片旧物，一棵古树和一些上了年岁的房屋。而一座城市,不管现代化的进程多么耀眼,缺少了这些旧事物的观照,就像缺失了记忆的人一样,总是病态和浅薄的。我们需要这些城市的生长,我们也同样需要拥有自己的历史和文化记忆。

想必,库车老城,是活着的。她至今一直没有失去自己的记忆,她的生活、手艺,也一直没有中止过。

午后的陶

摊开了一览无余的阳光,库车老城的街巷里,弥漫着一股泥土和桑叶的混合味道。阳光在这些午后,显得无所事事,她似乎在等待着有一些尘土的泛滥,或者一些风,从巷子的深处传来。高处的土墙和低矮的院落,也早已放弃了一个上午的争吵和喧哗,此刻,正陷入一场漫长的寂静和等待之中。

我的脚步,小心地踏在寂静的深巷里,有过一些短暂的疑惑和迷茫。这些蜿蜒在时光深处的人家,门楣上大多保留着泥土的印迹,但这些虚掩着的门里面,真的有我们所需要和想要遇见的脸孔吗?

我们敲开吐尔逊家的高大铁门的时候,院子里就是这样按照阳光的秩序,整齐摆放着等待晾干的土碗和花盆。翻译说,这些都是定做的,也是这些老城里制陶人赖以为生的手艺。看上去有些粗糙的泥制土碗,晾干上釉后,在自家的土窑里烧制了,就是维吾尔族饭馆里用来盛放抓饭和拌面的最为重要的器皿。仿佛,那些喷香诱人的拌面和抓饭,就是专门为这些粗劣的土碗而准备的。我在南疆的饭馆里,不知道被这一碗碗拌面和抓饭,喂饱了多少次。现在我看到这些躺在院子里的碗,整齐地排列着,泛着泥土的光泽,新鲜而饱满。

那些花盆呢,是一些城市的街道和园林里,最为密集的摆放。鲜花簇拥着的街道,一些楼台上的艳丽和怒放,全都是这些相貌简陋的花盆托举着的。我在吐尔逊家的院子里,看见这些花盆和大碗们,安静地列队在午后的阳光下面,像一些等待出发的士兵,集结待命。

我们来到另一间屋子,这里好像是制陶人吐尔逊的作品陈列室。陶制的洗手壶(阿不都)、接水盆(其拉布奇)、水缸、油灯、烛台等等,摆放在一个落满了尘土的土台子上。我一眼就看上了一个花瓶,墨绿色的釉面上,是一束素雅的玫瑰花,稚拙而精巧,呈现着一种古老的土陶和工艺的光彩。我让翻译问了一下价格,吐尔逊犹豫了一会儿,说,一百元!我没有还价,因为我也不知道这些延续到今天的古老工艺,到底能值多少钱?

而显然,我的问价激发了吐尔逊对自己的这些土陶作品更多的自信和骄傲。他飞快地从旁边的一个大木箱子里,翻找着一件件已经用草纸包好了的油灯、花瓶等工艺品。他通过翻译告诉我们,这些东西都是打包运往外地的。运往哪里呢,吐尔逊却怎么也不肯说了,似乎这才是他最大的秘密。

看到一些陶器上鲜艳的釉色,我不禁好奇地问,这些颜料是哪里来的呀?听懂翻译的疑惑后,吐尔逊不无激动地告诉翻译,他家里这些陶器上的釉色都是纯天然的,至今他没有使用过任何现代染料。说着,吐尔逊把我们带到院子里堆着的墨绿色的矿土跟前,他说,他们家几代人制陶使用的颜料,都是用这种从山里挖来的矿土和山土,从来没有添加过任何染料。我有些纳闷,那些陶器上鲜艳的色泽,与这堆浑浊的山土有什么关系呢? 我通过翻译向吐尔逊表达了自己的疑惑。吐尔逊摇着头不无幽默地说:"这个问题嘛,麻达没有,但是不能给你们说。"我听后愕然,微笑着摆了摆手,以示尊重。

据说,在库车老城里,每一个制陶人家都有自己的土窑。吐尔逊家里也不例外。在院子的一角,吐尔逊的土窑敞开着,似乎还会有火焰的气息,从土窑里窜出来。只是这午后的阳光,犹如一团更大的火焰,就要将这土窑也一同融化了。土窑边上堆着一些残破的陶器,有碗、盆,也有一些扭曲和炸裂的工艺品,杂乱无章地躺在院子里的阳光下。我走过去,拿起一个有些变形的小花瓶,看着它扭曲的神情,也让自己感到难过。我把它从那一堆残陶里拿出来,放在土窑的高处,希望它还能再一次引起主人的注意,获得一次重生或者修复的机会。

毗邻着土窑的,是吐尔逊家里的一片菜地。我注意到这些菜地,整整比院子——也就是土窑所在的位置,低下去了一两米。我没有问,这是不是因为制陶取土所致。菜地里,有一些豆角和辣椒什么的,在空旷的院子里生长着,但显然,这不是一片被精心照看的菜地,甚至看上去有些荒芜了。

这些菜地在院子的低洼处,上下都需要一把梯子。我在想,这些凹下去的土,都去了哪里? 是一批又一批陶器,经过土窑的火焰,被运走了吗? 现在这里,只剩下了泥土,和陶的影子了。那些斑驳的往事,和泥土下的呻吟,阳光的瀑布,多么密集而热烈地照射过的泥土呀,现在和这一院子的陶,有关系吗?

太阳总是恰到好处,整个午后,这样的浓烈和均匀的阳光,撒遍了吐尔逊家的角角落落。那些已经完成了烧制,以及还在晾晒中的陶,全都在无声里享受着这个下午的时光。不管怎样,陶的命运已经被注定,它远处的泪光,在隐约里闪动。似乎我再也听不到一些泥土的呼吸,那些烧干,和晾干了的陶,是怀着一把火焰和阳光的泥土,即使它不再散落,它的气息,已经远走他乡了。

吐尔逊的院子里,房间里,到处都是泥土和陶器的味道。那些簇拥在院子里的陶器,使这个院子显得异常拥挤。在吐尔逊的制陶作坊里,那些古老的工艺和制陶器械上,也全都沾满了泥土,就像吐尔逊那一双干裂的手,一经泥土和水分的黏合,便迅速地转变为一双灵动的手了。在这些简陋的器械和粗糙的制陶人的手里,泥土转换为另一种形态,没有人再来关注,这些泥土的往生,或者远方。

热斯坦街上的敲打声

有一些尚未散去的地气，还是这个早晨的阴霾，热斯坦在一条深巷的虚无中，变得烟雾缭绕。隔着一条巷子，我就听见了叮叮当当地敲打声，从晨雾和潮湿的泥土中传来。这个寂静的村庄，是从这些敲打声中醒来的吗？

其实时辰已快到正午了，整条街上还是如此的安静，许多人家的大门上都落着一把锁子。我们在老城的另一条街上，原本是要寻找一家用油渣制作土肥皂的人家。我们围着院子转了一圈，前后门都锁着，隔着铁门和雕花的栏杆，我们只是瞧见了主人家宽敞的院子里，树木葱茏，花草繁盛，楼台上积木般簇新的木雕，更是吸引了女画家的目光，车子已经发动了，她趴在围墙的栏杆上却久久不肯离去。

接下来，我不知道我们要去的地方，就是隐匿在雾霭中的热斯坦。即便是半条街的空旷和迷雾，也不能阻挡了热斯坦从悠远的寂静中传来的，来自于铁器时代的敲打声。我首先看见的是一匹马，拴在马路对面的杨树上，悠闲地甩着尾巴，不时仰头瞅一眼不远处的麻扎(墓地)，云烟缭绕的雾气消散中，一阵响亮的喷嚏声，穿过杨树下东倒西歪的玉米秆，在远处的树梢上晃动着。

另一匹马呢，它已经被牢牢地固定在两根木桩上了。它的另一条腿，也被一根绳子绊起来。实际上，此时此刻，这匹羞愧难当的马，正在等待一次来自于乡间的手术——钉马掌。它低低地垂了自己的眼睛，努力地转过头去，不让人看见它目光里的躲闪。一匹马的羞愧无处躲闪，像是乡间里遭到了羞辱的女人。我知道，在这条街上，没有人意识到一匹马，正在含羞而立。

隔着一道院门的距离，草棚子下面的炉火里，是一副被烧得通红的马掌子。炉火烧得通红。然后，那一架安装了电门的沉重铁锤，在铁匠斯德克·马义的操练下，飞快而沉重地击打着一块由红变黑的铁。四十三岁的斯德克·马义清瘦的脸庞上，须发丛生。与他不曾修饰的脸庞一样，那些火焰和煤灰的颜色，在他沾满了汗水的脸上、身上，随意地涂抹着。每一次，在电锤飞快地击打过后，斯德克·马义都会用钳子夹住了渐趋成型的马掌子，转身在一块铁砧子上，一刻不停地敲打着，使劲地把那块铁，往一副真正的马掌子上赶。

斯德克·马义脸上的汗水和铁锤下的火星子，溅落在一片煤灰和铁屑里了。在电锤巨大的轰鸣和炉火的炽焰里，斯德克·马义总是咬紧了牙关，发出嗨哟嗨哟的声音，与手里铁锤的节奏一同起落。在斯德克·马义转身去伺弄炉火的时候，我回过身来，往他的小院子里望了一眼。院子里有些杂乱，到处都堆满了残破的铁，那些废弃已久的铁，或许也在等待着这一堆熊熊的炉火，浴火重生吧。

斯德克·马义几乎是没有停顿地完成了几副马掌子的打制。最后，每完成一个马掌子，他总是很潇洒地把那椭圆形的铁，从钳子里不经意地往地上一撂，装作若无其事的模样，又去忙别的去了。

他能够忙什么呢？那一匹早已被固定的，面含娇羞的马，是他接下来要忙活的对象了。他蹲下来，手托着一只马掌，轻轻地用小铁锤敲打几下，用一把特制的小铁钳，熟练地取下那一副快要磨穿了的老旧马掌子，把那块磨得发亮的铁，不屑一顾地扔在了一边。然后，他的手里不知什么时候出现的一把锋利的刀片，在那只积满了尘土和铁锈的马掌上平缓地削着。有人说，这活儿有点儿像洗澡堂子里的修脚师傅。

可是，这高高抬起的马蹄子上，需要的不仅仅是美容。刚才还在铁砧子上嗨嗨哟哟地使蛮劲的斯德克·马义，此刻正在耐心地为一匹马修脚，为它量身定做一副合适的马掌子。我一直觉得，他手上的那一把小铁锤，像极了一把手术刀。同样是咬紧了牙，发出了一声声嗨哟声的斯德克·马义，此时变得小心翼翼，他下手时那样轻，那样舒缓和精准，他的眼睛里已不再是凶狠的铁，而是一只充满了生命温情的马掌。

我第一次面对一匹含羞而立的马，看它的身体里被钉入铁钉。原来，这尖利的铁钉只是钉在马掌的角质层里，而这一切，马并无痛感。可是我转念一想，就像穿了新鞋子的人一样，有没有不合脚的马掌子呢？这一切，都有赖于一个铁匠和一个钉马掌子的人，合二为一的慈爱和匠心。

钉好了马掌的马，重新回到地面上，头昂得似乎更高了。“新鞋子”带来的精气神，一下子使一匹娇羞中的马扬眉吐气，意气飞扬。我看见它年迈的主人，在满意地付了钱之后，牵着马，向着远处的雾霭中走去。不知道那些远处的村庄，还是热闹的巴扎上，一匹钉好了新马掌的马，会是一番怎样的模样？

叮叮当当地敲打声过后，热斯坦再一次陷入了沉寂之中。临街的铁匠铺子有好几家，大多是关着门的。铁匠们的生意，一天比一天不好做，是因为钉马掌子的人越来越少了。就像这些街道上，马车少了，取而代之的是现代化的汽车、摩托车和三轮车，这些喝着汽油奔跑的怪物，正在渐渐地把古老的马车和赶车人，逼入一条历史的死胡同。

好在雾霭中的热斯坦，为我们保留了一些历史的记忆。这些流传在当代的铁，技艺娴熟的马掌子，一个不善言辞的维吾尔族人，使这门古老的手艺，不仅仅有了传承的意义。

一座老城的气息，首先是一些活着的手艺，和他鲜活的面孔。

老街黑茶

一大早，老吴陪着我们在老街里转悠着，像一群游走于街市的闲人。他说，很多人坐着车子到这里来，只是满足于到此一游，煞有介事地请来当地导游，拍照留念，最后什么东西都不会带走。真正要走进这些陈年老街，还是要放下脚步，慢慢地走，随意地看，说不定就会有一些自己的发现。我相信老吴的话，因为他沉浸在这些老街里的时光已经不短了，看他用一口半生不熟的维吾尔语，和街边的商贩们打着招呼，就知道他是这里的常客。

从杏花园里出来，已临近中午。两条腿上也好像注了铅，有人开始迈不动步子了，就不愿意继续往前走，表示要回宾馆休息。这时，老吴说要请大家去喝茶，也可以在那里休息一下。我说去哪里？老吴说，当然是茶馆啦！我有些纳闷，这土街泥巷里，还真会有一间“茶馆”？

老吴显然看出了大家的疑惑，就示意大家跟着他走。

我们最先来到的是一座桥，钢筋和水泥拱起的桥下面，是一条几近干涸的库车河。我知道这里就是赫赫有名的“龟兹古渡”。曾几何时，夕阳斜晖下尘土飞扬，宽阔的河床里，喧闹的巴扎上人头攒动。这些昔年盛景，一瞬间就被我在潜意识里复活了。我站在河岸上，向河床里打量着，遥想着那些被驱赶着的牛羊，那些漫不经心的毛驴车上，一个打着瞌睡的赶车人，他什么都没有买，什么也没有卖，他只是赶了一天的巴扎。

今天不是巴扎日，河床上的泥土，显得光滑而生硬。在一孔桥墩子下的泥土里，我看见了几个男人横七竖八地躺在那里。那是一些无家可归的人，还是一些醉酒的人呢？老吴说，其实这些人，都是一些巴扎的守望者。他们从遥远的乡间走来，或许等他们到来的时候，巴扎已经散去了；或者，他们还沉迷在巴扎的喧闹和热烈里，还没有回过神来吧。巴扎上的人们渐渐散去了，而他们留了下来，望着渐渐空寂下来的河床上，人影散尽，牲畜远逸，真正的寂寞才刚刚开始。他们开始在这些泥土里酣睡，一天，两天，直到下一个巴扎日的到来，交易和喧哗的市声将他们吵醒。

他们醒来的时光里，满布着人生的荒凉。更多的人对他们视若不见，或者眼睛里充满了不屑。很快，一个巴扎日就又结束了，那些纷至沓来的脚步，又将渐渐散去，一切都仿佛是一场幻觉。

远远地，我注视着这些在泥土上酣睡的人。我希望可以看见他们翻身而起，睁开眼睛，看一看这个世界的辰光。已经多久了，那些荒芜的家园和田亩上，衰草也不曾遗落的往事，希望可以为他们找到一条回家的路。

还是要继续往前走。我以为老吴带我们要去的茶社，会在马路边上那些用了艳丽的喷塑和电脑设计的门面里。老吴带着我们，径直绕过了这些门面房，朝着另一片河滩，曲里拐弯地走下去。河湾里堆满了一些柴草，还有一些码放整齐的编织袋，不知道是一些什么货物。难道这一切，都和这个古老的渡口，还有即将到来的巴扎日有关系吗？

我没有看见一个行色匆匆的人。倒是这些泥土堆积的河岸上，隔着不远，就有一个躺在地上的铁皮箱子，像一节被废弃的车厢躺在那里。我经过的一个铁皮箱子，一个清瘦的维吾尔族老人，正挥动着手里的小铁锤，修补，还是在制作一把铁皮水壶。见一行人的镜头都对着他，老人兴奋地微笑着，停下手里的活，等待着镜头后面的灯光闪烁。他那样熟练的笑容，轻松的表情，良好的镜头感，连同他身后的铁皮箱里摆放整齐的一应工具，都让我觉得这是一个“意外”的场景。但不管怎么说，关于这个古老的渡口，关于铁皮匠的传说，关于一条河流的历史和传奇，还是让我真切地感受到了库车老城，在时间的缓慢里，那些不曾消失的景象。

老吴要带我们去的茶馆，还需要穿过一条类似于农贸市场之类的街巷。我生怕在这里掉了队，紧追着老吴宽厚的背影往前走去了。茶馆的门面上像一间仓库，门口的几张长条桌上，坐着一些喝茶聊天的维吾尔族人。见我们一行鱼贯而入，一个个睁大了好奇的眼睛。我们找到一张墙角处的大桌子，七八个人坐下了，小服务生提着一把滚烫的开水壶，掀开每个人跟前大瓷碗上盖着的铁盘子，把那开水，往碗心里的一小撮砖茶上呲去，那砖茶便噌地一下子翻卷到碗沿上来了。这时，你赶紧把铁盘子扣上，看那热气从铁盘和碗沿的缝隙里滋滋地冒出来。

紧接着，服务生又用一个托盘端来掰开的馕块，众人一块块地拿来分享着。有人耐不住，掀开了盖在碗上的铁盘子，在一碗热茶里泡进去馕块,一口吃了,嘴里忍不住的吧唧几下。

在“焖茶”的时候,一盘子馕烟消云散。老吴赶紧又要了一份。这时,滚烫的黑砖茶算是泡好了,深深地喝上一口,浓烈的粗茶和滚水的味道,直抵心肺。看着我们这一桌子人别样的面孔,周围几个桌子上的维吾尔族人,开始小声地议论着什么,不过,从他们悠闲的神情里,似乎也没有看出什么大惊小怪来。

老吴说,这一碗黑茶也就是一块钱,一个馕几块钱,几个人可以在这里喝着茶坐上大半天,只要你有一分闲心和空闲下来的时间。来这里喝茶的大多是附近的维吾尔族居民,他们并不急于回家,而是在这里守着一碗黑茶,有一句没一句地闲聊着。墙上的电视里播放着20世纪的港台武打片,有时候,多数人的目光,也会被那嗨嗨哈哈的武打动作一下子吸引了去。也有在桌子边上静默着,一言不发的人。那些没有任何表情的面容里,你无法知道,这间茶馆熙熙攘攘的人群中,一个人的心思,在人群里消失得无影无踪。

转了一上午,我早已经口渴难耐了。我一口气喝光了碗里的茶,招呼小服务生过来又添了一碗水。已经不知道是第几块馕了,往茶水里一蘸,口舌生香呢。而这第二遍黑茶,味道更趋醇香,加上干馕的催化,舌尖和味蕾,就算是完全开放了。

而正当我耐下心来,专心喝茶的时候,老吴接了一个电话,要我们速速返回,午餐!有领导宴请呢。我拍了拍圆鼓鼓的肚子,只可惜了我这一碗香喷喷的茶呀。

黑茶馆在老街里不止一家,大多偏街背巷,门面看上去也都不甚显眼,却大多生意不错,热气腾腾。只是太多走马观花的人,体会不到这一碗黑茶里,滚烫的热烈和干馕的滋味。

库车的味道

又来库车，是在我离开了这里十几天之后。满脑子的库车记忆，还没有来得及消散呢。仿佛整个九月，再也没有任何一个地方，让我如此辗转反侧。只是，赤野千里的南疆大地上，库车一样的明亮和干热，在今年的这个秋天里，变得越来越浓烈起来了。

或许，这样的季节，对于库车来说是最适合旅行的。此行依然下榻库车宾馆。第一天，早晨从库尔勒出发，赶到库车的时候，已过了午后两点，一行人没有来得及放下行李，先就是一人一碗抓饭。在二楼的那间大包厢里，两张桌子上呼呼啦啦的筷子扒动着米粒的声音，适度而又节制的骨头上的肉香，使我想到了一些村野里的场景，来自于肠胃里的声响，有时候，比那些高亢的华美乐章，更能够打动人心，也更加真实可靠。这一顿羊肉抓饭，是提前预订的，所以三十多碗抓饭，没有让这些饥肠辘辘的人们等得太久，也几乎没有人推脱和拒绝着一碗抓饭的到来，更兼那风卷残云的气势，使得这一顿旅途中的午餐,成为一场饕餮盛宴。

下午原计划是要去库车大峡谷,因为月初我刚刚去过那里,也因了洪水和天气的原因,从安全的角度考虑,我们最终放弃了去大峡谷的计划。我们还特地临时邀请了有“库车通”之称的老吴作我们的临时向导。敦厚的老吴,为此专门提前一天赶回了库车。吴向导虽然是义务劳动,但他对我们整个下午的行程,显然是作了精心安排。

第一站,我们去了新疆现存最大的佛教遗址苏巴什故城。准确地说,我们到达的是苏巴什遗址的西寺区。遥隔着一条漫漶着古老时光的库车河,苏巴什遗址上的阳光,依旧是那样浓烈地泼洒着。大概是四五年前吧,我曾经在另一次文学采风活动中到过这里,甚至还有幸在故城残破的遗址上,捡到过一柄“石斧”。所以当我今天再一次踏进苏巴什遗址的时候,我内心里的感觉和这些初来乍到的人是截然不同的。历经了千年时光的苏巴什,在这里安然沉睡者,隔了五年的时间,我的再一次到来,不曾改变的是这些残缺不全的寺庙遗址和城墙上斑驳的雨水,风和阳光的味道。那些时光里的坍塌和沉睡,对于我人生的五年来说,太微不足道了。可是五年的光阴,我无法说出自己的苍老、阴霾和人生的变故,我只是感慨着这世间离散弥久的因缘际会,有多少秘密的远方,在我们的命运里埋藏?

站在苏巴什西寺区高高的废墟上隔河相望,阳光下的东寺区高塔林立,那褐黄色的旧址上,涂满了阳光和这个秋天里最为迷人的沉醉与破碎。据说,我们所在的西区,以佛塔为主,更大规模的寺庙建筑群,都聚集在东区呢。汉唐以来,这里云集着数以万计的僧众和信徒,加之东西来往的商人和源源不断的丝路贸易,想想,应该是怎样的喧嚣之地。法号声震,僧袍云集,曾经繁盛一时的龟兹古国,最终没有能够抵挡住历史的烟尘。浩繁的经卷在沙土里掩埋，绵延的石窟里，却居住着凝固的衣饰和名姓不详的供养人。

在这些泥沙堆积的河岸边，我没有看见一滴河水的痕迹。或许，那些远去的水，早已经将一条河流彻底地遗忘了吧。我只是看见了这些河水奔逃的身影，她们遗留在沙土和山石间的干渴，再也无法走得更远了。

接下来的克孜尔尕哈烽燧遗址和克孜尔尕哈千佛洞，被我一不小心说成了尕哈县，引来车上的一阵哄笑。但尕哈烽燧的迎风而立，她站立了一千年，或者更久，都已经成为我们今天仰望的残破记忆。多少个晨昏，阴晴圆缺，那些点燃了狼烟的兵士们，躬身于家乡的方向，执手东望，长安的月亮上霜迹遍布。是呀，战火弥漫的边地营帐，早已经老了，故乡的尘土，也已经无法掩埋这一把历史的老骨头了。

夕阳西下，我注视着那一枚血红的落日，在烽燧上的高塔上缓慢的降落，一点点地，滑向身后的河谷。再也没有此刻的“残阳如血”，更能够比得了这一场古老的还乡。那些柴草、院门和家眷的呼号，全都在一枚夕阳的沉落中，销声匿迹了吗？烽燧连天边，旌旗漫卷时，安知家国破。士卒揉破的沙眼里，迢迢万里，我们何曾是踏破了一双铁鞋？

此际，我置身于库车的漫漶秋野里，浩浩长风，黄土赤焰，真的是一个季节一场风，就把这高天阔土的迷途给终止了。

大地上的尘土，终是要沉寂下来。

禅灯山记

我看见这些瓦片的时候，正是午后时分，阳光泻落在林间的草地上，斑驳处的阴凉下面，刚好可以看见那些已经被我们留在身后的云雾和山峰。

以博格达峰为代表的东天山这一段，不仅神迹遍布，还因为有了天池这样一座高山上的湖泊而声名远播。多年来，人们习惯了对天池的观光和游览，满足一下“到此一游”的感官性刺激。看看今天的游人如织，就知道“天池”作为一个旅游景点，是多么具有市场的号召力。

事实上，无论从哪个角度讲，纯粹自然或者山水的景点都是单薄的，甚至是浅薄的。我们需要的是在这些亘古不变的山水中，辨认历史和时间的遗迹，寻找时光的脚步中被遗落的信息；我们也还需要多一点，对于这些山水的体认和内心的体味。同时我还相信几乎所有的高山和湖泊，都应该是神灵的居所。所以，朝山觐水，要远远大于旅游的意义。

天池是西王母的居所。那个美丽而遥远的神话，一直在我的记忆里盘旋着，无论是在湖边还是在上山的路上，我都在想，人神共享的所谓稀世美景，原来竟也是如此的安静呢。

沿西小天池一路上来，这山腰处的一块高地，渐显出一片小范围的开阔和平坦。周遭林木苍翠，花草摇曳，适时的阳光照见了这一切，不时从山下天池里浮上来的水汽，被一些缓慢的风托举着，散步到了更远处的山腰和山顶上，去做了那些云朵和漫游者的亲戚。就像一些好日子里的旧时光，远了和近了的亲人，这些回忆，总是在缓慢中展开。

所以，山神庙遗址看上去并不像是一个旧日的遗址，它就像我们邻居家因为一场大风或者洪水而倒塌的房舍。那些房屋的轮廓，四散的瓦片，以及一些房基上散落的草籽，都使我相信：一切都还没有结束，一切，都还在进行当中。

我随手捡起一片瓦当，青灰色瓦面上，有一个约一厘米的圆孔，据说是当时运输上山时，用绳子穿孔系在羊背上驮上来的。无法确切的是，究竟有多少只山羊参与了这支深山中的运输大军，而崎岖的山路上，那些被追赶或者牵引着的山羊，最终，都去了哪里？

尽管爬山的过程充满艰辛，气喘吁吁中，我还一时无法让自己迅速地平静下来，我依然为这么完整的一座寺庙遗址感到惊讶。遗址并没有我想象中的大，我能够看清楚的，是地上散落着的青砖和瓦片，潮湿而松软的泥土上，覆满了青苔和这个季节里疯长的青草。联系到自己快要支撑不住的身体，面对这个已经倒伏在山地上的庙宇，我渐渐地感到，仿佛这个下午就要被散掉了。

仔细端详着手上的瓦片，纹理清晰可见，有过一些时间上的断裂,但在大体上还是完整的。只是,我还不知道这些潮湿的黄土下面,到底还掩埋着多么深远的历史。见过许多高山上的建筑,那些高耸在云端的气象,总是让我浮想联翩。而眼前这个掩映高山深处的寺庙遗址,早已不见了气宇轩昂,有如一声叹息在山梁上划过。

山神庙,其实并不只是山神庙。坊间大多以为清代所建,而顺着历史脉络往前走,我们便不难发现,早在唐代,这里便有庙宇和祭祀活动了,并且是一座佛教遗址,而不是后来所说的道家庙宇。《西域番国志》记载,“近山有土台高十余丈,云唐时所筑,台畔有僧寺,寺下有石泉一泓,林木数亩。由此而入出,行二十余里,经一峡之南,有土屋一间,旁多柳树,沿土屋之南登山坡,坡上有石垒小屋一间,高不五尺,广七八尺。房中有小佛像五位,旁多木牌。”由此可见,先民们遵从于山水的历史和思想,要远远超出我们的预期。

后来的“博岳庙”、“东岳庙”“灵山寺”等等名称的由来,随着岁月的迁徙,应当都是一个自然而又缓慢的过程。其实,我更愿意相信“池东面,山石青黑,远望,纷若毛发状,云十万罗汉佛于此洗头削发,遗下此灵迹。”(同上)所昭示的历史遗存,对于一切我们所无法穷尽的山水而言,所有的历史,都是被传说和膜拜的历史。

相对于神话和传说,山神庙距离我们并不遥远。

需要说明的是,沿山神庙攀缘而上的“灯杆山”,并不是清代道士开启的所谓“点灯祈福”,而是时间更为久远的佛教活动中的“福佑禅灯”,更确切地说,改“灯杆山”为“禅灯山”,似乎更符合山神庙所标示的文化记忆,也似乎更接近历史的真相。

无论如何,我都愿意为这一湖水写下自己的感动和崇敬,尽管这些文字中充满了无法避免的孤见和缺憾。

湖上佛光

那些光，在携带着一团巨大的水雾，或者脱胎于一团弥漫在山坳间的水雾之中，只是在一个瞬间，在山坳里聚拢成为如真似幻的一抹光晕。有人大声喊道，佛光！几乎所有的人都激动起来，跟随着大声地尖叫起来，佛光！佛光！声音穿过了西天池寂静的山谷。可是人，毕竟是稀少的，巨大的山峰间遍布着雪岭云杉遥远的背影，那些青葱和山石间铁青色的沉默，注视着几片稀薄的云彩在山顶上飘过，似乎这里发生的一切，都无关紧要。

这一天是2010年7月24日，星期六。在西天池一侧海拔近2800米的山顶上，佛光依次出现在一小群登山者的欢呼声中。

一个并不炎热的下午。或许是前一天下过雨的缘故，山地上的草丛里，甚至还有一些潮湿，往树林里走，在阳光并不强烈的地方，你甚至还可以看到一些晶莹的水珠在草叶上晃动。

是的，我们是要穿过一些树林的，即使陡峭的山崖间铺设着木道，这些肆意的脚步，也仍然免不了在草地和树林间寻找一些野草莓之类的浆果，满足了山野间的一些好奇心，也分享一些似乎并不属于人间的短暂快乐。

沿山神庙拾阶而上，似乎山路上就不再是木道了，而是一些更为粗糙的石条铺就的“山梯”。从内心里，相较于那些被桐油包裹的木质山道，我更愿意接受这些石头铺就的山路，仿佛只有脚踏在这些石头上，心里才更踏实一些。这一路上，我一直牵着恐高症的女儿张川子的手，和并不恐高却体力不支的夫人海笑，唯恐拖了整个队伍的后腿，我们相互鼓励着行走在队伍的前列。面对陡峭的山路和脚下不断升高的海拔，我有过片刻的晕眩，但这阔大的山野间，容不得自己有片刻的犹豫，所有隐蔽在内心里的那一点点恐慌和胆怯，都被这空前的山野和天空给敞开了。

在我们即将登上“灯杆山”顶的时候，就听见比我们稍早上来的天池景区的周少华他们兴奋地说，他们拍到了佛光！我将信将疑，或许我们登上山顶的时候，目光离山脚下的那一片山坳，只比他们迟到了几秒钟，但山坳里已经是混沌一片，什么都没有了。随即，就连那片混沌都没有了，只剩下了那些被缩小了的树木和一小片看上去有些凌乱的山神庙遗址。

这个下午的阳光并不浓烈，加上适度的山风，似乎更适合在山顶上小坐。我独自一人来到一面山坡上的平地，看不时从头顶上飘过的云彩，如此近距离地仰望着天空，让我有一种飘飘欲仙的感觉。所谓天地之间，我知道这一刻的肉身是被托举着的，甚至轻若一片草叶，我有过一瞬间纵身一跃的快感。但更多的时候，面对咫尺悬崖，我的两腿发软，头晕目眩，所以我只能够背靠着一块岩石，或者更为开阔的一片草地了。我急于下山，是担心自己在这高山顶上不能够持续的太久。

我不能够游离于自己的队伍太久，我拄着一根在山上捡到的树枝，像一个伤员一样回到大家聚集的山崖处，遥看山脚下的那一湖水——天池这个时候也变得模糊不清了。就在这个瞬间，水雾缭绕的山坳间，一抹彩虹圈起的佛光出现了。众人们惊呼，我连忙照相，可惜照相机的电池早已被沿路的美景耗光，用手机拍下的图片里，只是一片模糊。好在有专业的摄影师们呢，借着他们的镜头，大家雀跃在一阵短暂的佛光里。有人说，这是盛世吉祥，赶紧许个愿吧。我大脑里除了还没有清理干净的混沌，几乎什么都没有来得及想，这佛光便消失了。

山坳里烟消云散了，山顶上又复归平静。我注意到刚才佛光升起的地方，正是我们大约在半个小时前刚刚踏访过的那一块山间平地——山神庙遗址。是水雾升腾，还是神迹显灵？大家正在议论纷纷的时候，有人看见湖中的一团水雾上来了，慢慢移动至山坳间的遗址处，大家睁大了眼睛，在目瞪口呆中又一圈炫目的佛光出现了。所有的人都兴奋地站了起来，两手高高地举过头顶挥舞着。奇诡的是，所有的人都在佛光里挥手，而所有的人，都认为在佛光里看见的只有自己。

在这一天，所有被佛光照耀的人，都是有福的。我是一个在自己的命运中，如此愚钝而又麻木的人，竟也沾了大家的光，和这千年的佛光相遇了。在这一刻，我闭上了眼睛，双手合十。我知道山风吹乱了我稀疏的头发，我的双脚上，沾满了草叶和一些羊粪的味道，那些陡峭的山路也弯曲着我跌宕的人生。无须问来路，只问前程，我默默地为自己许下了心愿。

当我睁开眼睛的时候，奇迹再一次出现了。我恍在梦中，就在刚才水雾缭绕的地方,一圈彩虹般的佛光,又一次显现了。有人提议大家排成一列,做千手观音的造型,队伍虽然不算规整,但那一尊“千手观音”大家是真实的看见了。手舞足蹈的“千手观音”,在瞬间消失了。这次佛光来得快,走得也匆忙,但没有一个人为此而感到遗憾。因为大家在一日之内有幸三次见到佛光(有人说是四次),已经是天大的幸福了。

人生无常,我们总是被一些终极性的关怀牵引着,在无穷尽的追索和浮华中,耗尽了殷实的岁月。而当真正的幸福降临时,许多人却茫然无知,没有人愿意在这样的时候,停下自己的脚步,感念你一生中无数次遇见的山水,那些苍茫大野里行将消失的宁静。

而这一切,直到佛光消失以后,我似乎才恍然大悟。是一抹霞光里的彩虹,还是一次又一次真实的幻觉,我愿意把天池这一湖圣水上诞生的佛光,小心地珍藏好了。

这一块石头,也仿佛是被佛光照耀过了。在接下来的“化石山”上,我看到了这些被凝固的草叶,还有那些没有来得及成熟的果实,它们全都静止在了一块亿万年不朽的石头上了。

佛光有期,化石无言。多么虚幻的佛光和如此坚硬的石头上,都镌刻着时光的奇迹。

水边一夜

入夜，从山上下来，西天池边上的毡房里，已经亮起了昏黄的灯光。主人的热情，除了羊肉、奶茶，自然还少不了烈酒的陪伴。我想起了多年前在哈萨克毡房里的那个夜晚，大概也是因为奶茶和烈酒的缘故，使我在一场深山的夜雨中夜不能寐，反反复复到一个山坡上，解决那腹中的翻江倒海。

而天池的夜晚是晴朗的。晚宴结束的时候，从毡房里走出来，不知是下午爬山的劳顿所致，还是贪恋了几杯烈酒的缘故，我竟有一些趔趄了。夜宿毡房，几位同行的战友们，没有几分钟便是鼾声四起。我知道这样的夜晚，寒冷是另一场夜晚的黑暗，所以毡房里的拥被而眠，几乎是所有山野里的寄宿者，此刻最为享受的一种选择了。

是啊，多么想枕着夜天池的松涛，呼吸着草叶和松香的气味酣然入梦，让这个夜晚的凉爽，在另一片山野上吹拂。这样想着的时候，我却慢慢地清醒了，及至睡意全无。我睁开了眼睛，巡视着偌大的一间毡房里，五个男人在黑暗里的睡眠，除了不时响起来的鼾声让我有一些意外，借着微弱的光亮，我看到了这些姿态各异的睡眠中，最为真实的轮廓。其实多么强悍的躯体，在深夜的睡眠里，都应该是柔软的，是大地的婴儿，是生命搁置在远方的另一幅肖像。

只是我们快要忘记了自己在另一场睡眠中的，这另一幅肖像。我们忘记不了自己身体的疲劳和命运中的疲惫不堪，就应该牢记生命中最为柔软的这一部分。

我已经不能够继续让自己留在被窝里了。原因是我的清醒被包围在一片鼾声之中，还有自己胃里的奇异声响。我怕我的清醒，惊扰了一片鼾声中的睡眠。我小心地穿好衣服，在黑暗中找到了自己的鞋子，一个人，把毡房里的温暖和睡眠留在了身后。

毡房区的木道踩上去砰砰作响，这虚空里，有一个夜晚的谨小慎微，也有黑影绰绰里，陌生的惊惧。我需要穿过这些树影中的木道，去几百米以外的洗手间。那里亮着灯光的，但这弯曲的木道上，却是漆黑一片。几盏夜灯，在偌大的山野间显得微不足道。你看不见那些漆黑的山林，你听到的，是自己的喘息和心跳的声音，这些黑暗是一座大山的黑暗，这些寂静，是不远处的那一池湖水，在幽暗中发出的声音。

往复几次，我睡意全无。索性回到毡房的门口，一屁股坐在门前的木板上，环顾四周，几乎每一顶毡房的门前都有一盏镶嵌在草地上的夜灯。看着一盏草地上的夜灯，照射着一蓬青草里的生机盎然，想到那些早已躲到黑暗中去的虫鸣和鸟声，此刻，我却成了一个找不到去处的人。

我知道这些寂静才是深远的。不是隔着毡房和隐约的树影，而是这些黑暗中的寂静,我坐在这样一顶黑夜中的毡房前,无论如何,是看不见那一潭湖水的。但我头顶上的夜空,却是被水洗过了的,几颗若有若无的星星,远不比这草地上的夜灯明亮。所谓人生的际遇,在这样寥若晨星的夜晚,大概如这荒野中的山水,在你无力抵达的地方,总是被一些黑暗覆盖着。仅有的光明,也只是这些天幕里的星光,需要在这些寂静的夜晚,独自观赏。

我想到了这块白天在湖边捡到的石头,一些蓝色里的泥泞还没有褪尽,不也正是这远在山巅的一湖水,漫延在松林在山地上的,那些水雾迷茫?

有人说,这块石头是没有形状的。我却没有缘由地喜爱着,爬了这么久的山路,我一直没有丢弃,我有时把它抱在怀里,有时放进我的裤兜。一块石头的秘密行程,恰是这个夜晚的无眠,有一些惶恐中的惊惧,也有一些黑暗中,若隐若现的光亮。

我想,我是享受着这样的夜晚的。一如我怀揣着一块陌生的石头,一个人的山野无眠,一个人的湖水里,在寂静中绽放着细微的波澜。

不过天池对我来说,在这个夜晚依然是陌生的,我只是远隔着一座湖水的心跳,仰望着高山上的夜空,被这些寂静裹挟着去了。

已经不知道过去了多久,当我意识到身体已经恢复了平静之后,我转身推开了虚掩的毡房门。

我不知道还会不会有一场梦,在这个夜晚里进行下去。

山坡上的羊群

远远地,我看见那些旷远的白点,像这个春天里没有融化的雪,在远处的山坡上,有一团苍灰色的山岚,若隐若现。我就站在这里,翘首眺望,远远近近的山梁上,沟壑纵横,我竟然找不到一片春天的草场。

我的脚下,潮湿的黄土,正在春阳的照射下,散发出黏稠的山野气息。沿阜康城东这一片低矮而缓慢的山梁,不知不觉中,我和林,就是在漫无目的"散步"中,越过了一些返青的麦田,那些掩映在"平坡"和"洼地"上的麦苗,曾经被我们误认为是一些山民的韭菜。后来觉得不对,才幡然醒悟,这荒寂的山梁上,哪有这么多无人收割的"韭菜"?

我们坐在一面向阳的土坡上,等待着阳光的检阅。而春天似乎才是这片旷野的主人,除了一阵阵掠过脊背的风,这山野里,空无一物。目光所及之处,这一片晕染着白色的"残雪",就是这样闯入了我的视野的。我没有大呼小叫,只是定定地注视着这些远处的“游移之物”。有那么一个时刻,我的眼睛里充满了惊恐,我怀疑,那是一片渐渐清晰起来的墓地。想一想,在这样的荒山野岭间,突然到来的一片山间墓地,该是一件多么诡异的事情!

而很快,快得几乎让我喘不过气来,我在一瞬间就看见了这些羊。这些散乱的羊,胜过了积雪和白云,也胜过了关于墓地的幻觉和假想。我的欣喜是不言而喻的。而几乎就在同时,林和我一同发现了远处山梁上的羊群。

有生命的荒野,才是令人信赖的。我们难以掩饰对一群羊的兴奋,甚至,我们都有过要翻过眼前的几道山梁,要去和羊群汇合的冲动。但有限的野外经验告诉我们,这是一个无法实现的愿望。

剩下来的时间里,我们把几乎所有的精力,都集中在对一群羊的猜想和议论之中了。我们已经没有别的事情可做。而散落在远处山梁上的羊群,似乎也看见了我们,或者感受到了两个野游人的热切张望。羊群,在慢慢地飘过来。

我们起身做了迎接。尽管我们知道,要和这群春天里的羊会合,几乎是不可能的事情。我们只是尝试着往高处的山坡上移动着脚步,大片的黄土,被积雪融化后的雪水浸泡着,在阳光的照射下,散发出一团团雾气出来。这愈发使得对面山梁上的羊群,看上去有些不可思议了。难道,这真的是我们在山野里遇见的一次幻觉?

出乎意料的是,首先向我们走过来的,竟是一个突然出现的牧羊人,一个身材高挑的哈萨克人还是蒙古人。他是一个人从我们对面的山谷里爬上来的吗?而羊群依然散落在对面的山坡上。他走起路来有些趔趄,肩膀上胡乱地堆着一件衣服还是口袋,手上的一根棍子还是牧鞭,像他的身体一样摇晃着,向着我们张望的方向走过来了。似乎就要抛弃了他身后的羊群。

我渴望着这个陌生的异族男人的到来,至少可以解释我们在这个春日里的谜团。我相信,这个陌生的牧羊人,也已经远远地看见了我们,或者,他已经在羊群的后面,在一条隐秘的山谷里,注视着我们好久了。那么,他这样翻山越岭地走过来,是要做什么呢?这是他今天放牧的必经之地吗?还是因为他意外中发现了两个不速之客,要来一探究竟?

事实上,我们的担心是多余的。那个肩膀上堆着衣服或者口袋的牧羊人,远远地,就在一截土坡上停下了。他转身吆喝着自己的羊群,把肩膀上的衣服和口袋拿下来,随手丢在了地上,然后,盘腿就坐了下来。他甚至没有拿眼睛,向着我们张望的方向,看上一眼。

而羊群呢?那些漂移在一面山坡上的羊,正在寻找着一片山野的饥渴,它们埋首于荒野,已经无暇顾及这个春天的风景了。

头河源记

我已经忘记了这是多少次，踏进这条河谷。发轫于天山峡谷的河流何止千百，而头屯河，却是我生命中，如此清澈又难以割舍的一条河流。

1983年深秋的那个早上，在乌鲁木齐火车南站广场上，我像一个懵懂的少年，被一辆解放牌军用卡车，连同一场青春的梦，给运走了。接下来，我并不知道自己的命运，将要被这辆不由分说地军用卡车运往何方？紧张和兴奋，适度的寒冷，都在这一辆盖着绿色帆布的卡车里，瑟缩着。

很快，运送我们的车队，便驶出了城市的街道，向着山野的昏黄和寂灭里驶去。山风从我的耳边呼啸而过的时候，我听见了车厢里的小声议论：不会把我们直接拉到边境上去吧？大多数没有出过远门的乡间少年，对于像乌鲁木齐这样的城市没有概念，但是对于接下来的峡谷秋野，还是不陌生的。

秋树黄叶，色彩驳杂，峭壁耸立的峡谷里，呈现着别样的萧索。而那一条河流是静止的，弯曲、流泻着一些远天里的明亮。那时，我并不知道这条河流的名字叫头屯河。而我到达的“连队”，竟然就在这条河流的边上。所谓依山傍水，河滩上的一片空地，整齐的两排营房，就是我们一行十五个新兵的目的地了。直到1985年冬天，连队换防前，我在这个山窝子里，度过了两个春秋。

都说大山是寂寞的，而只有真正藏身于大山的人，才能体会得到这种寂寞的滋味。冬天，整整一个冬天，除了一场又一场漫天的大雪，山野里层叠的雪野风声，我没有看见一个连队之外的人。那时，我们还要到结了冰的河面上，用铁镐砸开冰面取水。坚硬的冰面下，是湍急的、冒着热气的清亮的河水，两个人扯着行军锅，需要弯下腰去，铆足了力气，一鼓作气，抬上水就往炊事班的厨房里跑，跑得慢了，手指头就和行军锅的铁环粘在一起了。那寒冷是钻心的，犹如锯掉了一般。且不说这一路上，需要从河坝里冲上河岸，平衡把握不好，锅里的水，往往会溅泼到裤子上和鞋子里去，那冰凉比起手指上钻心的疼痛，基本上是可以被忽略的。

我想，这些冬天是漫长的。有如一个人漫长的苦难，在看不见终点的地方，你只是开始，没有结束。这样的状况，似乎到了夏天会有所好转。树木葱茏，山野里的草色渐渐地鲜亮起来，河水依然是冰凉的，但不再让人疼痛。连队西边的一大片胡杨林里，是一些独自游荡的牛和马匹。它们自由散漫，少见被驱赶和追逐的时光。

想想，我那个时候在做什么呢？第一年，我被分配到了炊事班，做饭喂猪，这两样活，我都曾经让自己满头大汗。第二年我到过通信排的战斗班，似乎只有几个月，我便被调到连部去了，开始当文书。而什么时候开始写诗的呢？甚至郁笛的这个笔名，也是在连队旁边的一片草地上获得的灵感。我和那个叫杜德志，后来改名叫杜雪巍的人，一起在连队里创办了一张油印小报《浅草诗报》，加上后来炮团三营马国强的加入，“浅草诗社”，曾经让我们疯狂了好一阵子。

都说青春做伴，会是一个容易让人癫狂的时期。而我似乎已经忘记了癫狂，我的惆怅和迷茫是真实的，我的诗歌和文学的梦想，便在这一条悠长河谷的草地和山野间，绽放了。

而直到此时，甚至直到我离开这片山野的新兵时代，我对于这条河流的名字一直是一知半解，并且想当然地认为，它应该被叫作庙尔沟河。翻开我早期的诗歌练习册，也确曾有过“庙尔沟河”这样的字眼，混杂在那些幼稚和不无忧伤的诗行之中。已经许多年了，我并没有为了这条河流的名字而纠结过。我只是想，那些思念呀，怀乡呀，苦闷而无从申诉的青春理想，都再也无法回头了。

时间是多么残酷。一晃，三十年了，我青涩的诗行还在原地踏步，一条河流的名字已经跃然纸上。我清楚地知悉这条名叫头屯河的河流，就是流经我居住的城市乌鲁木齐的一条重要河流时，已经是近几年的事了。那么，它的源头在哪里呢？我希望能够确切地知道，这样一条模糊了我整个青春岁月的河流，它的隐秘出处和并不遥远的归宿。

从我所在的炮兵指挥连和旁边的高炮营这里，往上是师部庙尔沟，往下，是步兵十四团的驻地硫磺沟。从硫磺沟到庙尔沟，沿着一条缓慢的河水，我大抵是知道那些天山高处的雪，是怎样悄然融化并涓涓滴滴地融入这条河流的。那时，高炮营的人进山伐木，都是要打防疫针的，据说，山里的鼠疫很厉害。在这条山谷的两年时间里，我多次到过师部所在地的庙尔沟林场，却没有机会进山。我不止一次地仰望着头顶上的雪山，想那云海深处的万千气象，霞光里的云朵，也曾点燃过我高飞的梦想，只是，我何曾想象过的一滴水，正在我的脚底下，缓慢地流过。

今年的又一个秋天，我急了慌忙地从南疆库车赶回来，为的就是要参加一个由头屯河流域管理处组织的采风活动。已经物是人非的峡谷河流，空旷的河畔林地上，秋阳透过浓密的树荫，洒落在潮湿的林地上时，我一下子认出了这一片河边的老树林，这一片浓荫下的秋日阳光，泪水也一瞬间盈满了我的眼眶。

我慌忙地躲到别处，看那棵老胡杨弯曲着陈旧的伤疤，它竟然没有认出我来呢。隔着一道锈迹斑斑的铁丝网，我看见了当年的那一河水，涓涓不息地流淌着，只是三十年的故人们，全都去了不知名的远方了。四海漂流，那些消隐在远方的梦中，可曾有一次被他们遇见？

而我，也曾真切地到过这里吗？我的疑问，三十年来，无始无终。

卷六　微小的蜻蜓>>

昭苏夜行记

我是到过昭苏的？我不止一次地问过自己，也怀疑过自己。那一个懵懂的黄昏，黄昏里长长的倒影，还未及罩着小城伊宁的林荫小路，我们去往昭苏的车队就要出发了。说句心里话，早晨从乌鲁木齐出来的时候，一路穿州走府，山河呼应的旅途上，我并没有意识到今天的目的地昭苏，竟然注定了会是一个夜晚的约会。

那么，满怀新奇又不无依恋的小城伊宁，就这样在黄昏的笼罩下，作了一回悄然的告别。我没有等到这个城市的华灯初上，我只是坐在缓慢摇下的车窗里，急切地望着窗外，那么陌生，又如此熟识的城市街景。匆匆的人影，惶然的心情，多少次这样的路途上的风景，你毫无缘由的到来，又一次急急切切地离去。

伊犁之境，漫漶了那么多美丽的传说。倾心了这么多年，也只是一个匆匆的过客，总是被那惊魂一现的美景掠夺了心智。往昭苏的路上，天色昏然，渐趋开阔的大地上，我只拥有车窗打开的这一小片领土。是的,我不是一个旅途上的饕餮者,我的眼睛里,也总是被这些若明若暗的事物阻挡着,不辨东西,也看不清一条驶向前方的路。漫长的漂游中,我们总是把自己的悲欢命运,交由了一个无从相识的驾驶者,他的习性、面目,驾驶技术的娴熟与否,是否在一路的颠簸中,已经疲惫至极,所有这一切,你都是一个无从过问的人。这一刻,你会忘记了自己的疲惫和惶然,慢慢地进入到旅途的遐想之中去了呢。

而天色里的黑暗,还是如期到来了。我想回过头去问一下,这一路到昭苏,需要多长的时间,竟听见了长短不一的一片鼾声。我想,长途不易,旅人的梦是决然不可以轻易打扰的。我缩回了脖子,伸了伸腰,打了个哈欠,也作假寐状,却总是进入不了状况。索性睁开眼睛,紧盯着窗外,逼视着车窗外一闪而过的黑暗里,不曾被移动的树木和风声的呼号。仿佛,大地一下子沉静下来,那声音也是微弱的了。我想着,在漫野的黑暗降临之前,总会有一些轰然降临的声音吧？可是没有,我竖起了耳朵等待了那么久,一点真实的声音都没有发出来。

这夜晚的寂静和黑暗似乎是一同降临的。那么多的黑暗在寂静中连成了广大的一片,弥漫在山野和无垠的旷野之上。此刻,只消这疾驶的车轮,在这些寂静和黑暗里无声的碾过。大地上的声音如此微弱,她的伤痛,也从这无声里,被掠夺一空。有谁在这黑夜的旅途上,听得见一丝大地的哀号？就像那么多舍弃了故乡的人,奔波在异乡的长途上,多少孤单的眼神在四野里张望,终没有一条归途可以带走,这黑夜里尘埃般泛起的乡愁。

我愿意理解山风中的呼啸,高原上的黑暗终于又厚了一层。透过车窗的缝隙,我闻到了昭苏草原上山花和野草的气息啦。那些无以计数、低垂在大地上的花朵和植物们，你能猜想得到它们会在无垠的黑暗里，一层层展开梦想的翅膀吗？那些飞天的梦想，并不只属于昆虫和鸟儿们独享。或许，这漆黑中，来自旷野里的一阵轻风，就会把那些低矮的花朵和植物们的梦，吹向了不可预知的远方。有了这些来自黑夜的、大地上的搬运工，昆虫们微小的翅膀，也只是她旅途中的轻音乐，是她在无数的过往中，能够被记忆和描述的一部分。

此时，影影绰绰的村镇街舍，星星点点的灯火又隐约可见了。远方的灯火，明灭的人家，却总是等不来回家的人。我想到了自己更遥远的家，那个记忆里被一盏油灯温暖和照亮的草屋和小院。荒芜了多久的思乡之梦，我已经无从捧回的故乡的夜晚，一盏昏暗的灯光里，那么多次饥肠辘辘中遥远的呼唤，那一头青丝白发里，那喑哑的声音如此绵长。如今，就着这些远在天边的灯火，我需要望见父母坟头上的荒草，在黑风中摇曳吗？

哪一处远方，都可以盛载无限的故乡。我愿意行驶在这些远方和无垠的夜晚里，抵偿永久的失乡之痛。此刻，面对无垠的旷野上零星的灯火，我愿意说，只剩下了时间里的这一服良药，那么漫长的苦，却需要你一个人，慢慢地吞咽。我也愿意相信，这无垠里，普遍的哀伤，是那么多在外省的旷野里行走的人，不可疗救的，终生的疾病。

正当我埋首于自己的思乡和哀伤之中时，有人在我的座位后面，小声而又不无兴奋地议论着，昭苏到了。我知道他们说的是眼前灯火通明的昭苏县城。其实，昭苏又在哪里呢？并没有多少人真正的清楚。接下来。我们要去的那一片草原，离开昭苏县城，还有一百多公里的夜路。

高坡上的油菜花

在没有遇见昭苏高原的油菜花之前，我回想起自己十几年前，在奇台县半截沟的一座山坡上，第一次遭遇油菜花时的情景——真实的感觉，就是没敢相信自己的眼睛。

忘记了自己是怎样爬到山顶上去的。所以登高望远，我望见的是松涛起伏的沟壑峡谷间，那个季节里天山的繁茂和葱郁。我没有办法让自己的眼睛看得更远，那时，我全部的新疆游历和知识少得可怜。甚至，我没有办法知道，是不是自己眼睛里出现的幻觉。终于挨不住内心巨大的冲撞和好奇，我还是忍不住问了一句身边的老黄，指着对面山坡上，那一抹青绿中鲜亮的鹅黄色，问那是什么花呀？“油菜！”没精打采的老黄回了我一句。我羞愧得不行，也不好意思再问下去了。因为，我怕在新疆活了大半辈子的老黄，笑话我在新疆待了这些年，连山坡上的油菜都不知道是什么东西。

那时，我刚从部队上到报社工作不久，虽然在新疆已生活了十几年,但确实也没有去过更多的地方,所以孤陋寡闻也就在所难免了。这虽不是我个人的耻辱,但我深深地记下了半截沟对面的山坡上,那些层层累累的油菜花了。那一个瞬间的惊艳和仓皇,深深地刻在了我的记忆里。

那是一些什么花呢?其实,我站在高高的山顶上,遥遥地望过去,连一朵花的模样也没有看清楚。那只是一片,或者只是一道道色彩堆积的山梁上,被一些盛夏的庄稼诸如玉米小麦等分割开来的,一小块又一小块金黄色的油菜花地。而我相信,那些金黄色的花朵上,恰又是被一个正午的阳光涂抹了的。那么一大片阳光涂抹了的山梁子上,油菜花张开了一张张笑脸。多少张笑脸呢?金黄的颜色里,早已经盛不下了这么多的阳光。她们漫漶在遥远而辽阔的山坡上,使我想起了大师们的油画和粉彩,怎样天才的皴染,也无法抵了这个季节里,油菜开花的一面山坡。

我还在想呢,是什么人爬上了那么高的山梁子,翻晒和耕种了如此细碎而又广大的土地,在春天里撒下了油菜的种子?那么高拔陡峭的山坡上,大规模的机械作业是不可能的。那么,这些在春天里,背着种子撒向高山的人,现在哪里呢?当这个季节里美艳的色彩耀人眼目的时候,那些躬身于土地上的人,是否有机会抬起头来,欣赏或者面对过这些开花的山冈?

对面的那一座山坡,隔着多远的距离我并不清楚,或许它早已经超出了奇台县境,属于另一个行政区划里的“风景名胜”。但这些无意中闯入我眼帘里的花朵,惹了那么多阳光和金黄的颜色,已经使我少有地冒犯了一次上帝,作了一回欺天的赏花客。我顺着自己站着的路基,一个跟斗翻下了山坡,在齐腰深的草丛里,深深地呼吸了几口山野的空气。

而这一次昭苏之行,我只是奔着她的高山草原来的。深夜里的抵达,多数人抵不过长途的疲惫,草草地进入了高原的睡眠。早饭的时候,有几个裤腿子湿了半截的人,脖子上挂着相机,风尘仆仆地赶到饭桌子上来。我有些纳闷,这大清早的,你们干什么去了?有人回答说,去拍油菜花了!

油菜花,哪里的油菜花呀?那几位湿了半截裤腿子,脸上却难掩兴奋之色的摄影家们,不无自豪地说,就在这房子的后面,这么大片的油菜地,你们竟没有看见!另一位说,早晨的霞光里,高原上的油菜花,着了露水的金黄色花瓣上,像一片片出水鹅黄,在接天连地的油菜花间,所有的摄影技术都是多余的了。听完了几位摄影艺术家的话,我惭愧不已。我的惭愧并不是因为贪恋自己的高原美梦,一觉睡到了天光大亮,而是我压根儿不懂得摄影,自然也无缘这个早晨与油菜花地里的霞光和眺望。

随后几天的高原行程中,虽然得以一次又一次从大片的油菜花地边飞驰而过。但总是隔着车窗,远远地眺望着,没有机会走近一朵盛开着的油菜花。

终有一日,好像是昭苏行程的最后一天了吧,我们的车子,往格登碑所在的边境上驶去。荒远的高坡上,那些一望无际的油菜花开得正盛。而高原的行程却是旷远的,有时会遇见整面山坡的油菜花,倒是没有了初见时的兴奋了。美的陶醉,也容易让人的视觉和感官麻木。我想到了远处的高坡上,心里面也不免充满了疑问:这些大机器时代的耕作里,油菜花是怎样撒满了漫山遍野?在这些高高低低的山坡上,金黄色的油菜花,甚至就要染黄了天边的云彩。

看那日头,在边地的上空孤悬着呢。似乎,光芒四射的是这缓慢的高坡上遍野的油菜花,与这一轮高高的日头无染了。借着停车休息的机会,我试图跳过路边的沟渠,往那油菜花地里,来一次亲密的接触。可是,我试了几次,终无法越过这看上去并不宽的沟渠。其实,这些平时用来排水或者灌溉的沟渠,并不是用来防人的,只是它成为我今天现实里的障碍,望着陆陆续续上车的背影,我也不得不放弃了跳跃的努力,悻悻地回到座位上去。

也许如斯大美,岂能是我等凡世俗人随意接近的呢?换了另一种角度,再来看那漫山遍野的油菜花时,心里面也就释然多了。闭上眼睛,空旷的天野间,黄花铺满了高原的边边角角。微风吹过的柏油路上,驶向边境的国防公路,路两旁的杨树上也缀满了油菜的花香。路边的野草和荒漠里,正在张望着的一头牛,也加入了油菜花渲染着的,这个季节的沉醉里来。

我想,再也没有一条路,能够越过昭苏高原漫漶的草场和低缓的山坡,以及油菜花连天接地的金黄里,被这边地的风,一次次唤醒了。

草上夕光

那些黄昏,是怎样来临的呢?仿佛我们从来不曾经历过。一个黄昏的背影,横亘在日光和黑夜的高处,连同我们曾经有过的一些遥望,慢慢地,变得遥不可及了。此刻,在高天远地的另一些远方,我知道这些迟暮的光芒,正在将这些高处的草地,镀上了一层夕光里的绚烂。

如是,人影呢?在这里我没有办法找到,或者在我的视野之内,一个谦卑的人的身影,如此孤立和单薄。如同这浩茫的天色一样,形若草芥的人,在真正的草色面前,全都自惭形秽,销声匿迹了吗?

草在高处是安静的。即使像科克图拜这样一片名不见经传的高山草原,她的安宁和过于辽阔的寂静,确曾是在那一刻,让我忘记了身处何方。这是伊犁,昭苏高原上的边境之地,荒远和荒凉着的,是空旷无边的时间里,无人涉足的秀美河山。我想到了自己,在此一时刻的宽广福祉,竟是如此奢侈地将这无边无际的寂静和山地风光,尽入胸怀。我忘记了这个季节里,世界上还有哪一片肆意的山野,斑斓着的草场上,大地的边际这样清晰可见。

爬上了一座缓坡的山顶,我不得不离开狂欢乱叫的人群,向着一片寂静中的草地走去。或许,这萋萋芳草里,也正在经历着一些不为人知的争吵呢?我的脚步,就是在这样的时刻,踏入了一片慌乱中的草场。没有一条现成的路径,我的脚步在松软的草地上,找不到方向。其实,我又是一个何曾有过方向的人?我只是看见这些草,繁花拥抱着的一片草场,便毫无缘由地踏入进来。

不知道走出去了多远,我突然一下子害怕起来。我回头向山头上那一群依然在欢呼雀跃的人们张望过去,那一群人影在黄昏的夕光里,不知道是因为距离的原因还是我的眼睛出了问题,全都变得模糊和渺小了许多。那一处山坡上的欢声笑语,我只是听得影影绰绰。不由得怀疑自己,为什么我总是没有办法分享,来自另一个世界的欢乐。

而接下来,我独自脱离大部队的代价就来了。随着脚底下越来越松软的泥土,我的恐惧感就像一条草棵里的虫子一样,顺着裤管,簌簌地爬进心窝里去了。我真的担心会在这野天荒地里遇上一条蛇,或者这草地深处的另一些生命。因为此时此地,我是一个堂而皇之地侵犯者呀,我将束手无策,茫然四顾里,连一声惊叫都无人理睬。

我停下来,耐着性子让自己平静了一小会儿。我的心跳还没有平息,就听见了草丛里的嘈杂之声,像一股潮水一样袭来了。我不会明白,这是一些草棵里的虫鸣还是那些微小的,在草丛里飞来飞去的翅膀。那些汇聚而来的嘈杂和声响,是那样势不可挡。仿佛,整个山坡上飞扬着的草的原野,正在缓慢地,席卷着不可遏制的力量,向着我,一起涌来了。

夕光微茫,天色高远,我孤身在草原里,危机四伏。我真的是一个冒险者吗?我的生命和遥远的记忆,并不属于这一片远在天边的草原。置身此处,我恍惚中看到的是那一片少年的村庄外面,在黄昏里摇曳着的庄稼地。大豆,高粱,密不透风的田野,齐腰深的麦地里,我的故乡如此渺茫。那些黄昏的背景里,行色匆匆的人们,他们肩上的锄头和黑亮的脊背上,可曾有过一次异乡的漂泊?

我总是羡慕那些眷恋并厮守着故乡的人。多么遥远的荒漠,他们都能守候在故乡的身旁,年迈的房屋和迟暮的老人,是这些土地上永远也不用迁徙的旧物。只要黄昏里的树梢上,有过一声燕子的啼鸣,那些倦了的飞鸟,便会毫不费事地回到自家的屋檐下面。燕雀归来,瓦舍上的炊烟也就淡了。低低的院墙里,熟悉的灯光开始编织一个夜晚的梦,或者另一些房檐下的窃窃私语。

我的撤退是慌不择路的,间或有一些狼狈的奔逃也未可知。当我重新回到山顶上的时候,人们早已经陆续散去,他们的欢聚结束了,三三两两地往山下走去。我重新站在一个人的山顶上,举目遥望,远处和更远处的草色里,一片温暖的起伏和跌宕。我看不见除了大片的草场之外的任何景物。那些蜿蜒而去的山,被这个黄昏里无垠的草场覆盖了。

遥看近却无吗?是的,我看不见一条河流和山谷的走向,我的眼睛里是一片又一片昏黄和绚烂的,草的原野。那夕光沿着巨大的山岭,所到之处,金黄和橘红里的绿色草原,全都是迷醉了的。大尺

园肯定是一个被废弃了果园。果园里杂草丛生不说,许多梨树上,除了哗哗作响的树叶子,一枚梨子也没有看到。只是近处的几棵李子树上,垂挂着一些泛着红光的李子。有人伸手摘下,放进嘴里,立马伸长了舌头,可是又忍不住咬了第二口。我也尝试着摘了一枚,小心地咬了一口,味道还真不错,酸中带涩,淡淡的甜味里有一种久违了味觉刺激。

两棵老桑树上,还能够看见零星的桑葚。紫色的桑葚果,在正午的阳光下,泛着黝黑的光。有人说这可能是最后一茬桑葚了,甜度降低了不少,口感也不怎么好了。可是,还有人跳起来抓住一条桑枝,满怀欣喜地邀请大家采摘桑葚,堪称一场采桑大赛。这些晚熟在高枝上的桑葚,几分钟的工夫,在一阵嬉笑声中被掠夺一空。那个抓着桑枝的人一松手,丧失了果实的桑树枝子迅速地弹了回去,旋即来回摇摆了几下,似乎是无奈地摇了摇头。

紫色的桑葚染了众人的嘴巴,也掉落了一地。连带了那些无辜的桑叶,沦为落叶和泥土的一部分了。风不曾穿越了果园的密林,在这里有过片刻的停留。因而闷热的空气里弥漫着一股子甜腻腻的桑葚的味道。

往果园的深处走,已见不到挂果的梨树,只是茂密的梨树林而已。有人循着果林的深处,解决自己的问题去了。也有人要试图走出果园低矮的土围墙,去戈壁滩上晒一晒“太阳”。围墙内的一片空地上,是一些就要干枯的苜蓿草,没有收割,一任戈壁上的风吹日晒,似乎太阳的烈焰,就要点燃了一片熊熊燃烧的荒原。

我站在苜蓿地里,眺望着远处的荒原,地平线上一片迷茫。这里是下马崖乡的一片荒原,远处的烽燧、城堡,赤裸的红壤上,到处都滚动着高温炙烤的热浪。闻着眼前这些干草的味道,我还是不由地从心底里感叹，即便是一座荒废的果园，也足以抵偿这万古的荒原了。

一小片阴凉是我们所需要的。而荒原上亘古不变的荒凉，正是时间留下的杰作。我们需要在这些可怜的阴凉里，躲避一个夏天的炎热，也许，还要忍受更漫长的严冬。吾守尔的果园是一个农家乐吗？如果不是，吾守尔和他的一家子人，在这个果园里的夏天，可真是逍遥呀！

当我们在果园里东游西逛的时候，吾守尔一直坐在树底下的那一截木头上，无所事事，不会与从自己身边经过的人说一句话。他只是那样茫然地坐着，像一个无精打采的人，守着一座空空的果园。

终于等来了每人一盘子羊肉抓饭，外加三个凉拌菜：皮辣红（皮芽子、辣椒、西红柿）、豆腐皮、红油粉丝。还好，我努力吃下了满满一盘子香喷喷的抓饭。

我不能不说，鲜美无比的羊肉抓饭，味道好极了。

就要离开了。不知道什么时候吾守尔站在了果园的出口处，依然重复着我们进来时的那一种姿势。只是他这次说的是：走啦，走啦！

尾音里带着一种委婉的拖腔。

荒原牛栏

车子停在了淖毛湖的一片碱滩上，赤野里的高温，竟要使每一片碱壳子都要燃烧了。高温难耐，停车是因为有人发现了高天上奇幻的云彩，拍着车窗要下来拍照。无遮无拦的戈壁滩上，望一眼，眼睛都会被蜇得生疼。而终是有人要炼一番自己的“火眼金睛”，他们举着自己的“大炮筒子”，对着一片云彩按动着快门。

我坐在车子的最后一排，也没有他们那样精良的装备，当然就羞于展示自己的“拍技”了。可是，我也在他们忙着拍照的时候，忍不住地用自己的小“卡片”，偷偷地按了几下。天高云低，深蓝色的天空下，白云卷起的千堆浪，硬是让这些旅途上的幻想家们，拿来作了自己任意发挥的图画板。有人仰着脖子去追一片云彩，有的人，干脆一条腿跪在地上，用那长长的镜头，取那白云里的一次拥吻。

我的目光无法长时间地跟着一片云彩在天空里漫游。慢慢地，我的眼神，还是停留在了大地的酷烈和荒寂里。莽苍苍的一片荒原,在淖毛湖,才是刚刚开始。有谁能比一场干旱来得更加彻底,荒原上的褐土里,一片焦渴。

突然,有人用手指着一片围栏惊呼。我扭头望去,看见了一个完全用枯死的胡杨木围拢而成的巨大的牛栏,或者牛圈。在满目的荒凉里,这一片呼啦啦的胡杨木围成的牛栏有些突兀,在莫大的空旷里,你似乎找不到与其对应的任何微小的依据。

我见过太多死去的胡杨。那些死去后“千年不倒”的胡杨,那些倒下后“千年不朽”胡杨,它们站立、横卧林地上的姿势,无论是烈日当空,还是斜阳夕照,那一番景象总是让人揪心。可是我从来没有见过这么多枯死的胡杨,以集体的方式,站立成巍峨不屈的牛栏。围栏高低不一,有些胡杨甚至还张牙舞爪着。这些胡杨的残肢断臂,曾经散落在万古的荒原上,在时间的注视下,枯朽,是它们唯一的命运了。那么多死去的胡杨树,曾经一棵棵倒下去,或者顽强地站立着,分担着这个世界提前到来的末日景象。

让我们想象一下这些古老的树木生长的年代。一如黑暗中降临的水草,陌生的猛犸,或者大象,打着响亮的喷嚏,用他们宽厚的脚掌,拍击着大地的鼓面。该会有怎样的风云际会?四野里的风,也挥动着每一片树叶和茂密的植物们一起,加入到夜晚的合唱中来。那些在白天里,被大风鼓动着的翅膀,在这一刻也停止了飞翔。野猪们忙着躲避被追踪的命运,它们哼哼唧唧地喘着粗气,没有一片荆棘是安全的避难所。一群蝙蝠,坠落在森林编织的丝网了。

那些挣扎、奔突,或者安宁里的张望,此刻正矗立在一片焦渴的荒原上。

胡杨围成的牛栏,在烈日的强光照射下,反倒显出了簇新的光泽。这些死而复生的胡杨,再一次找到了相互簇拥的感觉。那些幼小的生长,阔大的怀抱,多么漫长的孤单里,只剩下了这些残缺的依存,成为一头牛或者羊群躲避黑夜的另一道屏障。无法获知这些胡杨生长的真实年代,也无从获知,一棵枯死的胡杨树,经历过怎样的坍塌和轰然倒地。它们无声的殉职,最终成就了一片荒原的寥落。

再往远处看时,隐约可见的牛羊,正在一些虚无缥缈的干涡里悠闲地散步。我无从看见那些深埋在泥土里的草,想必这些牛羊是可以嗅得到的,它们漫不经心地游荡在远处的荒原上。我真的非常怀疑,这些牛羊的真实性,还有眼前的牛栏。谁能保证这不是一次荒原上的“海市蜃楼”?

可是接下来的场景,却让我看得目瞪口呆。在离开牛栏不远的地方,我看见了一对母子,正俯身于一口井一样的土堆子上,在酷热和暴晒中,没有任何遮挡和庇护。小男孩有一两岁的样子吧,年轻的母亲两只手倒着从井里边提上一桶桶泥沙,重重地倒在了脚下的空地上。如此往复,车上的人大都看傻了眼。终于有人说,这是在清理一种叫“坎儿井”的地下水。似乎也并不可信,因为同样让人疑惑的是,“坎儿井”的地下工程会非常浩大,而一个年轻的母亲带着年幼的孩子,加上井底下那位年轻的父亲,他们的淘井工程,要做到多久呢?

来不及看清楚这一对母子是哈萨克族,还是维吾尔族,抑或是蒙古族?车子在晃动着前行的时候,有一位同样年轻的母亲,飞快地跑下车去,将一瓶矿泉水塞到了孩子的手里。说是“塞”,是因为这个孩子过于专注于井底下的父亲吧,面对一瓶突如其来的矿泉水,显得手足无措,甚至还有几分害羞。

车子缓缓启动的时候,那个手里抱着一瓶矿泉水的孩子,终于抬起头来，一脸无辜地看着从自己身边驶过的庞然大物，不知道他的小嘴里，是否说了点什么。而他埋身于提桶淘井的母亲，对于刚刚发生的这一切，竟浑然不觉。

坎儿井。胡杨朽木搭建的牛栏。远处游荡着的牛羊。万古荒原上的这一家人，才让我从这一场虚幻的游历中抽出身来。

烈日当头，晴空高远。当我用手抹了一把脸颊上的汗水时，车子已经加足了马力，向着荒原的更深处，驶去了。

我知道，我们是在去往淖毛湖原始胡杨林的路上。

深夜，开往哈密的火车

将近夜里十二点的时候，从乌鲁木齐开往哈密的火车，缓缓启动了。开往哈密的这一趟火车，是一趟典型的夜行车，七八个小时的旅程，全都是在黑夜的旷野上呼啸而过的。我不明白像哈密这样的“短途”列车，为什么总是没有白天的行程？而对于喜欢坐在火车上看风景的人来说，这黑夜的无眠和铿锵声里，哈密真的就像是一幕无声的电影，一截默片时代的长镜头。

已经好多年没有坐火车了。准确地说，已经好多年没有坐开往哈密的火车了。早年间，隔上几年总要有一次探家之旅，莽莽苍苍的夜色里，哈密总是在我的车窗外一闪而过。那时，哈密对于一个遥远的、总是返乡心切的人来说，她还不是一个心灵的驿站。她只是贴在车窗外面的，那些望乡的夜晚里，灯光下面憔悴的站台，寥落的行人们远去的背影。而此时，哈密还停留在一场睡梦的边缘，她那样轻，那样舒缓，在她还没有彻底地醒来的时候，迎来了那么多急切的到达，然后，又被匆匆地抛在身后。

因为一过了哈密，火车就驶出新疆了。故乡的路，遥遥迢迢，你只有离开了哈密，才算是真正的踏上了返乡之旅。而路途上的那些满含着苦辛的期待与迷茫，才算是刚刚开始。哈密，也总是在这样的恍惚中一闪而过了。记不清有多少次，坐在返乡的列车上，总是以一个异乡人的身份打量着哈密夜色中的站台上，影影绰绰的灯光和陌生的人群。在那些被思念拉长的年代，漫长的旅途上，哈密这样的“小站”，她比“快”更慢，比一个夜晚的飞翔，更早地越过了新疆的辽阔与旷达，驶向了一个又一个密集的故乡。

古往今来，哈密的风吹在新疆的门楣上，哈密的雪，降落在东天山上的万千松涛和阔大的山坳间。那些密使、驿站，漫长的驼道，汉唐的风花，长安的雪月，全都弥散在沙洲以西的这一条通途上。由镇西而西域，望长风鼓荡，黄沙漫漫，只剩下了这一条路，向西，向南，或者折返。哈密之境，南北盘桓，东西相望，纵是无望的乡土上，也全都是故乡的杂话，错乱的乡音。一代又一代回不去的故人，或遣使，兵役，官垦，犯屯；或封侯晋爵，离散迷乱，官衙州府和草莽间的英雄故地，朝代兴替时人的命运轻若草芥，又厚若黄土。哈密聚合了这些各自珍惜着自己和家国性命的人，他们一代又一代，完成了这些荒寒之地上无望中的坚守。

所以哈密的气息和味道是独一无二的，她有别于新疆的任何一个地区。相对于那些在历史的迷雾中打转的人，我更倾心和倾向于哈密的自然风貌，她的山川、草地，河谷和沟壑间心口相传的历史关怀似乎才更为可靠。那些总是以专家、学者的面貌出现，却总是以更大的谬误去曲解历史真相的人，从来没有、也不可能真正触摸到大地上人民的心跳，自然的表情。

而今夜的火车上，哈密的方向清晰可见，我的睡眠却如此轻薄。随着父母的离世，故乡之路于我已经断绝了，空揣着一个“回不去的故乡”，往哈密，这永夜的火车上，再也没有了那种归心似箭的焦虑和等待。我剩下来的睡眠里，只有遥望，从疾驰而去的车窗外的黑暗中，辨析哈密越来越清晰的脸庞。

车厢里的灯光早已经熄了。上铺的鼾声时断时续，我尝试着，让自己也能够进入一场哪怕是短暂的睡眠。我睡着了吗？似乎总是醒着。想来，也应该有过一些睡眠的，要不然，当我睁开了眼睛，车窗外面的黑暗怎么减少了许多？嗓子有点干涩，喝了一口水，再也没有睡意了。我不知道这趟开往哈密的火车上，有没有彻夜未眠的人，我想，我应该是这趟夜火车里第一个醒来的人吧。我裹紧了被子，掀开窗帘的一角，就这样目不转睛地盯着窗外。我想真切地看清楚，这个去往哈密的夜晚，是怎样一点点醒来的。我想用自己不眨眼的工夫，来换取一个黎明的拥抱。

可是，在与黑夜的对视中，我是一个彻底的失败者。我眼睛望着窗外，黑暗中的大脑里，却开启了另一列奔驰的火车，她拉着我跑到了哪个方向去了呢，我竟然一无所知。我身体和灵魂被撕裂了，它们成为互不隶属和毫不相干的两件事物或者两个人，全然进入到一种浑然不觉的无意识状态。等到我的灵魂再一次回到我的身体里的时候，这一趟去往哈密的列车上，巨大的黑暗已经退却了不少。山丘和大地的轮廓，村庄和河流的身影，已经依稀可见。我想，她们一定像我在这个黑夜里出走的灵魂一样，她们也把自己的精魂，在这些黑夜里掩藏了，只留下了僵硬的躯壳在大地上漂浮着。

我坐在车窗前，向窗外张望着。昏暗中，明明灭灭的大地上，沙丘起伏，绿洲隐现。我就着这昏暗的光亮，在日记本上写道，大地是苦的，她没有一丝生机。列车继续向东方驶去，正是我故乡的方向。多少年来，我脆弱的神经每每被这荒寒的铁轨牵引着，驶向魂牵梦绕的故乡之境。

而只有这一次，哈密是我唯一的目的地。

此时，我想哈密尚远，就着这昏暗中的光亮，我有过一刻短暂的假寐。

草 色

总有人喜欢说碧水连天，我相信那些浩渺的水波，是曾经穷尽了人们的眼目的。而此刻，我遇见的赛里木湖，只是一湖碧蓝，是远天高地里的一汪明镜，是大山耸峙、云影飘忽着的一抹夏日里的凉爽而已。

我无法在这样的时刻，回忆起赛里木湖的湖光往事。这么多年来，或路过，或专程来到她的湖边驻足，我已经记不起有多少次了。但我从来没有设想过，会有一天，能够有充裕的时间，来一次“环湖”游。因为这不是比赛，没有时间的追赶，也因为不是急匆匆的路过，所以时间就变得奢侈，一些湖边的随意行走，便有了一些奢华的味道。

所谓人生际会，总是有不确定的“风景”在前边等着你的。我从乌鲁木齐出发的时候，就不经意间弄丢了自己的相机，所以我索性变成了一个“读风景”的人。长途短道，这一路上，我都像是一个“事不关己”的游侠，大呼小叫地跟在一帮子美女帅哥的后边，一次次看那些拿了路上的“美景”做铺垫的人，欢呼、雀跃，摆弄出无限的风姿，仿佛江山穷尽，只有美人了。几乎所有的旅途，你都无法摆脱这样的命运。

而赛里木湖是一个例外。我坐在车子的另一侧，远远地看着幽蓝的湖水在远处停泊着，多么高远的天空下面，才能造就出如此尊贵的孤独。我想，我是不忍心看那湖水的，那水，蓝得凄美而忧伤，也干净得几乎让人绝望，有着一个世纪的冰凉。

顺着太阳的方向，我的目光慢慢地转向了这些湖岸边漫无边际的草。几乎，我要用了“寻找”这样的方式，来辨认车窗外面一闪而过的“草”和“花”的颜色。从高处的云朵，山顶的积雪，山坡上凝冻如墨的塔松林，到远处的湖水，这些显山显水的大风景，任是哪一处，都比一棵草，或者一朵野花来得壮观和奇绝。它们有名有姓，经得起时间和光阴的拷打，也承载着赛里木湖千古不绝的美名和赞誉。但是所有这一切，在赛里木湖如此短暂的盛夏季节里，却没有谁，能够比得上一棵草，或者一朵野花的魅力。

是的，仔细想来，我们不就是沿着一棵草，一朵野花的方向奔驰而来的吗？在赛里木湖漫长的湖岸上，展开着舒缓或者急切的山前平原，是这些漫无边际的草，繁星般点缀着的花朵，延缓了天空、高山对湖水的挤压，也减少了我们面对湖水时，那一丝冰凉的疼痛。

其实，在草和花之间，你的每一次涉足，都充满了惊心动魄的杀戮和碾轧。就像生命的血，那些新鲜的草汁，染绿了你的一双脚板。一棵草，挽着另一棵草，一朵花，托举着另一朵花，你几乎无法分辨这大地上的颜色，竟是如此的缤纷。

多么微小的事物，都能见证自己的绚烂。那些伏在地上的草棵,那些低矮的花朵,正在向一个季节,展示着生命的蓬勃和昂扬姿态。

多少年来,我早已经习惯了那些裸露的山崖,断臂的河床,所以远远地看见这些细碎的草尖和花朵的时候,在那些稀疏的山坡上,我没有感到丝毫的惊讶。我最先遇见了这些蓝色的“勿忘我”,她们似乎要从整个山坡的草丛中爬出来,蓝色中泛着些许灰白。那花朵,是需要你俯身下去,认真地面对,才可以认得清楚,那蓝色里的悠远,却不孤单。及至,你回过神来,一大片又一大片蓝色的“勿忘我”,已经将你团团围住,而花香呢,早已在你的四周,在一片蓝色原野上,漫漶、飘散开来。

想一想,我是多么匆忙地置身于一片蓝色的晕眩之中。举目四望,这广阔的蓝色里,我已经找不到一点儿旧年的思念,那些往事里的霜,此刻,铺满了赛里木湖微风中摇荡着的蓝,或紫色的花朵——“勿忘我”。

有谁比我更愿意面对那些紫,或者红——那一片名叫“迎春花”的草原。我有些疑惑:迎春花,怎么开在了夏季里?见惯不怪的当地人说,这是哪里呀?这是海拔两千多米的塞外高原!西天山的另一端,盛夏和春天,就是这样结伴而来的。而“迎春花”的娇艳,也使得一片山色,显出了几分妩媚来。

仿佛是为了对应这季节里的柔美,山顶上的云朵,不一会儿就幻化出一团雾气来,雨水就这样乘着一团水雾飘然而下。没有人要急着去躲雨,事实上,当雨水到来的时候,这广袤的草原上你也无处躲藏。有人说,不要紧,这湖边的雨说来就来,说走就走。而刚才还躺在草地上的美女们,此刻也没有被淋湿的感觉,笑声爽朗地撑起一把伞,在雨水里散步,听得见草和花朵的拥挤与推搡。那些滋滋生长的叶脉，在草棵里，支棱着耳朵，听着这些踏访者的脚步，犹如一阵山风掠过。

接下来，不管你愿意与否，你都必须面对这一片比一片辽阔的黄色的花朵。依然是细碎的黄，却又要连成一片，就连那些蜜蜂和昆虫的翅膀上，也都涂满了金黄的蜜汁。黄花遍地，我却遍寻不见，一朵花的名字如此珍贵。我听见有人说这是矢车菊，有人说是黄苠。我与花，与这广袤的植物和花朵里，像一个盲人，找不到自己可以被诉说的理由。

我知道这个季节里，黄花连绵，环绕着赛里木湖的草原、山地上，遍地都是黄色的伞盖，就连忽远忽近的山顶上的积雪，也不时被涂上一层均匀的黄色。黄，是天地的颜色吗？我们正在经历着的这些黄色伞盖，已然越过了湖水和山梁上的伟岸，深刻地铭记在这个午后的晴朗里了。

蓝色，紫色，黄色的花朵，我唯独没有说出草的颜色。草，就是无法被我说出的那些颜色吗？

哈日图热格

一般而言，大多数险峻的峡谷里，都会有一条湍急的河流。哈日图热格也不例外。而我们言说中的西天山，差不多就是天山逶迤西出，在博尔塔拉境内这样千山万壑的纵横之中，从其庞大的山脉中析出的阿拉套山了吧。固然，巍峨的天山还将继续西行，万千险途和美景，也一并让我这样望一眼断壁悬崖便“腾云驾雾”的行走者，望谷兴叹了。

相对于凶险莫测的悬崖峭壁，我当然更倾慕于哈日图热格这样舒缓的谷底里的行走。哈日图热格，当然是蒙古语，旁边的人给我说，就是“黑雕出没的地方”。我在这里却没有看见黑雕的翅膀，连它的一根羽毛也没有看见。我遇见的是一条喧嚣的河流——哈日图热格河。据说，哈日图热格河还是一条跨境的河流，它是从哈萨克斯坦穿境而来的河。

河水喧嚣的声音，是一点点传递过来的。我随着散开在河滩上的人群，迎着河水的咆哮逆流而上，在河水里捡起一些石头，又随手扔掉了。我没有遇见一块属于自己的石头，就像这一路上，总是被丢弃在路上的风景，虽然心怀着憧憬，终究没有了那一种销魂般的感动。我想，石头也是一样的吧，她还没有准备好与你的会面，只是在暗处，在河水的喧哗和山谷的风声里，静静地等待着。一块石头的沉默，就像我们丢弃在时光里的遗忘，慢慢地，她会在哪一次意外的重逢中，给我们带来一分内心的喜悦和安慰？

桦树，杉树，西伯利亚杨树，高低错落着，铺满了一条山谷。无限的延展，我不知道山谷的尽头又会是一番怎样的风景？我总是在这样的时刻产生莫名的错觉，仿佛置身世外，与这恍如隔世的山谷、森林、河流毫无关联。我的大脑里堆满了尘世的杂物，没有一间空闲的房子，可以供我存放这稀世的美景。我是晕眩着，踏行在河水和石头的山谷里，深一脚浅一脚地逡巡着，眼睛里忽一会儿是漩涡瀑布，忽一会儿是流泉山谷，是山花烂漫，是树影摇动的整个夏天，是石头叠压着的石头的河滩，一河滩的石头光洁如玉，而我却一无所获。这时，我听见有人在远处用两只手卷成一个喇叭状，大声地呼喊着我的名字。

后来我知道，他们漫步在平缓的河谷平地上，远远地看见我不时埋下身去，从河水里捞起一块石头，又“艰难”地移动到另一处裸露的河滩上，担心我一不小心，被这湍急的河水给冲跑了，便大呼小叫地喊叫起来。其实，河水咆哮，松涛如风，任是他们多么壮观的“呼喊”，传到我的耳朵里，也都被这涛声和水声给淹没了。我起身朝着大伙的方向走去的时候，只能远远地循着他们的背影了。

不知道什么时候，我的手里拄着一根枯干的树枝，支撑着，在一堆又一堆干净的石头上走过。我真是没有运气呢，我不忍心就这样走下去，可是我又怕这样耽误了下面的行程，便只有像一个不知道珍惜财富的暴发户一样，在这些裸露在河滩上的石头间走过。

就在这时，我抬头看见了几棵树，蓬松着一座河水里的孤岛，便几步上前，正午的太阳下面，这是一种下意识的动作吧。我拄着一根树枝往前，或者往上攀爬着。忽然，一只黑色的“狗”正站在我不远处的一块石头上，面无表情地凝视着。我心头一惊。但从“狗”的个头上看，应该是一只“狗崽子”吧。看样子，它要朝着我的方向冲过来，也或许，这正是它要回家必须经过的一条路，我给挡着了。它略显犹豫，但还是要起身往我这边来。这一下，我本就脆弱的防线崩溃了，便猛地从脚下的石头堆里，抓起石头，不顾一切地扔将过去。那“狗”并不示弱，或者，它从来没有见过这等虚弱的进攻，犹犹豫豫，且退且回头看着我。我搬起更大的石头，两只手一起用力，更加疯狂地朝着它扔去。那“狗”却并不慌张，绵软而温柔地叫了几声，落荒而去了。

我回过神来，捡起地上的树枝，喘息着，望着那一只姗姗而去的“狗”，心想，这峡谷松涛中，哪来的一只“小狗”呢？转而一想，就觉得可怕了，那么，如果它不是一只落单的“小狗”，它应该是什么？是狼，还是游荡的小黑熊？这样的联想使我不由得后怕起来。更让我悚然的是，我这样毫无顾忌地赶跑了这个小家伙，它会不会招来它的家长们前来报复？

这样想着的时候，我的脚步便在不知不觉中加快起来。我赶紧爬到“岸上”，追赶大部队的影子去了。峡谷深处影影绰绰，我恍惚中只看见了前行者的身影，山谷，水声，密不透风的树林里，立时全是恐怖的声音。我只有壮着胆子往前走，这山谷里唯一的一条路上，美景里只剩下了一个人孤单的恐惧。

我拄着一根树枝往峡谷里走着，不一会儿，走到前面的人返回来了。他们已经抵达了哈日图热格峡谷最为著名的景点“一线天”，而我还在赶往它的路上呢。不知道是恐惧还是自己说服了自己，我随着这一行凯旋的人群，悻悻地踏上了返回的路。

此时，太阳西斜，峡谷里的水声和涛声不知都去了哪里，我只是听见自己的脚步声，还有咚咚咚的心跳。不远处的一片树林里，阳光斜斜地照在一截陈旧的木桩上，一只小鸟，轻轻地翻动了一下翅膀，往另一棵树上飞去。我看见了一些树叶，去年的，或者更远的一些年代的树叶，在树影和阳光的照射下，沉静而斑斓。

悬崖上的桦树林

下雨了。坐在云雾山庄宽敞的大毡房里，人们目睹了一场“突然”降临的雨水，不禁欣喜若狂。雨势森然，声激若鼓。而在这清澈的雨水里，俨然还有阳光的明亮，炎热间隙的一丝清凉。我坐着的位置，正对着毡房的门口，那一道道“顺流直下”的雨瀑，隔着远处青葱的山峦，绿树掩映，雨声如注。欣喜之余，我也不禁纳闷，刚才在走进毡房里的时候，山谷里还是阳光明媚，怎么这一转身的工夫，雨水就这样织成了一道天幕。

而此时毡房里正在进行中的午餐，也因为一场雨水的到来，真正的演变成了一场声势浩大的“酒会”。在主人的安排下，蒙古族女歌手激情放歌，除了洁白的哈达，金盏银碗里更是盛满了“酒”的祝福。

我不是为了要躲避这几碗酒，而是毡房外面急切而清脆的雨声太让我着迷了。我在一片欢笑和嬉闹的嘈杂声里，一个人悄悄地穿上鞋子走出毡房，迎着这铺天盖地的明亮的雨水，深深地吸了一口山野里的芬芳和清凉。

这也是几天来，哈日图热格峡谷带给我的一分别样的感动吧。就在我举首遥望的当儿，雨声也慢慢地小了下来。我踏着河谷里干净的石头，试着穿过浮桥，走到河对面的山谷里去。不知道是这一阵急切的雨水，还是本来就湍急的河流，突然觉得脚下，有了一种咆哮的感觉。我晃晃悠悠地在浮桥上走过去，有过一阵短暂的晕眩，一溜小跑着，逃离了脚底下那些怒吼着的“波涛”，庆幸，还是侥幸地躲过了“这一劫”。岑寂的山野里，只剩下了雨水和我咚咚的心跳。

天空里，似乎还有零星的雨点飘落下来。往前走，我更喜欢这些满山满坡的桦树林，挺拔的，高耸的，洁身自好的桦树林呀，似乎，只有在哈日图热格这样安静，而又被一场雨水洗濯过了的山谷，这些永远都不曾弯曲着的桦树林，才是合适的。而那些掺杂其中的西伯利亚杨树、桉树、冷杉、塔松等等参差不齐的树木们，它们弯腰驼背的经年历史，却总是要使人看到时间的沧桑，世界的浑浊和混乱不堪。

但像哈日图热格这样安静的山谷，远离尘世的烦扰总是好的。就连阳光、雨水，咆哮着从谷底里流过的河水，也都被时光涂抹了一层寂静的沉着。生活的面目日新月异，而山河总是旧的好。哪一条沉寂的山谷里，都埋藏着千年万年的古老时光，而我们却一无所知，就让这些树木、河流，永不移动的山石驻守着，经历着繁盛的生长和悄无声息的死亡与轮回。我想，这世界的万物生长中，我们的脚步总是匆忙的，也是鲁莽的。

看山谷里树林密布，山石狰狞，仿佛它们突然结束于一场匆忙的奔跑，或者静止于一场措手不及的大混乱。我们有时候无法理解这大自然的安排，混乱、浑浊，而又安然有序。俨然我们命运中的一些惊喜和彷徨，蜿蜒在一生的路途之中，你无法确知人生的下一场盛宴，会在你的孤单中悄然开场。

雨停下来的时候，太阳便开始暴热。我一时还无法从刚才的那一场清凉的雨水中抽身而出，但我不得不面对扑面而来的阳光的暴晒。所以我会选择一些山谷里的阴凉处，或者一棵树下的石头，安然小坐。这个时候，我的目光，开始漫无目的地在河谷里梭巡。我看到了在蓝天的缝隙里，山石嶙峋的绝壁峡谷，看到一只鹰或者雕的翅膀，在我头顶上的天空里，有过一次短暂的驻留，那一双静止的翅膀，曾经在某个时刻让我怀疑起自己的眼睛。

远山如黛。而近处的山坡上，除了零星的树木，我看到的，是一块块巨大的、裸露着的山石。我的目光，在一块坚硬的石头上无意间停留的时候，这棵倾斜着的桦树，一下子让我全神贯注起来。这是一块裸露着的岩山，青色的棱角上，显示着一次遥远年代的断裂。而这一棵桦树，是怎样在这块高耸的岩石上落地、生根、发芽，继而生长成这样一棵“参天大树”的呢？它的周围，是岩石上光洁的斜抛面，没有一棵哪怕是草来陪衬了一棵桦树的傲然挺立。距离这块岩石很远的地方，是一些斜刺里伸出来的树冠和树木般的肩膀，它们似乎在观赏着一个孤独者的杂技表演。

我久久地凝视着一棵悬崖上的桦树，想着它有一万种的可能和不幸。一粒种子的飘落，一场风，阳光、雨水，还是岩石上一道微不足道的缝隙，恰有足够一粒种子生根发芽所必需的土壤。即便是这一切谁都已经备齐了，它缓慢的生长里，还必须预留下足够的灾难和被摧折的命运。

一块裸露在山崖上的岩石是幸运的，而对于一棵桦树而言，却是灾难性的。孤立无援的一棵树,紧紧地抓住了一块巨大的岩石,总是少得可怜的雨水和土壤,你必须紧紧地植根于一块石头上的荒芜,让坚硬的岩石,听得见一片树叶幼小的呼喊。那些风雨长夜,一棵幼小的、孤独的桦树带领着一块巨大的岩石,一次次托举起生命的梦想。它不被摧折,没有倒下,是不是它的枝干里,早已经注满了岩石的汁液?

我相信这一棵无法被摧毁的桦树,它早已经忘记自己与一块岩石的区别。它是这峡谷和大山的一部分,是另一些生动的面孔上,所无法书写的一曲命运的绝唱。山摇树动,风起谷底,而岩石上的桦树只是轻轻地挥了挥手,它倾斜的身姿,在努力地保持着一棵树的平衡和生长的姿态,而无语的大山,只剩下了沉默。

卷七　坎土曼的春天≫

无限的尘土

我说到了尘土，这些村庄里的古老街巷，尘土在彼此相连的院落和篱笆间，那样沉静和安详，这是那些过往时光里的珍藏和流传。在多么久远的往昔，这些村庄彼此相连，不依靠领导的意志和组织的形式，随意和漫不经心地漫漶开来，院落相通，泥墙挨户，低矮的篱笆和柴草上，有一些贫困的牛羊，在院落里低头吃草。

总是看上去有些孤单，似乎整个春天里，这些牛羊是无处放牧的。它们散落在这些贫困户的柴草和院墙之间，寂静或许是迟早都要到来的。当一些杂乱和毫无章法的脚步踏进来的时候，这些羊，或者孤单的牛，显出了少有的惊讶和惶恐。不知道即将到来的命运，会发生怎样的变化。

早在我们来之前，院落里就已经洒了些水，那些新鲜的水珠，陷落在一个春天的尘土里。六十岁的吐尼沙汗，是已故老连长的遗孀，是连队的低保户，和二儿子艾尼瓦尔住在一个院子里。

由于语言上的阻隔，我们在吐尼沙汗的院子里，只能通过连队领导的翻译，和老人家进行着有限的沟通。彼此之间，疑惑的表情似乎在告诉我们说，哪一些东西被阻挡在了惯性思维的院墙之外了。

八连位于团部南五公里处，总人口2266人，493户，其中维吾尔族2253人，占总人口的99.38%，汉族14人，占总人口的0.62%。我们工作组的人加进来，连队的李书记说，连队的总人口大到了2270人。有两座清真寺。2013年经摸底，人均收入低于3500元的有206户。连队有自己的脱贫计划，并且，去年超额完成了脱贫计划。他们对自己的计划和工作充满了信心，也使我们的工作组对即将开始的为期一年的基层工作充满了信心。

和北疆地区的大多数团场不一样，八连属于集体所有制的性质，是由地方的维吾尔族村庄整体划入兵团的。几十年来，大多数群众都不会讲汉语，所以沟通和交流，必须通过翻译来完成。

但是有一个现象不容忽略，那就是大多数在团部巴扎和乌鲁木齐做生意的八连人，大都会讲汉语。他们头脑灵活，接受新事物和新的现代观念比较快，所以有越来越多的人走向了发家致富的道路。前一天，我们在被称为“巴扎”的农贸市场，遇见的好几个摊贩，都是来自八连的。

我至今还没有搞清楚，八连在团部的北面还是南面。事实上，我到新疆来的三十多年中，始终没有搞清楚东西南北，一直在晕头转向之中迷糊着。我搞不清楚东西南北，所以也就对许多地方少了些判断，只是依据着自己的感知，来行走自己的方向。有时候，我明明知道某一个方向是错误的，也会一条道走下去，不问结局。这些毫无方向的行走和漫游，也一天天地成就了我在新疆大地上一次次的惊艳和惊喜。

我是一个喜欢漫游和野外生活的人。是否大地上没有方向的时候，才可以真正找到自己内心的方向？我没有刻意的寻找过，只是在每一次的行走之中，默记下无从辨别的方向。

像八连这样的维吾尔族村庄，恰恰是我梦寐以求的。这些低矮的院墙和篱笆，泥墙上陈旧的往事和古老气息，正在一点点地退去。那些斑驳的陈旧历史，似乎没有被人在一个村庄里当一回事。古老，或者漫长的往事，早已经被这些村街上的尘土湮没了。

而尘土飞扬又有什么关系呢？这些细密的沙尘和颗粒，也像我们的命运一样，飘散游移，没有哪一刻，是你自己的精神指向。

事实上，我注意到每一双脚步都在努力地躲避着我们的目光。八连，是我们下点蹲连驻点的连队，今天第一次和连队的领导班子的第一次接触，接下来，我们进驻连队，完成自己的历史使命。

尘土仿若往年的旧事，在一些散漫的时光里，已经四处飞扬了。

永安坝

去永安坝，或者和一片浩渺的水域相遇，纯属一次偶然。这一片遥远在天边的水，呈现在梦幻般的沙丘和荒蛮之间，不仅让人觉得不真实，也显得突兀和奇绝。其实，从五十三团去往图木舒克的路上，我一直都在真实的虚幻中，感受着这一片南疆长旅的荒凉和美艳。我几乎来不及闭上眼睛，沙丘连绵，尘土遮蔽，低墙泥院的篱笆，远村近树，这是南疆的浩茫和荒芜里，不可掠夺的春天的气象。在大多数时候，她被悬置在边疆的美誉中，也被漫无边际的遥远隔膜着。

一路上，车子基本上都在以飙车的速度行驶着。刚开始的时候，我是有些担心的，可是看看驾驶座上的那个戴着墨镜的小伙子，他那样淡定，似乎这飞驰而过的颠簸和速度，才是这漫长的荒凉所需要的。

我们要去的是一座水库。我对这些荒原上的水没有概念，因为大多的时间里，干旱和沙尘，弥漫在我南疆的记忆里，那么久了，我忘记了一滴水，陷落在尘土里的艰难时刻。在和司机师傅的聊天中他也告诉我，说这个地方要下一场雨稀罕得很，要有也是一阵子，十几分钟就过去了，地面上基本看不到雨水的痕迹。整个春夏季节里，除了风沙和偶尔的冰雹，我们对头顶上的天空，没有更多的期待。我是默然的，因为这和我记忆的南疆没有二致。

最初，我们只是要去图木舒克市里采买一些办公用品。“永安坝”这三个字，只是在司机师傅与朋友的电话聊天中知道的。他在电话里和朋友聊天中说到，要送我们去永安坝。我起初以为，永安坝或许就是我们要采买办公用品的店名，或者街道吧。可是车子在市区里没有要停下来的意思，眼看着就要穿城而过了，图木舒克小城，对我来说依然如此陌生，我看不清一座城市的面孔，也无法抵达她内心的温情。像所有的陌生人一样，在这个城市冰冷的表情里，我只是毫无缘由的到来，又将悄悄地离去。

紧接着，在图木舒克郊区的一条马路边，司机转过头来告诉我说，永安坝有一家卷饼店特好。他还建议我们方便的话可以买上一些饼带回去。我这才注意到，街面上的店名里，果然出现了永安坝的字样。街面是短促而匆忙的，尽管那些饭馆和商店的门面上，大都涂抹着鲜亮的颜色，但是和我们漫长的旅途来说，她几乎就是一闪而过，甚至可以忽略不计。愧对了师傅反复推荐给我们的卷饼店，因为此刻，我们谁也没有吃卷饼的胃口，只是前方那一片撩人的水域，在拨弄着每个人的心弦。

现在还不是旅游的旺季，甚至也还不是春耕春播的时节，所以水面上异常的平静。远远地，我们的车子就停下了。打开车门，还有一丝冷风在额头间穿过，但是湖水和大地复苏的迹象已不可阻挡了。靠近码头的这一片水岸，弯弯曲曲地，是一片水中的树林，请原谅我贫乏的生物学见识，我还无法分辨它们是一些柳树还是南疆大地上最常见的胡杨树。它们低矮、弯曲，蜿蜒在一片清浅的水面上，几只水鸟划着弧线，在树林的上空嘶鸣着，飞过去了。

我们朝着一片水边的树林走来，目光早已经越过了树林，朝着树林身后的水天一色里，急切地寻找着什么？哪里是水和天空的分界线，模糊而朦胧，间或沙尘的缘故，我努力着试了几次，踮起脚尖，都没有办法望见那一抹水天背后的青山或沙漠。

水是混沌的。也难怪这三月春早，黄沙堆砌的烟波浩渺，只是水，寥廓天地间，何其寂寞。岸边的渔民们却是紧张和忙碌着的呢。岸坡上，有一张摊开的蓝色渔网，三五个人，正低头用手里的针线缝缀着什么。忍不住好奇，上前搭讪，先问是哪里来的呢，回答说是山东济宁，再问济宁何处？又答曰济宁微山的。我一下子想到了微山湖了，便抢着他们说，你们是微山湖的呀。有同行者添言，指着一位清秀的小伙子说："你们老乡，他也是济宁的！"那小伙子知道是开玩笑，却很认真地说："听口音不像。"我忙解释说，我是临沂的。小伙子脸上立时有了笑容，他说："我一听你的口音，就知道你是那一片儿的。"

他乡遇故知，乡音是最好的媒介。我们的同行中，有人指着小伙子身后，正埋头干活的一位包着红头巾的女人问，你们是两口子？我正感到诧异，说你怎么乱点鸳鸯呀！谁知那女人竟一扬脖子，满脸笑容地回答，是呀！又问他们来这里多久了，家里几个孩子等，那小伙子便不再吭气了，只听那红头巾笑声爽朗地回答说一个孩子。我见那小伙子不再说话，便开玩笑说，你老婆说你一个孩子，那你几个老婆？小伙子一时憋红了脸，知道我在开他玩笑，便红着脸忙不迭地说道："两——两个！"霎时，一大堆人都笑了起来。那红头巾的女人更是泼辣，停下手里的活笑着说："几个老婆，一个老婆他都养不了啦。"

一席玩笑，大家各自散去，水面上驶来了一只捕鱼归来的渔船，我们便急急地瞭望过去。鱼是冷水鱼，虽然名气不大，但肉质鲜美，货真价实，多被南北疆的鱼商们批发了去，再以各种名头高价卖了。

永安坝在南部新疆，一座籍籍无名的荒原水库。

沉迷的远乡

七八点的光景,南疆的早春里,在黄昏的背景下还多是一些荒凉的景象。偶然抬起头来,竟然看见学校后面的一片柳树梢子上,萌动着一层薄薄的绿色。晚霞之中,绿色附着在广袤的大地边缘,看看周围的杨树和大田里整齐的果树,似乎还对即将到来的春天无动于衷,树梢枝头上,还看不见一点真正的春意,就知道春天到来的有多么艰难了。

不过这一点都没有影响到我们散步的好心情。这条从团部下来的公路我们已经不再陌生了,马路上不时有疾驰的车辆从身边擦过,我们想避开这一条大路,去往田野的小道上走走。黄昏的大幕徐徐拉开,而夜色还不曾到来,皮恰克松地的田野上,还显得异常明亮。这些属于六连还是七连的土地大都被整理好了,有的被深深地翻开,有的隆起着高高的田埂子,等待着一场透彻的春灌。我知道这是一条乡村的小路,在黄昏的序幕中,依然在忙碌之中,各种农家

的车辆还是不停地从我们的身后和前方经过。它们大多是一些农用机械或者三轮摩托车,不知道是要急着回家还是赶往另外的田亩?

这些乡野里的散步是舒心的,也是轻松的。仿佛一下子脱离了几十年的生活轨道,在这远天阔土里,闻一闻泥土的味道,感受着大地上一个春天的苏醒,沉重的身体,也觉得轻松了许多。

我们就这样沿着一条田埂子走着,不知是我们的脚步还是喘息声,惊飞了一群在地里觅食的麻雀。它们像一群密集的机群,忽然从一片犁开的棉田里,低低地飞过,朝着不远处路边的树梢上冲刺而去。这是一群小规模的麻雀,在黄昏里,一股黑色的旋风,从地面掠过。麻雀是我幼时乡间的常客,可以说,在我的整个幼年和乡间记忆里,成群结队的麻雀,就像那个年代的贫穷和艰难一样,从来没有在我的生命里缺席过。可是,这样一些荒远的土地,空阔里突然有一群低飞的麻雀在眼前飞过去,真的是让我感到一丝故乡般的暖意在心间涌动呢。

真的是春天就要到来了,那一群麻雀还在树梢上晃动着,黄昏的剪影里,树梢也显得如此低矮。在这个春天里,我没有赶得上一群麻雀的速度,我到来的如此迟缓,只是在这些大地和黄昏的边缘。我想到了一个人的青春是如此迅捷,漫无边际的人生,如这黄昏的大地,她的沉睡和苏醒,如此漫长又瞬息万变。

这是南疆的僻壤,皮恰克松地带给我的触动。在我这样的年纪,还有一年时间的滞留和漫游,一个记忆里的远方,即使你的幻想也从未抵达过的边土,怎么不是我三十年之久的新疆,给我的一次补偿呢。是南疆欠我,还是我欠下了南疆的一年光阴?

好在,我终于来了。

我想到自己遥远的故土，和那些永远也无法回返的幼年时光，父母眷顾，贫穷却并不孤单的童年记忆，在这样的时刻，只能是永远的惜别和怀念了。那一片故土上，已没有了我至亲的父母，故土的味道，便日渐遥远和稀薄起来。而我寄身多年的北疆，乌鲁木齐，此刻也是遥远的，是我踮起了脚尖也无法遥望的另一个故乡了。作为一座城市，乌鲁木齐从来没有进入我生命的记忆，在新疆，我被称为山东人，而在内地的许多时候，我被称为新疆人，从来没有，在任何时候我被称为乌鲁木齐人。这个城市收留了我近三十年的时光，我却无法携带她去四海云游，这是我的愧疚之处。

而广袤的新疆在我的心里无所归属，她只属于我内心的那些愧疚和残缺。我在想，像乌鲁木齐这样的现代化都市，繁华浮动，奢靡光影，为什么很难成为一个人真正的故乡呢？这大概是因为她缺少一片荒疏如皮恰克松地般的南疆沃壤，只有大片的土地才能构筑起故乡的巢穴，那些深陷在土地深处的艰难和恍惚，才足以满足一个人对于故乡和大地的记忆。

车轮上的少年

少年的乡村，总是属于诗意和梦想的。每当黄昏来临时，这个连队里的小巴郎子(孩子)们，便会从各家的小院子里跑出来，骑着半新不旧的自行车，在满是尘土和柴草的小巷里穿行。他们的车技超群，进退自如，犹如一场乡间的少年街舞，其观赏性有时候要远远大于少年们关于车技和友谊的比赛。

我所说的少年乡村，在这些童心未泯的孩子心里，大抵是没有概念的。因为，他们关于乡村的记忆，还停留在一场快乐无边的游戏之中。就像这些巷子里散乱的柴草和漫漶的时光，缓慢得你无从感知。

南疆少雨，干旱持续。从三月里开始的，春天的一场沙尘暴，一直要刮到五月里去。因而整个春天，都会在一场又一场风和沙里，迎来季节的转换。风和沙，在大片的旷野和小片的绿洲之间撕扯着，而乡村和连队的生活，一刻也没有停下来。我看见的这些乡村少年，浑身上下，都是风沙和泥土的味道，他们混迹在柴草般的街巷里，彼此成为柴草、泥土、风沙混合的屋舍，连绵不绝，浑然天成的一部分了。

大多数时候，没有人注意到这些乡村少年，他们的游戏和快乐的生长，生活只是像长了翅膀，无边无际的飞翔。他使另一些进入了成人社会的少年人，在面对诸如家庭和生计的困扰时，也能够像他们的少年游戏一样，应对自如。

就像一对院墙外面的，隐匿在柴草和尘土之中的废弃车轮。木质年代里的巨大车轮，似乎和少年们精致小巧的童车，形成更加鲜明的对比。我见到它们的时候，这两个废弃已久的车轮，还依然保持着在路上奔跑的姿势。它们看上去不像是村庄里荒废的一部分，它们也和破败的生活保持了必要的距离，而不是被这个时代遗弃的孤儿。

可以想象这两个巨大的木质车轮，笨拙、沉重地旋转在这些乡村的沙土路上，与它们相映衬的那个年代，似乎不应该是一辆毛驴车，从形制和规格上看，这两个车轮子，应该属于更高一个级别的乡间马车。由此看来，这浑圆的车轮，也并不是我们此前想象的只是运送粮食、柴草和亲人的乡间俗物了。想象一下，如此巨大的两个车轮之上，被一匹或者更多的马牵引着的，该是一些怎样的景物?

站在皮恰克松地这样的风沙和尘土里，我们可以瞭望一辆马车，它或者来自更为遥远的年代和神话里。你也不能完全否认，它的辚辚之声，来自几百公里之外的喀什噶尔，莎车或者千里之外的乌鲁木齐。它的车上装载的不一定只是粮食和尊贵的客人，还应该有我们在沙尘生活之外的茶叶、香料和精美的瓷器与丝绸。你还可以想象一些更为遥远的景象，在连绵不绝的沙漠和绿洲之间，一辆马车上驮载着的,丰饶和梦想。

这样看来,一对沉陷在泥巷里的车轮已经不同凡响了。可是,有多么久了,除了偶尔飞扬的风沙,几片飘落的树叶,没有人注意到两个巨大的木质车轮的沉默和坚守。即使生活已经终止了,我们也看不到它们颓败的迹象。这一点像极我们这个置身的大地和村庄,陈旧着的,只是我们的土地和村庄的颜色,而生活,每一天都会长出新的模样。

我们似乎不需要揣测这些车轮轰然散落的年代,它们被废止的某一个早晨和黄昏里,大时代里的另一些更为迅捷的车轮,早已经悄然上路了。就像此刻,从我们身边穿插而过的小巴郎子们,他们飞掠和游戏的这些童车,早晚也会有一天,成为这些村舍里的乡间旧物。

每一个时代,都会选择自己需要的一些速度和负载,而散落在南疆这样沙尘肆虐的民间生活里,那些时光里的漫漫长旅,也许还远远没有终结。

我不知道这些少年们的命运,在未来会发生怎样的变化,但这些黄昏里的追逐和嬉戏,却因了这些无法更改的乡村背景,而变得浑厚和悠远。我们总是喟叹人生易老,却真的不知道在这些尘沙般的少年梦想里,有那么多,自由和快乐的飞翔。

小地方的光芒

小院里晾晒着一院子的阳光。这一刻,南疆的风,也是暖和的。难得有过一个上午的休息,衣服是在昨天夜里洗的,因为白天停水,即使有水也会比夜里小好多。所以我昨晚睡醒一觉之后,冲了一个热水澡,顺便也把两个星期来的衣服全洗了。

星期天,连部的院子里异常安静。我上身穿着一件薄秋衣,在满是尘土的院子里晒了一会儿太阳,整个后背上都是温热和酥酥痒痒的。往乌鲁木齐打了一个电话,在院子里踱步,看院子外面的篮球场上,几个小巴郎子在打着篮球。生活多么像是这些温热的阳光,就要到来,和曾经远去的命运。不管是在多么遥远的地方,这些细密的阳光,都会照进你的生活里来,没有人会意外。

几天来,走家入户,遇见了太多的贫困和艰难生存,也遇见了这些阳光扑面的尘土南疆,一个小地方的光芒,在四野里照耀。我说的是这些柴草,这些就要披上绿装的树木,这些村街连绵的房舍,就要播种的土地，就要被另外一些尘土覆盖着的，皮恰克松地的凡俗生活。

想想生活里的烦恼、困顿或者艰辛，也总是和这些不期而至的东西一起到来。所以我愿意看见这些孩子们的微笑，那些羞涩的，躲闪的，满是尘垢的红扑扑的小脸蛋上，生命之初的鲜亮模样，一些快乐的，一不小心就要溜走的时光，总是会在某一个时刻与你相遇。

那天，我们一行人走在一个小巷里，去喀拉洞清真寺大阿訇亚森·阿吾提家里拜访，路过一片篱笆墙的时候，一个小土丘上站着小小的巴郎子，两三岁的模样吧，正心无旁骛地捏着自己的小鸡鸡放水呢。走在前面的小强哥，看见这个小家伙，估计是心生了逗一逗小家伙的念想，突然用维吾尔语大声地喊了一嗓子。只见小家伙脸色大变，立马将正在放水的小鸡鸡放到裤子里，并放声大哭。我一时愕然，不知道小强哥究竟对可怜的小巴郎子喊了一句什么话？

站在小土丘上放声大哭的小巴郎子，惹得一群人大笑起来。我转过头问小强，你刚才的那一声吼是什么意思，怎么把这可怜的小巴郎子吓成了这个样子？小强坏笑着道，我是说要把他的小鸡鸡给割下来呢，他能不害怕吗？自称是二流子的小强，是土生土长的本地人，维吾尔语比汉语说得都好，这个连队的许多人，都和他很熟悉，所以他知道怎样去和这些小巴郎子们进行交流。

我一面忍俊不禁，同时也为这个无辜的小巴郎子感到难过，看他一边抽泣着，一边用小手提着裤子往家跑的憨态样儿，真不知道怎样去安慰一下他受到了惊吓的小小心灵。

其实，在皮恰克松地这样的乡间村巷里，像这样满身泥土跑来跑去的小巴郎子，每一条街巷里都会有。他们享受着泥土的恩赐，就像这些季节里的阳光和沙尘一样，是这片土地的一部分，也是这些幼小生命的快乐源泉。

没有什么比一片土地的恩泽,更让人眷恋了。在这些村子里,几乎每一家都会有一些孩子相拥相伴。我们在另一户人家走访的时候,看到的是同样的情形,一个年轻的妈妈,怀里抱着一个孩子,她身边还有一个寸步不离的大一点儿的孩子。我问了这个年轻妈妈的年纪,翻译含混不清地说十九岁,还是二十岁的样子吧。我不懂维吾尔语,不知道翻译是有意模糊还是刻意隐瞒了这个妈妈的年龄。从她稚气未脱的脸庞上我可以判断,这个年轻的母亲,年龄不会超过二十岁。

我还注意到,和这位年轻妈妈在一起的,还有几位同样年轻的妈妈们都抱着孩子呢。孩子们幼小,妈妈们年轻,她们相互依偎在一些院子里的角落,或者一根柱子的后面,有时看见我们的相机又会相互推搡一番。

这些孩子们的春天,总是干旱着的。每一天的阳光都会照进一些小院。我不知道这个春天,在这个小巷的哪一个院子里,会遇见我们自己的童年时光。那些幼小的面孔上,快乐一览无余。

坎土曼的春天

每一天,这个院子里都会迎来一场场语言的风暴。这个院子里堆满了连队里所有的生产资料。在这个季节里,人们开着三轮车、小四轮拖拉机,有时还会有毛驴车,来到院子里领取犁地、播种需要的化肥和种子,同时三五成群地聚集在一起,大声地谈论,激烈地交锋。在这样的时刻,总会有一些人选择沉默,也总会有一些人滔滔不绝,就像尘土所能到达的每一个角落,不管是沉默者还是倾诉者,他们的面庞和表情里,都深刻着岁月、经验以及信仰所能给予的教诲。

院子里有一些风,尘沙便弥漫开来。风沙不大,只是裹挟着少量的尘土在低空里飞旋,漂浮在人们的脸上和眼睛里,有一些人转过身去,在风和沙的另一面,悄声私语。突然有两个维吾尔族农民在院子里开始争吵,众人的目光,随着两个人的语速和手势,不停地移动着。有人会走到中间说上几句,不知道是为了劝架还是偏袒了另一方？只是争吵，看来也并不激烈，肯定有一方作了妥协和让步，事件很快平息了。但是院子里还是没有恢复平静，很快，另一些嘈杂和吆喝应声而起，加上院子里装运肥料和物资的拖拉机来来往往，人们似乎习惯了这样的嘈杂，并不急于离去，就像一刻都不曾缺席的生活。

即使作为一个旁观者，你也会觉得，这是一场多么美妙的聚会。这个有着小规模风沙的春天里，在南疆，在皮恰克松地这样的小地方，这些来自民间的维吾尔族人的俗世生活，正是这些季节里，一场又一场风沙刮不走的风景。

我总是在想，我们生活在别处的人，过着另外一种截然不同的生活，与这些南疆旷野上春天里的风沙无缘，也与这些在风沙和急迫的春天里，在大地上耕种的人迥异。而每一天，在皮恰克松地，我们不曾舍弃了的人世间的困苦和卑贱，大地一样匍匐的身影，无处不在。所以，我们总是能够遇见或者亲历这些土地上的奔忙者，分享他们像尘土一样别无选择的生活。在这个热烈、快乐，缓慢而干燥的季节里，一群风尘仆仆的维吾尔族人，正在从这个小院里出发，赶往尘土飞扬的春天里去。

只要生活还在继续，每一天的风沙和尘土里，我们都会遇见一些劳动者的面孔。这几天，我们骑着车子在连队的各个地块间穿行，望见一些犁铧和轰隆作响的大型农机在条田里作业，也望见了一些俯身于机械和犁铧间的维吾尔族农民，他们和脚下的土地正在建立的契约关系。

在这些被各种大型农机和现代化设施管理的农田里，我终于遇见了一件东西，一种久违了的古老农具——坎土曼。我见到了一个“洋缸子”（妇女、老婆）在地头的林带里，用坎土曼一下一下地挖土，便上前试探性地问道，可以帮你挖一会儿吗？那洋缸子迟疑着，把她手中的坎土曼递给了我。

说是挖土，其实是修补林带，除了美观之外，我想也应该有灌溉的作用吧。我用力地甩开膀子，将路边的土往林带里挖，只甩了几下就受不了啦。感觉吃力，手腕也有些不舒服，旁边的人看见了，觉得有点好笑，便一把接过去，自由轻松地甩了起来。我感到惭愧，有些对不住这个一直围着头巾的洋缸子。

其实，我内心是愧疚的，还有我算不上久远的乡村情怀。在我印象里，这种像是我鲁南乡间"镢头"的坎土曼，用来本应该是得心应手的，没有想到，这看似亲切的农具，已经对我如此疏远了呀。粗粗算来，我离开乡间的时间，竟已经超过了三十年。三十年间，虽然偶尔也有乡下的生活体验，那毕竟是蜻蜓点水，早已经没有了切身的体味。

是呀，我曾经多么想要奋力地挣脱过一把"镢头"的命运。就像我今天面对一把远在南疆的坎土曼，时空的阻隔，并没有淡化了我记忆深处的故乡。哪怕是在今天，我几乎快要忘记了那些乡间的陈年旧事，在一把"镢头"和坎土曼之间，我重新回到到了自己幼年的悲欢往事里去，那些存留在乡间旧影的微微疼痛，因了一把我在南疆的风沙中遇见的坎土曼，而变得愈加清晰和深切。

而我知道，这是一把真实的坎土曼。在另一些散乱的田间，在南疆的荒芜和孤寂里，一把坎土曼的春天，明亮而久远。

水闸上的小女孩

春光总是暖的，在南疆温热的怀抱里，皮恰克松地总是显得慵懒而意味深长。我几乎不知道怎么来消磨这些突然富裕出来的，一个上午或者下午的时光。我的身体多数时候在这些旷野里奔驰，清风拂面，快意悠哉；而另一个我，似乎依然行走在欲望的丛林之中，没有过一刻的消停。尘世烦扰，万千顾盼，终不得隐身于这些弥漫的光亮和尘土之中。

夕阳将近，云霞坠落，正是黄昏光景。晚饭后散步归来，我们走了好长的一段路，绕着连队的条田和村舍间，尽是光与影的交错和辉映。远远地，两个小女孩的背影，仿若水中倒影，悬浮在地头的一道水闸上面。

我有些好奇，也有些疑惑，水闸不高，也足以超过这两个小女孩的身高了，那么这两个看上去只有四五岁的小女孩是怎样爬上去的呢？近前，才看清地头上用来春灌的小型水闸，是用一些单薄的角铁拼焊而成的。我倒不是担心这两个女孩的重量，压垮了这座“钢铁的水闸”，我担心的是，这两个优哉游哉的小女孩，会不会不小心从水闸上掉下来呢？

两个包着彩色头巾小女孩，正歪着两个小脑袋，窃窃私语着，或者正在分享着一根香甜的棒棒糖。两个女孩的背影，晃动在一根单薄的水闸上，更确切地说，这两个小女孩悬浮在可以忽略不计的铁上，成为这个黄昏将近的村庄里，最为动人的一道风景。

黄昏的铁，隐去了斑斑锈迹和曾经的光华，无声地托举起两个美丽女孩的“水中倒影”。而黄昏的潮水，在土地和村庄的光影中，缓缓地退去了。背后，大地宽阔的背影，才刚刚铺展开来。已经播种的棉花地上，透明的白色薄膜，在夕阳和霞光的辉映中，水影摇动，四野寂然。

我赶忙掏出手机，对着两个小女孩的背影，连续抓拍了几张照片。我悄悄地逼近小女孩的背影，不想被两个天使般的女孩发现，却又希望这两个无辜的女孩回过头来，对着我的手机回眸一笑。正思忖着，我的举动被其中的一个小女孩发现了。旋即，另一个小女孩也回过头来。她们嬉笑又调皮地回避着我的“镜头”，两只小手紧紧地牵在一起，小脑袋晃来晃去，宛若两只快乐的小鸟。

我没有看见小鸟的翅膀，只有微风在树梢上晃动。甚至风，也是静止的，只有女孩头上的彩色头巾，在一片夕阳的余晖里，静静地飘扬着。

那么，这个春天是可以忽略的吗？这个春天，黄昏里的明亮如此广阔。你遇见了两个女孩的美丽童话，在皮恰克松地寂静的乡村背景下，两个并肩而坐的小女孩，携手走进了春天的记忆。

我又一次回到了“广阔”的背景上，和我在这片土地上遇到的

"远方"景象一样,一切面向人心的画面,都会使我感动和留恋。没有人能驱使你,向着相反的方向迈开一步。不管这些表情隔着语言和文明的障碍,指向心灵的表达,都应该是一致的,没有区别。我多么希望能够跨越这些无形的障碍,进入她黄金般的辽阔腹地,而不是一个梦游般的旁观者。

是的,广阔的南疆平原上,盛满了千年的阳光,在这条尘土飞扬的大路上,等待着一个身心疲惫的人。

而需要走多远的路,你会与她遇见?

我想起了这些天里,那些维吾尔族人黝黑的脸庞,粗糙的手掌,热烈而不无幽默的邀约,让你难以推辞。在巴郎子清澈的眸子里,甚至一个上了年纪的老人眼睛里,你都能从他艰难的生存里,发现生命的阳光,如此迷人。女人们的头巾也许是陈旧的,它们鲜艳的轮廓早已褪去,但这并不影响一个女人最为质朴的美丽心性。她们的脚步在没及脚踝的尘土里行走,眉目间的谦逊和友善却是如此纯净。

在这些古老乡村的面庞上,我几乎是在重温着一段遥远的记忆。少时乡村的陈年旧景,正经由一幅幅南疆的油彩,一一地浮现出来。

奔跑的云朵

这是连队四号地和五号地之间的一条马路，也是连队三四排和一二排之间的一条连接路。来连里没有几天，我就发现这条便捷的公路，是最适合晚饭后散步的地方，车少，安静，也不像连队的其他路面那样尘土飞扬。

这样，每一天的黄昏背景下，我都会在这条寂静的马路上走过去，又走回来。中间，不断有一些维吾尔族老乡，会停下摩托车，或者三轮车，友好地示意我到他们的车子上去，意思是要捎上我一程。我会急着用语言，也会跟着用手比画着，说自己只是散步，锻炼身体，不需要坐车。几乎，每一天晚上的散步中，我都会面对这样的盛情。我想到这样的情形，在一条乡间的路上，我能够用以表达感激的，不仅仅是那几句刚刚学来的蹩脚的维吾尔语。我还在内心里，铭刻下这些善良而诚挚的面庞。

举凡乡间，人心往往是淳朴和良善的。这一点，我在这些南疆的维吾尔族老乡那里,有了更切实的感受。我的有限的乡村经验,也能够使我在最短的时间内,融入这个遥远的乡村世界里来。更多的时候,我遇见的人们,会谈论更多的关于这些维吾尔族人的奇异风俗,和有别于内地乡村的另一种尘世生活。我却在这里越来越多地看到了一些久违了的乡村秩序,一种古老的伦理和道德秩序,如此完整、丰富而又生动地存续着。

就像这些从土地里生长出来的房舍和院墙一样,泥土呈现着大地的轮廓。在干旱少雨的南部新疆,每一座庭院里,几乎都是就地取材的泥土和柴草,所以整个大地和村庄也是浑然一体的。这些低矮甚至歪歪斜斜的房屋和泥墙,无论安放在大地的哪一个角落,都是自然和贴切的。

这几天在连队里入户走访,使我有更多的机会深入到这些“遥远的村庄”里来。我惊异的是,这些矮墙土院里的别有洞天。不管是贫穷或者富裕的人家,推开一扇木门,必是一座“深宅大院”,几亩地,甚至十几亩地的大院子比比皆是。

是不是在广袤的南疆,有足够的空间来摆置这些来自民间的房舍和院落?有些人家的院子,大得让我瞠目。一般而言,他们的院子里必有或大或小的羊圈和牛舍,也有散养在院子里的,但是那必定是院子套着的另一个院子。庭院里盖满了房子,却不是我们习惯的四合院,大院子,长房子,一溜看过去,你会为这些空空的房子而发愁。那些悬挂在房门上的布帘子,有些看上去已经非常陈旧了,但其鲜艳的颜色,并不因为过多的灰尘而褪去了色泽。

在这些村庄里,有些人的生活也许几十年不曾发生过变化,但是这些浸染了时光的庭院和房子,却每天都会生长出新的面貌来。在每一个早晨,妇女们起床后的第一件事,就是把自家的院子打扫一遍，并在这些新鲜的尘土里洒上一层水。可以想象，在那些干燥和酷热的日子里，这个早晨的庭扫和洒水有多么重要。

当然还会有果树。我所遇见的这些院子里的果树，多不成规模，杏树、梨树、枣树和桃树不等，这个时节里，杏树已经开过花了，桃树的花朵还在芽苞里，只有梨树上，一捧捧的“雪花”绽放。

有些讲究的人家里也会有果园。或房前或屋后，一片果园拉开了这个嘈杂世界的真实距离。我会看到这幽静的果园后面，深深的庭院里，柴草也有了各自的归属。一个维吾尔族老者在果园里静坐，一个上午或者一个下午的时光里，我看见他一言不发，恬静而安然。

当然还有天空的流云。这些黄昏的宏大气象里，村庄、大地，平原上的绿洲和荒漠，都成为一片硕大的云朵里，被笼罩和覆盖的一部分。事实上，也只有在黄昏里，我们才能够遭遇如此绮丽的自然景观。无论你是一个过客，还是一个驻足者，你可以带走这里的风俗，语言和尘土里的弥漫，但是你带不走这里的一片云彩。

一片云彩的阴影，压低了整个大地的背景，在黄昏里，如此绚烂。这时我刚刚散步归来，眼睛里满是云天的光影。我满怀里都是这些土地和村庄的面孔，那些庭院里的梨树飞花，黄雀低掠，有过一个时辰的秘密冥想。

我不知道在这条乡村路上，是我自己在旋转，还是一朵云彩在天际里奔跑。时光黯淡的如此迅捷。我何曾只是你晚霞里的一个匆匆过客，那么远呀，又如此短暂。

小院光景

大风刮了几天呢？风停了，温度也开始降了下来。但我知道这些春天里的“寒凉”是短暂的，因为一天比一天绿起来的村庄和大地告诉我，皮恰克松地春日的阳光，正踏着整个南疆平原的节奏，向着无垠而广阔的季节深处，倾泻而来。

去农户家里走访，要求连不漏户，户不漏人。这样近乎严苛的要求，对初来乍到的工作组来说，几乎也是不可能完成的任务。我的任务是随同连队协警奴尔·买买提、阿里木和团综治办的小刘，去一二排家访。一二排就是原来的老十连，后来合并到八连来的，距离连部和我们工作组的驻地还有两三公里的路程，所以一大早，我就骑着电动车跟着前面的几辆摩托车出发了。

在八连，不管有钱没钱，小伙子们都必须拥有一辆自己的摩托车。就像每个小伙子都有自己心仪的姑娘一样，小伙子们，都会把自己的摩托车擦得锃亮，在早晨的阳光里，晃动着明亮的光影，一闪而过，多么像一抹青春的霞光，在这些大地的沉睡和黎明间穿过。只有我的电动车灰头土脸，像是一个还没有睡醒的老汉，紧跟在小伙子们后面，匆忙而又笨拙地“飞驰”着。

我的车技和这些土生土长的小伙子们比起来，简直就是小学生的水平。看着前面的三辆摩托车，以飙车的速度一溜烟不见了，尽管我的车技不行，不敢将车子骑得太快，但也不敢落下太远的距离，只有硬着头皮加速，遥遥地跟在后面，总算没有被甩得太远。好在早晨的乡间公路上，基本上没有行人和车辆，我飙车的速度和胆子也就大了许多。在这样的时刻，我体会并享受着“飞翔”的感觉，有一些霞光扑面，有一些风的翅膀，在我坚硬的脸上一次次折断。

“飞翔”在大地和乡村的中心，一个人，我想放一声呼号，多么盛大的寂寞和孤单，在远途上，我的自我放逐也依然是如此艰难。我所能拥有的这样短暂的，晨光里的飞翔，那么多命运里的秘密苦难，也一同放逐吗？并不是快乐在这一刻填满了我的心胸，只是我想象着这些沉静的土地上，这些明亮的阳光和无处不在的风呀，足以清空我内心多年的堆积，那些块垒和陈旧的记忆，她们飞，和奔驰的速度，比得上三十年来，我一个人，罪恶般的深重和污垢。多一些明亮的色彩，多一些风，在春天里飞扬；多一些辽阔，和大地的起伏吧，我的身体和你们一起漂浮，我的灵魂，和你们一起飞翔！

老十连一二排的农户，基本上分布在一条马路的两边，这也是八连经由此处，到达团部的另一条重要通道。我们的车子，依次停在一户人家的院门前。查访和登记，一直都是团里下来的综治办小刘在做，我得以余下更多的时间来细心观察，这些隐匿在乡间的维吾尔族人家，深宅大院或者低门矮户，贫穷或者富裕的人家里，都有自己古老的传续和生活法则。土墙小院，骨瘦柴门，羊圈和鸡舍的零落草堆上，遍布着时光的痕迹，也印证着生存者的坚韧和执着。似乎，一切都是陈旧的，又都是鲜活的，泥地上的阳光，早晨里醒来的面庞，你没有理由怀疑，多么逼仄的生活，都无法驱除我们要活着，或者要活下去的坚定念想。

我们推开吾买尔家院门的时候，一个早晨的阳光，刚好铺满了这个小院。吾买尔的洋缸子(老婆)，已经把院子里打扫了一遍，我看见了一些新鲜的尘土，满地滚着的水珠，两棵杏树的花期已过，绿叶摇晃着一树的阳光，没有风，也仿佛整个小院里都在哗哗作响呢。这是早晨阳光的声音吗？我来不及细听，只被这越发明亮的光影迷惑着，无法分辨得清楚这些寂静的声音，到底来自哪一个方向。

即使这个院子已经变得非常陈旧了，我也觉得她是如此的清新。在吾买尔家的这个小院里，柴草看上去是去年，或者更早的堆积了，那些羊圈还是牛舍的木栅栏上，像是时光的锈，残破的缝隙里，敞开着贫穷所不能达到的物质的光芒。我不知道这一院子的洁净和光亮，是因为这个春天的早晨，还是因为这一家人蹲守在漫长的贫穷里，却依然安静如初的缘故呢？

有时候，我们无法遵从于自己内心的声音，在世界的远处张望着，所谓天涯长路，我们都是这世界的过客。可是，我们总是会在遥远世界的某一个角落，遇见这些贫穷的坚守者，倾听内心的声音，馈赠给这个世界一世的清贫和洁净。多么荒芜的远途，贫瘠里的生长，总是如此撼人心魄。

南疆春暖，巴楚风高。是我几天前涂鸦的一篇书法作品，而接下来的几天里，昏天黑地的一场大风，让我的这几个字，变得单薄和模糊不清了。与多年来的书斋生活相比，我更倾心于南疆这些粗粝、缓慢和阔大的乡村背景。即使我的内心依然是浑浊的，我也愿意在这些寂静无边的大地上，漫游，或者飞翔。

萨拉姆家的园子

小院里住久了,就有了些东张西望的想法。恰巧,院子里打地坪的时候,在旁边开了一扇小门,推门进去,就是副连长萨拉姆的家。我们虽然毗邻而居,可是我并不完全清楚一个维吾尔族家庭的乡间生活,是怎样日复一日地完成的。借着这一扇萨拉姆家的小门,我突然有了一窥究竟的想法。萨拉姆的家,和这个连队的农家并无二致,甚至看上去还有些寒酸。原因是团里的城镇化建设,好多人都搬到了团部的小区里去住了。大多数人在团部买了楼房,连队里的土房子,还有一院子果树和菜园子还得继续乡下的生活,慢慢地,这些日渐陈旧的房屋和院落,就变成了一些滞留在乡间的另一部分生活。

萨拉姆家的这个小院,大概也是属于这种情况吧。我平时很少见到这个院子里的人,只是靠近我们院墙的一溜羊圈里,十来只拥来挤去的羊,还象征着这个小院的存在。据说,萨拉姆的老婆孩子平时都住在团部，只有在连队当副连长的萨拉姆，每天过来照顾一下羊和菜地，其他时间，这个小院子一直是空着的。

这个空着的小院，一次次撩拨着我窥探的欲望。我试探着在这个小院里走走，几间“堂屋”确实是空着的，门窗上落满了灰尘，挂在正门上的一截门帘子也掉了半截，像是被推开了一半的门，没有被打开的生活。屋门前的走廊上，我想原来是应该养着花的，还有些花盆和一只浇水的壶，现在，这些曾经鲜活的场景，全都废弃了。我还看见了一辆维吾尔族乡间的婴儿车，停在走廊的另一头，它离开房门并不远，却再也找不到曾经的主人了。我想，多么恬静和安逸的生活呀，她在哪一天突然被搁置了，那些不知去向的时光，再也找不到回家的方向。

或许不需要寻找了。随着夏天的临近，萨拉姆家的这个小院子里，多了些意外的声响。先是院子里经常停着一辆摩托车，据说这是萨拉姆在连队当协警的弟弟阿里木的，他不值班的时候，会在哥哥家的这个空院子里借宿。有一天，我还看见一位老妇人从紧挨着走廊的另一间房子里出来，手里提着一个小水桶的样子。这是萨拉姆年迈的母亲，不知道什么原因，偶尔会在这个小院里住上几天。

大多数时候，这个小院子是空着的。其实，和大多数维吾尔族人家一样，萨拉姆的小院，也不只是单纯的一个小院子。除了紧挨着院墙的一溜儿羊圈，还有一些看上去随意生长的杏树、梨树、苹果、枣树等，有几棵枝叶繁茂的核桃树，矗立在一片瓜地的另一头，枝叶蓬松，有一些多余的阴凉，罩住了一大片阳光下的瓜苗，也一下子使这个小院子有了景深和悠远的念想。

我想到了这个院子里的菜地，和所有的维吾尔族人家一样，这些蔬菜和瓜果，和一院子的果树一样，是一年之中，除了风沙和持续的干渴之外，维吾尔族人生活的重要部分。或者说，作为乡间岁月的另一些见证，这些茂密或者稀疏的光阴，在一个小院里的丰盈和殷实，才是真正的维吾尔族人的生活。

我想到了这些菜地和果树的庭院，但我没有想到的是这些庭院相连的，是一片如此茂盛的果园。环绕着萨拉姆这几间看上并不显眼的土房子，是浓密的果树枝叶下，蔬菜、瓜地和大片的棉花。我惊讶于这个小院子后面，如此大的一片庄稼地。虽然这些土地看上去并不规整，甚至有些荒芜的味道，尤其是院子后面的苹果树下面，一口水井的旁边竟然长满了芦苇和野草，一些枝枝蔓蔓的野草和花朵，爬满了相连着的几棵树。一树摇曳，满树生花。这是我多日来在尘土包裹的南疆，看到的最为鲜活，也最为生动的画面。我一时竟想不起来，那些风沙弥漫的日子里，这些满树的枝叶和花朵，会去哪里躲藏呢？

无论是茂盛还是荒芜，你在这里都看不到繁杂的景象。只是一些幽静和时间的荒芜吗？越过眼前的果树和一大片瓜地，我想看看这么大的一座院子，是怎样被包裹起来的，可是我什么也没有望见，没有院墙，也没有篱笆，只是一些庄稼和无休止的果树。我甚至觉得这是座没有边际的果园。在果树的另一端，应该是另一户人家的梨园了吧，紧挨着的，是这些密集的阳光下，果树与果树的亲切交谈。

我想到了这些春夏时节里，大地繁茂的景象正在向着我们憧憬的季节挺近。一些果子会陆续成熟，比如杏子；一些瓜果也到了该采食的时刻,比如甜瓜。我想着,这个一脚就迈进来的小院里,竟是如此幽静。有一天我问带我进来的买乌拉,我说你小的时候,到过这个院子里偷果子吃吗?买乌拉下意识地点了一下下巴,但又很快摇起了头。他用一种鄙夷的目光看着我。他说,我们这里没有偷,走到谁家的果园子里随便吃,只要你不拿走就可以了。

我记住了买乌拉的这句话,我等待着一个瓜熟杏黄的季节。

卷八　大地的片段≫

大地的片段

早饭后，沿着胡杨宾馆的街道，去了一趟农贸市场。由于不是周末，市场里显得有些冷清。我从乌鲁木齐出来的时候，忘了带水杯，想在市场的超市里选一个，看了两家都没有满意的，有人建议我去图市（图木舒克市）买，我便放弃了继续逛超市的想法，转而跟着大伙在市场里漫无目的地转悠起来。市场里买东西的人少，我们一行五六个人便有些招摇了。有一搭没一搭的询价，市场不大，我们只看不买，很快就走出了市场。

三月的南疆，是干净和透彻的，空气里飘散着泥土的味道。不知道风从哪一个方向吹过来，一股气流在面颊上拂过，暖阳便在你的周身涌动起来。我们走在一条通往连队的道路上，不时躲避着呼啸而过的摩托车，有人提醒我说，在马路上走一定要小心，这些摩托车开得很快，有时就算你走在马路边上都来不及躲避。

此刻，我注意到马路两边的维吾尔族人家。大多深门大院，靠近着马路的门口，有的码放着一堆高高的纸箱子，看样子是捡来或者是回收来的，远远地看上去像一堆柴火。有几户人家的门口，停放着数量不等的摩托和带车斗的三轮车，不知维修还是在经营二手车。

而不远处的土地上，则显得整齐多了。也许真正的春天还没有开始，田野里显得有些空旷。除了广大的田亩是空置的，树木在春天里也是稀少的，或许是它们更茂密的枝叶还没有生发出来的缘故吧。这些生长在路边的杨树，孤立而倔强地挺立着，它们生长在无边的田野里，被泥土和四季的冷暖包裹着，它们融入大地的漫长时光，却往往成为被我们忽略的那一部分。

其实，在这个时候，你只要远远地看过去，那些在空旷里连成了一片或者一条直线的树梢上，便有一层朦胧的绿意飘动着。是的，是朦胧的绿意，似有若无，那些正在发芽和萌动的枝叶，像一团水墨在树梢上晕染，一个春天也在这些晃来晃去的树梢上，漫漶开来。

我觉得这像是一个奇迹，甚至怀疑过是自己的错觉，这些树梢上朦胧的绿色是真实存在的吗？那些细小甚至微弱的枝条上，是怎样串联起来，如此规模宏大的绿色军团，向着无边的旷野，静默，等待着更广大的集结。

正当我向着远处看的时候，一片茅草摇曳着闯进视野里来。这一路上，我只是被这些维吾尔族人家的房舍和柴草吸引着，及至路边，是这些高过了头顶的杨树，看它们列队从天空里掠过，下降，成为排排大地的标杆。绿影萌动的时候，整个春天也还没有开始呢。

茅草似乎生长在我们的视线之外，它是我们荒芜的记忆，与土地的肥沃和收成无关。而茅草又是如此旺盛，总是在一些出其不意的地方，茂盛成一片片无法抵挡的原野。我注视着这一片茅草，在一条沟渠和土地的连接处,显出了低处的苍茫和无垠里,多么顽强的生命,一点都没有被损耗。

我在想,整整一个冬天里,风雪、严寒,那些狂野和肆虐的风沙,都没有将它们摧折。是因为它们过于密集的生长,还是这些低矮身姿的缘故?

我惊讶于这些大地上的片段,和我无从经历的荒蛮岁月一样,这些真实和驳杂的生活,才是我生命的全部。长旅和慢途,你只是做了这大地的尘埃,你一直没有舍弃,也无法摆脱她全部的诱惑,在南疆之南,在巴楚之境,在你出发和将要抵达的另一些远方。

那是多么遥远的一个季节呀,似乎我曾经造访过的那些春天,泥泞、湿润的泥土上,粘连着最为持久的青春和回忆。而一个季节总是如此迅疾,你等不到一个漫长的期待,或者只是你的一个转身,春天便扑面而来。我惊讶着一些缤纷往事的时候,时光的列车,正从这片浩瀚的土地上,飞速地驶过去了。

仰望时光

出了院门后，沿着通连公路往东走，丁字路口是一所民族学校，也被称作五十三团三中，我们进到学校里和门卫室的值班老师聊了一会儿天。维吾尔族老师温文尔雅，彬彬有礼，属于典型的乡村知识者的形象。很是感慨这些沉静的远方，仿佛旧时代的乡间图景，当大时代的车轮滚滚而过的时候，像皮恰克松地这样的远方僻壤，还拥有着如此缓慢的闲适，实在是让人感到欣慰的。

我已经不止一次地说过，我喜欢这些乡村式的远方。在连队的土地和房舍间散步，遇见的每一个人，无论是老人还是青年人，也无论是否曾经见面打过招呼的维吾尔族老乡，每一张面孔上都是善意的微笑和热情，曾经有好几次，都被邀请到他们家里去“坐坐”，不管是仅仅出于礼貌还是真诚的邀请，我都会觉得，这些孤单的异乡生活，充满了温暖的情意。况且，我已经越来越喜欢上了这个乡村式的连队。

此刻,大地的黄昏已经匍匐而至,天空也似乎低矮了好多。树木和不远处的房舍上,蒙上了一层迷雾般的微岚。我只是站在这个连队和村庄的远处,被一些树梢上的暮色悬挂着,内心的沉醉已经让我无以言表。而那些陌生的面孔,又让你觉得如此亲切。一个维吾尔族小伙子,骑着一辆满是尘土的旧摩托车,从我们后面很远的地方追过来,用我们大概还可以听得懂的维汉夹杂的"普通话",一再邀请我们到他家里去。他用手比画着不远处的家,两只手卷成酒瓶或者茶壶的形状,高高地举起来,送到自己的嘴边,那干一杯的意图应该是非常明显的。

我有些不知所措。第一是我还没有完全听懂或者看明白他的意图;第二呢,我也不知道在这样的情形下,该不该拒绝他的盛情;还有一点就是,我从这个小伙子的衣着打扮和他那辆有了些时光的摩托车上,可以明显地感觉到,这是一个并不富裕的青年人。荒僻于遥远的乡间,贫穷有时候并不是一件不光彩的事。甚至,有一种对贫穷的固守,似乎是一种至高的荣耀。似乎,这样一些清贫的时光里,人性的光辉,才更容易澄澈出来。

黄昏愈来愈近了,一片又一片尚没有被播种的土地上,春天的潮湿和温润气息,在无声地蒸腾着。那些被犁铧翻开的田地里,一眼望去,有一层黑色的油光在闪亮,土地的肥沃由此可见一斑。维吾尔族人的耕作方式,比起内地农民的"精耕细作",似乎显得粗放一些,他们也似乎并不希望一下子从脚下的土地里,攫取超出了他们所需要的东西。而在朴实如土地的维吾尔族人看来,缓慢的,甚至是笨拙地呈现给脚下的土地,是一件多么自然的事。

我很纳闷,我在这些村子和连队里所见到的维吾尔族农民,为什么和我在乌鲁木齐所见到的维吾尔族人完全是另外的情形呢?

在乌鲁木齐的大街上，我所见到的维吾尔族人面貌和精神状态，似乎更凸显着一些时尚和文明的印迹。精明的商人，沿街的小贩，无不被这个时代的物欲所征服，他们屈从着利益的指引，哪里还有这土地的质朴与憨实。

在巴楚，在皮恰克松地这样的地方，在连片的土房子和尘土之间，大地的颜色，一直没有被所谓的现代文明所覆盖，至少是没有被完全湮没了去。说不清的缘由，我是如此着迷于这一方土地。或许，这些还未来得及染色的土地上，有我命运里的远方。我已经丢失了多年的故乡呢？我无从辨别的乡音里，哪里能够容得下一个游子的思乡？大概，只有土地是宽容的吧，这些千百年来干旱少雨的远方，浑然天成的自然之色，便是这些尘土一样泛滥的广阔和辽远。

在南疆赤野千里的沃土上，没有哪一种颜色比得上尘土的飞扬，更具有震撼人心的力量了。这些土，飞起来又落下，没有茫然的一刻，只是缓慢的时光，告诉我们无法奔赴的另一些前程，在尘土里起伏。

喧荒者

春天里总是有一些“闲人”。或许是因为春播春耕,已经全部由各式各样的机械化作业替代了的缘故吧,你总能够在连队里见到一些无所事事的人。从某种意义上讲,“闲适”的生活,应该是人类生存史上最为理想的图景了。有过乡村生活经验的人,大概能够体会这样的散淡和无所用心的生活,已经越来越难以寻找了。而在皮恰克松地这样的小地方,“闲人”总是无处不在,而繁忙,总是和“勤劳”的人联系在一起的。一些人因为闲适而安于贫困,一些人,因为过度的贫困而选择了做一个彻底的“闲人”。

我一时还分不清这些“闲人”们来自连队的哪一个方向,也无法清楚地知道,这些空闲在春光里的人,是怎样对一个季节袖手旁观的。

上午去的是六号地。与我们前两天去过的一号地不同,同样是种棉花,这块地是团里指定的可降解地膜的试验田。试验田,要担一些风险的，所以第一年使用这种新型地膜的承包户，全是免费的。然而六号地的播种试验并不顺利。由于使用了去年的“穴播机”，大马力拖拉机没有走出多远，就被大呼小叫的农户叫停了。大家走到刚刚播种覆膜的地里查看原因，才知道“穴播机”的齿轮，没有完全打透薄膜，这样播下去的种子，多半不会出苗。停下机子，查找原因。很快连队的技术员，吐逊艾力连长和赛买提副连长也赶到六号地来了。

几经调试，还是不理想，后来，农机站长和生产科长也被电话请了过来。最后，还是生产科唐科长拍板，更换薄膜，以减少损失。这些自然都是后话。我想说的是，在几乎一个上午的调试、播种，再调试的反复过程中，在这些田间地头所发生的戏剧性场景。

阿卜都拉在六号地里有十亩承包地，上午播种的这块地正是他承包的。几番调试之后，情绪激动的阿卜都拉终于按捺不住，对着正在调试机器的拖拉机手一顿乱吼。我虽然听不懂他说了些什么，但我从拖拉机手不无心虚并弱弱地回应中知道，这不是一场对等的辩论。拖拉机手很快埋下头去，继续整理机器去了。后面的阿卜都拉情绪几近失控，就连上来劝解的人也未能幸免。很快，阿卜都拉的怒火就烧到连长吐逊艾力的身上去了，连长吐逊艾力似乎已忍无可忍，用手比画着向阿卜都拉解释。

这是一场不折不扣的争吵，阿卜都拉的大意是连队不要拿自己这么可怜的十亩地做实验了，再这样下去，自己就放弃这块地，今年就不种了。而吐逊艾力连长和赛买提副连长还有一些赶过来看热闹的农民，也都轮番上前和阿卜都拉不知道是劝解还是理论着。势单力孤的阿卜都拉很快就蹲在一边不吭气了，把希望重新寄托在围着一大群人的“穴播机”身上。他一会儿用手去抠一抠刚刚覆过了土的薄膜，一会儿在地上自言自语，显出愤怒和绝望的神情。

而这些时而激烈，时而平静的争吵声，却不知在什么时候，引来了另一群人。他们似乎并不关心今天的播种试验，甚至也并没有对阿卜都拉的不安和抱怨表现出多大的兴趣。他们只是醉心于这些地头上的聚会和彼此的交谈。有一阵子，当阿卜都拉和连长吐逊艾力大声争吵的时候，地头上人群里竟然发出了哄堂大笑。我不解，忙向身边的一个略懂汉语的小伙子问什么情况？那小伙子也忍俊不禁，笑着说，刚才有一个人说自己的小便不好，另一个人告诉他说，你喝了啤酒之后，小便就好了。而且这个话题，竟然是由今天播种机的故障引出来的。

人群里的笑声此起彼伏，看来大家除了阿卜都拉在这个春天里的焦躁和不安，还是找到了另外一些共同的兴奋点。我抬头望过去，竟然发现，这些来自连队里的“闲人”们，是那样秩序井然地端坐在地头上，那样整齐，像是刻意导演过的一样。我赶紧掏出手机，把这一幕拍了下来。

生活有时候也像一出没有编排的戏剧。就像此刻，棉花地里的争吵和困扰，一点都没有打搅大家相互问候和打趣的兴致。暖暖的春阳，慵懒的时光，这春天里萌发的大地气象，哪怕是一场让人揪心扯肠的播种事故，也能够使得这些乡村“闲人”们，找到一次集体愉悦和欢聚的机会。

一直等到机器作业正常的时候，轰隆隆的机车声在远处咆哮，这边地头上说笑喧荒的人也消失了。就在我疑惑的时候，地头上刚才还端坐整齐的喧荒者，已经找不到了踪影。

远处的村庄

皮恰克松地的春天，总是被一些温暖的阳光包裹着，在没有风也没有沙的日子里，这些松软的土壤，被巨大的犁铧翻开，复又耙平，平展、开阔，展现出一道悠远的地平线。那几乎是我梦想的边缘。在我还很幼小的时候，我憧憬过的远方，寥落的天涯，一路上的奔波，难道真的是这个被称作小地方的皮恰克松地吗？

故乡何其遥远。我无数次地问过自己，为什么总是渴望着远方的风景，在路上，莫名的感动和寂寞长旅，这难道就是我一生的宿命？多年以来，我总是劝慰自己，在不断到来的异乡风景和那个再也回不去的故乡之间，我只是命运里的一粒沙子而已，随风飘散的，不仅是日渐衰老的容颜，也还有自己，一天天坚硬起来的心肠。

而此刻，我站在这些就要被播种的春天里，就知道自己来到了大地的故乡。想想我在一些夜晚和梦境里的乡愁，别离的亲人和故乡风物，眼前的一切真的有一种时光归返，那一些心底里的沉睡和挣扎，在这一刻，慢慢地复活了。

我先是看到了那一道模模糊糊的地平线，继而我的目光越过了这些明灭不定的大地的边缘，那是一些阳光下的村庄呢。房屋是低矮的，在缓慢地大地和无边的春天里，那些野草和树木连接的院落里，泥土的房屋顶上，有过一些雨水和积雪的痕迹吗？一些羊圈或者牛棚，歪歪斜斜，散布在视线之外，像一些远方的草垛。

这些村庄的周围，遍布着农田，果树和沟渠。一些桑，是怀远而伤感的旧物，一些杨树簇拥着条田，一些杂草，干枯在还没有完全苏醒的春天里。我看到这些阳光下面的房舍，和她泥土般的生活。远远地，几个妇女在弯腰捡拾着什么，她们没有声音，只是一些春天里无声的舞蹈。我还看见了一些女孩子，招展的头巾，在柴草和房舍间，飘过一抹红色，整个春天里，这陈旧无比的村庄里，就有了一些艳丽和动人的装扮。

一些更为幼小的孩子，被固定在一些地头上的农具中间，成为农具和土地的一部分，如果你不用心去看，你甚至找不到他们的存在。孩子们，混迹于土地和农具之间，找到了自己的快乐和春天里的生长。而那些母亲们的身影，已经远远地烙印在弯腰俯身的大地上了。

还会有一些打闹，一些追逐在这个季节的泥土里是必不可少的。一个更小的孩子后脑勺碰着了一根木桩子，一定是疼痛使他发出了尖叫般的嘶鸣，另一个大一点的孩子显然知道了该怎样安慰这个襁褓里的弟弟或者妹妹，我看见他脏污的小手，不停地抚摸着那个受到了撞击的小脑勺。我听不见这个孩子的哭声，我隔着一条马路和一条水渠，哗哗的流水，奔忙的尘土，完全湮没了一个孩子的疼痛和哭泣。我看到的只是这个孩子张大的嘴巴和痛苦的表情，而那一只安慰的小手，还在不停地抖动着。孩子的母亲，似乎比我们离开了孩子更远的距离，她是没有听见孩子的哭泣声，还是忙于手里的活计，而无暇顾及？

这个婴儿的啼哭还在继续，在春天里，在尘土裹挟的整个村庄和播种季节，这个幼小的孩子，还停留在一块土地的襁褓深处，他无力发出能够撼动整个春天的，更大的声音来。

一些树木成为意外的遮挡，尽管和无边的荒芜和大地的起伏比起来，树木总是稀少的。树木在有限的视野里，成为一些孩子和风沙的阻拦物，就像一些低矮的村庄，成为一片土地无法逾越的风景。一些树，连绵隐现，似有若无，它们成为这些土地上最容易被忽略的那一部分。

当然，我说的是那些连绵在田野里的杨树或者柳树，而一些隐蔽在民居和房前屋后的果树，当是另外一种命运了，譬如杏树，桃树或者更大规模的枣树。春已深了，却还是看不见桃花，只是偶尔的杏花，一树满园，闪烁在一些人家的院落里。我有几次都想扑进那些杏花的院落去，只是遥远，也还是陌生的，不敢贸然前往。这几天，杏花的颜色淡了不少。每当我骑着车子在村子里走的时候，总能闻得到一些杏花的味道，看它红烁的枝头，一天天变得粉白，直至一树雪中的红晕，远远地，看它枯败、凋残，挣脱一个春天的诗意和惶惑。

我还看到的是一群土狗，简单地说，是三只狗，在刚刚平整过的土地上，追逐、嬉戏的欢闹场面。一只黄狗不知从哪里像箭头一样射出来，在松软的土地上划出一道白烟，另外两只白狗和灰狗紧追不舍，眼见一场厮杀不可避免，却又见前面的那只黄狗就地一躺，回过头来迎接紧随其后的另两只狗，亲昵、温馨，却又不是拖泥带水的游戏。相互试探,象征性地进攻和防御,似乎这些规定动作完成以后,剩下来的,就是自选了。另一只小狗,佯装着逃跑,很快在软土里打个滚,一只大狗跑过来,也用假装着凶狠的牙齿呲了几下,旋即逃离。如此往复,三只狗,搅得一片软土生烟。

好在这些春天里,有足够宽阔和平坦的土地,供这些乡村里的土狗们嬉戏和追逐。这些追逐总是短暂的,一眨眼的工夫,土狗们的身影便消失在远处村庄里那些泥墙和草垛之间。更多的时候,这些土地和条田里都是平静和安然的,因为土地里还有更为漫长的生长,在这里生根、发芽,孕育着一个村庄的希望和收获。

春雨梨花半遮面

早晨的一场雨，是在我掀开窗帘的时候，已经湿了的。院子里的沙土上，铺了一层湿湿的红泥。风不大，或者没有。推开窗，一丝冰冷的雨点飘进来，昨夜里的那一场春秋大梦，无影无踪了呢。

这是春天南疆的第一场雨。雨声稀落，飘然若梦。据说，这样的雨水，在整个南疆地区都是非常稀少的。我望见了这些雨点的旁落，在那些厚厚的尘土里，一滴滴落下去，无声地溅起又落下，尘土在一滴滴雨水里退却，退至黑夜与黎明的深处，一片寂然。

而我能够遇见的这个春天的雨水，在南疆的腹地，广袤的平原上，尘沙四起，一场微小的雨，显得多么微不足道。但我依然是欣喜的，有点儿迫不及待。早饭过后，惯例是要下地，一场雨，阻挡了春播的脚步，泥地里的拖拉机无法作业。所有的人，都有了待在房子里的理由。

见众人没有要下地的意思，我有了一个人出去转转的想法，所有的人都是反对的。他们说,在下雨呢,土路上都是泥,地里下不去,你出去干吗? 我只想说,我需要这样一场雨,在泥地里的穿行,已经很久了。我穿上军用迷彩服,戴上迷彩帽,一个人,骑上我的红色电动车,下地去了。

雨水比我想象的还要大一些,但还不足以改变我的决心。出了院子,我沿着马路往东走。我希望今天的运气会好一些,可以遇见一片心仪的桃花。其实我往这边走的时候,心里边已经有了桃花的方向了。前几天晚上散步的时候,不止一次地经过一片没有开花的果园,我问过身边的人这是不是一片桃园? 没有人否定过我的疑问。好几天没过来了,是不是到了桃园的花期?

车子刚刚拐上公路,丝丝的雨水中,我一眼就看见了马路对面的那一片"桃园"里,已经是满园"飘雪"了! 我有些失望,这几天没见,怎么一园子的"桃花"宛若飞雪了呢。我心里纳闷,是不是过了桃树的花期,桃花的红色褪尽,只剩下一树的"惨白"了? 我问了路边的一个行人,说这是桃园吗?那人疑惑地看着我说,梨园! 我恍然,这弱小而惨烈的白,竟是千树万树,梨花怒放。

雨声催促,我抬头望了一眼远处的条田尽头,似乎有一片雨中的粉红色,簇拥着高高低低的房舍和沟渠。我骑上车子,径直奔了过去。雨虽不大,毕竟是下了一夜的,平日里的土路上一片泥泞,我绕着柏油马路兜了好长时间,没有办法下到那一条沟渠里去。我害怕这湿滑的泥泞,隐藏着陷阱,我一个人本来路就不熟,只能绕着兜圈子了。原来那些"桃花"也并不是真实的,枝杈环绕的一条沟渠里,只是几棵粗壮的杏树而已。前几天,杏花是开过了的,这些雨天里的"花团锦簇",不过是一些过了花期的杏花,在雨水里渲染罢了。

我站在沟渠的一处泥地里,往那深沟里的杏树上望去,似乎一些陈旧的花朵,在雨水里湿了,星星点点的凋残,已经开始了。终不忍这样的结局,一树落花流水去。还趁着一场春雨,更深处的桃花呢?

毕竟还是春天,雨水中刚刚覆膜播种的棉花地里,全是一层明亮的水珠,大面积的,条田的深处,雨滴敲打着透明的薄膜,一声声沉闷的降落,在湿地上摇摆。少量的麦子地,却显得愈加青葱,仿佛一场雨浇醒万千麦苗,那鲜亮是无从见识过的。

我在一片麦子地边停下车来,四野里竟无一人相望。空阔里的雨水,一点也没有减少,我知道我的衣服就要湿透了,可是这有什么关系呢?我渴望一场雨,有多么久了,这盛大的旷野里,一场持久的小雨,正在为我一个人的远途飘然而下。是的,没有一个人可以分享我此刻的雨水,我的麦田,我的远在天边的故乡之梦。有时候想想,这该是怎样的幸运,如果不是这些年的漂泊生涯,哪里来的这万里之遥的一场雨水,在我一个人的旅途上,孤单地飘洒。

我想亲吻一下这些久违的麦子了。多么遥远呀,我流落在异乡的庄稼和田亩,总是在我需要的时候一起到来,她们才是我永不舍弃的亲人,我一生的眷顾,无处不在。

有一阵子,我的车子是在雨水里飞驰的。无人的旷野,雨水洗透了万物的心脏,从哪一个方向飘来的风,都是凉爽而洁净的。我需要一些飞翔,一些雨水里降临的,宁静和孤单;我需要一些遥远,来存放内心的繁杂与挣脱。而这一切,这一场适时到来的雨水,该有多么重要。

遍地胡杨

接连两天，我都是在“荒漠”里度过的。

星期五上午，我们到了九号地，车子不走了。前面是一片“无人地带”。这里是连队的十号至十三号地，近年新开的荒地，还没有来得及修路。好多次了，骑着车子过了九号地，带路的人就告诉我说，到头了，里面进不去。

我心里揣着的一份好奇心，再也忍不住了。我说，让我们试试看，能走多远就走多远吧。带路的小强原本是好心，他害怕我的电动车陷进去出不来，也害怕我吃不了里面的“土”。估计小强受不了我的挖苦和刺激，便一脸坏笑地说，那好吧，跟着我往里走，不行了随时告诉我。我说OK！

沙丘连绵，走不了多远，我的电动车就陷进一堆浮土里去了。我咬着牙没有吭声，推着车子走了一段，跟着前面小强的越野摩托后面的一片“狼烟”中继续前行。我知道已经没有后退的路了。继续走，虽然前途未卜，但是退回去的路同样是可怕的。小强不时地回头看我，见我左突右闯地并没有拉下多远，也便逐渐放心了。原来他也是第一次进来，路况并不熟悉。他在前面探路的时候，我的胆子却大了起来，有一阵子，我故意加快速度，在满地的浮土和沙包间寻找一下“越野”的感觉。

我的这种沙漠里的“越野”体验，很快就有了收获。我接连翻了两次车。第一次是速度太快，车轮下一滑，车子倒在沙丘上熄火，我接连在沙地上翻了两个空翻。好在浮土很厚，松软如棉，我翻了个跟头，起来后啥感觉没有，连身上的土都没有拍打，扶起车子，正了正车把，开动电门，继续赶路。摔了一跤，反倒使我更有了信心，在沙丘和浮土路上紧紧地压着车把，任凭一团团尘土泛起的烟尘，将我的心跳和喘息淹没。

此刻，我看见远处越野摩托上的小强，也被一团浑黄的烟雾包裹着。走到了这个地步，我估计小强也很后悔，可是这个时候，后退比前行更加困难了。我有时会大声地叫喊，或者学一声野狼的嚎叫，痛快而淋漓。瞬间张大的嘴巴里，被一团浓浓的沙尘塞了进去，嗓子里一阵咸涩的干咳。但是我知道，我和我的车子一样，正在体验着一次笨拙的飞翔。

我会想到这些浩瀚的沙丘间被开垦出来的棉田，一小块一小块的土地在沙丘和荒漠间，犹如大地被揭开的伤疤。沙丘原来也是没有形状的，但是自从这些被摊开的小块土地，一点点地拓展开来，这些苦涩的沙丘，便开始了被孤立的命运。那些远道而来的水，终于会把这些焦土上的火焰浇灭。只是，对于一块土地而言，干旱还会持续下去。

接下来，我想说一说第二天遇见的一片更为震撼的古老胡杨。

夏河林场在五十三团皮恰克松地这一块,有一片足够遥远,也足够阔大的原始野生胡杨林。我们去的是一个名叫“胡杨村”的野生园林。由于游人稀少,园子里几近荒芜了。但是,却没有人会为她的荒芜感到痛心,因为她本来就应该更野性地荒芜着或者荒芜下去。

在林子里走的时候,想到前一天的荒漠体验,那片沙丘连绵的土地,原本和这些蜿蜒起伏的胡杨林是根脉相连的。得益于叶尔羌河丰沛的水源,这些胡杨绵延不绝竟达120多公里,成就了世界上连片最完整、规模最大的野生胡杨林地。至今,穿行在林间的一条古河道里,依然水波浩荡。而河道两岸逶迤而去的胡杨林,也成为这个春天里最为肃穆的仪仗。

我没有来得及往她的深处走。一时间,那些密集到来的胡杨方阵,在我的前后左右旋转着,使我不辨东西。我看到天空的缝隙里,一条条横断的枝干,也只有在天空和大地的怀抱里,这些古老的生命,才能够找到如此安静的休眠。

就像没有人知道这片胡杨林的名字一样,这些枯朽的,惨烈的,消耗尽了生命的胡杨树,成为这块土地的无名英雄。她们躺倒,或者站立着,宛若一座座无名的墓地。正是千万年的胡杨,使这些土地的荒凉有了历史的记忆和重量。

是呀,胡杨遍地,才使我满目的沧桑有了最为合理的表达。我崇拜荒凉的英雄,尊崇着时间里的长者,在皮恰克松地的这片胡杨林里,我只是这个春天里的过客。

柴　门

连日大风，沙尘弥漫在村子的条田和房舍之间，沙尘是这个季节里南疆的常客吧。我还是有些担心，刚刚播种的棉花地里，绵延而去的白色薄膜被风撕扯着，一些风干的尘土，在这些白色的“地毯”舞蹈，会带来另一场意想不到的灾难性后果。我问连队的李会勇书记，这样的沙尘天气，对刚刚播种的棉花有没有影响？李书记的担心一点也不比我少，他说，保险公司的人已经来看过了，目前影响还不大，再这样下去，损失是不可避免的了。更可怕的还有降温，一场霜冻下来，在这个节骨眼上，后果将不堪设想。

起起伏伏的大风，裹挟着一个季节的尘沙，在皮恰克松地的田地和村庄里漫游。似乎，这里的人们和千百年不曾移动的土地一样，早已经习惯了一场又一场春天里的风和沙。我们居住的房间里，虽然每天晚上都会关紧了窗户，可是，每天早晨起床后，第一件事情就是要掸去被子上的沙土。我真的有些惊奇，那些细密的沙子，是怎样穿过了夜色的窗台，散落在我被子上的呢？这些没有翅膀，也没有车轮的沙和土，如此细小的尘埃，是在我一场旧梦里到来的吗？我的呼吸和身体里的温热，是怎样被这样一些细密的事物沾染了，而又一无所知？

尘沙才是这些夜晚的搬运工。在时间的黑夜里，我的睡眠如此酣畅。整整一个夜晚，我的身体，都在这些黑夜和尘沙里穿行，所以每一个早晨，我都是头顶着这些细密的沙子，呼吸着这些咸腥味的尘土醒来的。有过一些漫长的夜晚，我们逃过了光亮和声音的追踪，我的身体，在这些尘土和沙粒里起伏和漂泊。就像我不能看见这些尘沙的踪影，我也看不见自己的身体在他乡的酣眠，一场梦有多么远，你一生的路途就会有多么遥远。

我还不能看见的是，这些沉睡的大地，是在哪一刻，从尘土里醒来的？还有这些被大片的条田和尘土围拢着的村庄里，维吾尔族人的早晨，总是见不到炊烟升起，他们的生活里，第一件事情，或者整个早晨，都是在庭扫中度过的吧。在整个南疆大地上，尘土一次次铺满了一座庭院，又一次次被扫出门外。一个人的一生，和一个早晨的庭院里，都陷入一场和尘土的恩怨而纠缠不休。尘土包裹着我们的一生，无论你曾经希望怎样的摆脱和洁净自己的身体，在我们的身心里，这一世的尘埃，何曾有过一刻的离别？

所以这个早晨的每一粒尘土，都不是无缘无故的到来，或者离去。那些新鲜的往事，也曾在一个夜晚的迁徙中，梦碎天涯。没有人可以告诉你，在尘土弥漫的南疆之上，哪一些尘土，是我们离散的亲人。就像这些低矮的柴门上，泛着陈旧的光芒，她从岁月的深处，一点点褪尽了芳华，干裂、腐朽、消磨一空的时光，在一户人家的柴门上一览无余。

我并不能经由一扇柴门的陈旧和光鲜，来推定一户人家的日月和光景，但我愿意停下脚步，为一些古老的时光祈祷。这些用树枝、铁丝，或者细小的绳索攀结而成的柴门上，除了锈迹斑斑的时光，你看不见这个外部世界飞速跃进的大时代里，文明的瘢痕。我多么愿意想象，这些简单的柴门里，隐匿着一位古代居士，而不是为一日三餐的温饱而奔忙着的人们。他生活的背景，应该是长江以南的某一处田亩和山居间，时光也应该是遥远的，至少应该是魏晋时代吧。剔除了战争、兵役，赋税和漫无目的地漂泊生涯，有过一些厌倦的尘世经验，还有故乡的割舍，亲人的离别，你一个人在远方的所有可能，“采菊东篱下，悠然见南山”。

而这是皮恰克松地的春天里，被时光镀亮的一扇柴门。在尘土扑面和一场又一场大风里，时间早已经将我们置身于荒芜的当代。我不知道在哪一个瞬间，在如此贫困的生活境遇里，我曾经幻觉过的一些诗意和回想，在此刻，她同我曾经的故乡一样遥不可及。这一扇孤独的柴门，回避了一个早晨的阳光和尘土，在如此安静的春天里，她只是一扇门，朝向春暖花开的大地，一院子的寂寞，无从寻找了。

好在，一切温暖、明媚的记忆，都不曾离开这扇柴门依居的小巷太过久远。我们荒疏的生命，莫名的前程，离开一扇柴门洞开的小院，何其遥远？

散步的鸡

彻夜的沙，等不到你早晨推开房门，就已经沿着一些秘密的通道，到达了你的房间里。你还没有醒来，这些细沙就在你的舌尖、喉咙和牙齿间穿梭了。然后是你的头发，你的枕头和被子上，沙尘密密地铺了一层，此刻你的呼吸里，全是这些沙，或者尘土的味道。我会有一些小小的疑问，我们的门窗紧闭，窗帘子也拉得好好地，这些四野里弥漫的沙尘，是怎么进来的呢？她们借助一些梦境，或者黑夜里的光，洞见了世间的繁杂与简约？

这应该是一夜大风的杰作。仿佛这些沙尘，才是春天的脚步，那些弥漫和大风的呼啸，整个南疆平原，都是她挥洒的舞台。有时，我会站在房子里，透过窗户向着远处的田野张望，隔着一条马路，刚刚播种的棉田里沙尘鼓荡着白色的棉膜，怎样的一些风，在狂野里奔跑，没有尽头。条田间白杨树是笔直的，它们秉持了宁折不弯的“白杨树精神”，在一阵阵嘶吼的狂风里摆动着身躯，以保持一棵树的挺立而不被摧折。

白杨树的叶子是早已经绿了的。有一些风，才能使它们哗动，而尘沙在那些绿色的叶片上撞击的声音，似乎更加浑厚。那些急切的，飞掠而过的声音，仿佛隔着好远的声音，传到我的耳朵里来。其实，我隔着一条马路，还有两道水渠的距离，重要的是我躲在房子里，只是在远远地看着这些南疆和春天里的沙尘，在田野间舞蹈。我的耳朵里是一些远处的呼啸声，和停留在近处窗子上，被风沙拍打着的啪啪响。

我总是在一些天色渐晚的时候，才有工夫站在窗子的后面，有机会看上一眼这些肆虐在整个南疆大地上的风和沙。我不知道自己白天都去了哪里？似乎，我从来没有在明亮的春光里遇见过这些风沙。我忙于工作，穷于应付，更多的时候，这些风沙漂游在我的视野之外。只是太晚了，我回到了自己的房间，一个人的内心里才容得下整整一个春天的怒吼。每当我这样想着的时候，夜色便也悄悄地逼近了。这些漫无边际的黑夜，似乎才是温暖和迷人的。

而早晨呢，总是如此匆忙。我们来不及挽留一些梦想，便被这些光亮照见了泥土般的生活。我的所谓的工作，也似乎是在这个时候开始的。几乎每一个早晨，我们都能遇见这些明亮的晨光，在风沙歇息的间隙准时到来。一院子的果树，也并没有因为一夜的风沙而有什么改变，那些低矮的篱笆，随意堆放的柴草和饲料，东倒西歪的一院子时光，全都是洁净的呢。依偎着在一起吃草的羊，几乎是在告诉我说，什么昨天夜里的那一场风沙，我们没有遇见呀！

我总在想，这些住宿在简陋圈棚里的牲畜们，它们与这些扯着嗓子在黑夜里吼叫的沙尘天气，到底是一种怎样的关系呢？比如寒冷、酷热，四季的尘沙，都无法改变一只羊，或者一个羊群的命运吗？

我看见的还有这些一大早出门散步的鸡。在皮恰克松地的维吾尔族人家,你能够看见成群结队的鸡,却很少能够在他们的家里看见鸡窝。我一直纳闷,这些成群结队的鸡,会住在哪里呢?直到有一天,我看见一群鸡从羊圈里跑出来后,我才醒悟,原来,这些人家的鸡,全都是在羊圈里住着的。我难以想象,一群鸡和一群羊的集体生活,会是一种怎样的状况?

这个早晨,我们遇见的这几只鸡,正是从吐尔地家的羊圈里,侧着身子钻出来的。最早出来的是一只黑鸡,似乎这一夜睡得不错,它扑棱了几下翅膀,正了正身子,径直沿着吐尔地家门前的一条土巷子,往一片果园里的菜地去了。后面出来的两只芦花鸡,似乎显得有些狼狈,紧赶慢跑的,总算跑到黑鸡的前面去了。可是黑鸡显得并不急于赶路的样子,它在地上故意兜了一圈,优哉游哉的,根本不把另外两只晕了头的芦花鸡放在眼里。

就这样,我看着三只鸡在地上转圈,不时低下头去叨食一些脚下的尘土和草屑,漫不经心或者无精打采。而一个早晨的阳光,已经把整个院子铺满了,小巷里除了清亮的寂静,还有一些在尘土里,被剩余的一截子光阴用来喂羊的食槽,应该是许多年了,或者是早年废弃在老房子外面的一截子朽木吧。还有一些安静的尘土,全没有了昨天夜晚里的那些鼓噪和声响。

我想,这些岁月里的旧物才是安然的,也和那些借宿在羊圈里的鸡一样,早和晚,都是一样的命运。被遗忘,或者偏安一隅,在一个春天里,我们同时被一个早晨的阳光遇见了。

尘土照亮了阳光

你需要望见一些尘土，在皮恰克松地的早晨，阳光刚好打在了这些孩子们的脸上，尘土也一样。这些在风沙里降生并快乐成长的孩子们，不惧春天早晨的清冷，一大早，便每人举着一块冰糕，在尘土照亮的阳光里，吸吸溜溜地吃起来。

是的，是尘土照亮了阳光。更准确地说，是这些明亮而细密的沙，比整个早晨的阳光显得更加迷人。我惊奇于这些异常干净的沙，来自哪里呢？我想起了皮恰克松地周围遍布的荒漠和大片的条田，是一场又一场春天的大风，做了季节的搬运工。风沙飞扬的日子里，我几乎是看不见天空的，但是这个早晨却如此明朗。

我在电脑上敲下这些文字的时候，整个皮恰克松地都还没有醒来。夜色里偶尔传来一些远远近近的鸡叫，在寂静或者旷远的冥想里，这些鸡叫如梦似幻，很难分辨这些偶尔冒出来的鸡的嘶鸣，来自真实的村庄还是遥远的记忆。这些从不远处的村庄和连队里传来的鸡叫,听起来是那么陌生,又如此熟悉。这几乎就是一场乡野的梦。此时此刻,只剩下了寂静里传来的一声比一声更加遥不可及的鸡叫了。你可以想象,这些蹲在一棵树上,或者窝在鸡窝里的鸡,伸长了脖子,向着无垠的旷野,在似有若无的夜色里,扯着嗓子叫个不停。

而它们,似乎也只是这个夜晚缓慢苏醒的第一幕。

这是旷野无边的南疆一隅,皮恰克松地春天的早晨到来之前,我所能听到的最动人的乡村音乐了。或者你是隔着一盏灯光的距离,也或许,你只是凭借了一扇薄薄的纱窗,这些鸡的歌唱才如此朦胧、虚幻和悠长。是的,这只是一些歌唱,你一点都不会觉得刺耳或者聒噪,反而是因了这些散布在整个村子和连队的鸡的嘶鸣,使得即将到来的这个早晨,多了一些真实的背景。

那些风呢?我几乎就要忘记了这些凉爽是来自哪里的。我开着一扇窗子,透过一层薄薄的纱窗,风不曾抽打在我的脸上,她只是如此轻地吹拂在我的心胸间。其实树叶,才是一些夜晚里风的翅膀。这些不曾移动的树,煽动着庞大的枝干和树叶们,在一个村庄的夜色和黎明之间,成就了一场场风和沙的音乐盛宴。你不知道是风翻动着树叶,还是树叶掀起了又一场风的哗动。

在一些风和树叶的缝隙里,鸡叫的声音渐渐平息了,小鸟们细碎的鸣叫才刚刚开始。似乎,整个早晨最先醒来的只有这些鸟了。我看不见这些麻雀们的翅膀,它们躲藏在更加密集的树丛里面,但我可以想象这个庞大的麻雀集团,却并没有因了自己的弱小,而放弃对大地的“袭扰”。一般看来,对于这个纷杂的世界而言,仿佛整个早晨都是和麻雀这样细小的事物是无关的。可是,我们终于会感受到在这些早晨的每一个角落里,麻雀们的争吵和倾诉是无处不在的。

而布谷鸟的声音又来自哪里？众声喧哗，我只听见布谷鸟压低了嗓子，在这个村子外面的林带还是田野里，不紧不慢地吆喝了几声就不见了。布谷鸟的声音，已经有多少年了，在我幽闭的远方，那些童年的叙事，总是让我对故乡的思念无处安放。一些布谷鸟，在这个早晨等待了多久，它只是三两声的呼喊，去了另一些遥不可及的远方了吗？

如果说，布谷鸟的声音，有一些低调和简略了，那么听一听这些乡野里的驴叫，该会有多么潦草。驴的叫声是迫不及待的，蕴含着憋屈、压抑和无法宣泄的郁闷，那一声比一声急切却杂乱无章的驴叫，真的称得上是整个村庄的噪音了。好在驴只是在发泄，它的耐心和脾气也总是有限的。一阵子乱吼，便低下头吃草去了。都说驴的脾气倔强，我想，大多数时候，你应该为这些满肚子牢骚的驴，找到一些空旷的乡野，有足够的大的空间和辽阔的夜色，来淹没俗世里的烦躁与不安，也应该有足够明亮的早晨，用来宣泄一头驴的憋屈甚至愤怒。

春天，总是如此明亮。似乎风也一下子比整个夜晚里小了许多。一些大树们选择了沉默，它们安静地站在一些院子和道路的两旁，巨大的树冠上，早已抖落掉了昨夜的尘土，干净、明亮，一如晨光里的村庄。

而我去过的这个早晨，是连队一片叫作“白房子”的地方，遇见了这些孩子在晨光里走来。每一个孩子的脸上都写满了好奇，他们不用语言和你说话，他们只用自己的眼睛，哪怕是一只脚上的鞋子，还陷落在尘土里。阳光正好从他们的眉宇间穿过，这些尘土家园里的小巴郎子，灿烂的笑容里，健康而明媚。

卷九　新鲜的馕>>

傍晚的沙尘暴

晚饭后的一场沙尘暴,说来就来了。我遇见过南疆的风沙,但是这样直接卷进院子里的大风,裹挟着遮天蔽日的沙尘,一下子把白天带入了黑夜,我还是第一次经历。一群正在院子里玩乒乓球的小巴郎子,也在一瞬间四散而去,几乎就在我一转身的工夫,这群叽里呱啦的小家伙就消失得无影无踪了。我也赶紧往房子里跑。心里想着,这些在沙尘里往家跑的小巴郎子们,是不是对这样突然到来的沙尘暴,早已经习以为常了?

沙尘来得猛烈,整个天空都陷入了灰蒙之中。我跑回房子,连嗓子眼里都灌满了沙子。看着窗户外的院墙有些东倒西歪的样子,狂风怒吼,沙尘蔽日,我开始担心我们的房顶会不会被这嘶吼着的大风给吹走了。我问小强,今晚上这风有没有十级?小强说,何止是十级!我们开始讨论这样的沙尘暴天气,会不会把地里的棉苗给吹折了,还担心着那天路过的一树杏子会不会被吹落?小罗说,吹落是肯定的。在这个季节里,这么大的风,遭殃的还会有枣树、梨树等挂了果子的果园。我担心地问,那桑葚呢,那些路边和院前房后、令人垂涎欲滴的桑葚,会在这一场昏天黑地的沙尘中幸免吗?答案是令人沮丧的。

沙尘已是寻常物,对于久居南疆的小罗和小强来说,他们对于这样的天气见得多了,不会像我一样大惊小怪。可是,他们两个也说,在南疆,这样的天气是少见的。风沙持续了整整一个晚上,我们把自己关在房子里,就着昏黄的灯光,望着窗外的这一场大风,内心里焦灼不安。想着当天的早晨,在乌鲁木齐的公园北街发生的那一场灭绝人性的恐怖袭击。那么多无辜的人,那么多破碎的家庭,人心的撕裂,犹如一场硝烟,在这片漫长的土地上燃烧。

公园北街,其实离我在乌鲁木齐的住处并不远。这个城市我生活了近三十年,她容留了我的漂泊、离散和居无定所。多年来,我把乌鲁木齐当作尘世里的一处阳台,我在那里温习自己的人生,眺望着故乡般的山水,一次次出发,又重新归来。三十年,这座城市喂养了我的情感,也饱含着我的思念。从来没有哪一座城市,能够像今天的乌鲁木齐这样,撕扯着我。

现在,这个城市在流泪。据说,5月22日,乌鲁木齐下了整整一天的雨。一整天,大家都关注着事态的进展,相互交流着网上和手机里关于乌鲁木齐的任何消息。此刻,已然是远方和牵挂中的乌鲁木齐,于我,是心痛至极的。

而傍晚,一场罕见的沙尘暴袭来了。在千里之外,南疆以南,皮恰克松地傍晚的这个小院里,仿佛只有一场席卷而来的沙尘暴,才能够表达一个人内心的沉痛和悲伤。所谓天怒人怨,狂风肆虐着的这个傍晚,我看见了一个血色黄昏里,那些无望的奔突和呼号。

除了愤懑，悲伤，其实每个人内心里，何曾没有过理性的思考和屈辱的挣扎。这两天在微信朋友圈里，我看到最多的是各种关于新疆政策的观点和思考。或许是时候了，愿意有更多的人能够倾听一下这些来自于民间的声音。

昏黄的天色里，只是风沙的击打和树木卷折的声音，那些巨大的声响不断地从远处传来，轰响着，漫过了门窗的屏障，在每个人的心坎上敲击着。我想象着那些树梢和屋顶上的风沙，那些旷野里的棉田，村庄里的土墙和羊圈，该怎样抵挡这一场毫无阻拦的风沙呢？而夜色很快就淹没了这一切，就连远处传来的风声也变得模糊起来了。

在天色完全暗下来之前，我尝试着开了几次门。我想看一看风沙长什么模样？也问候一下在风沙里挺立着的树木和房屋们，问一声阻挡着大风的那一道院墙，那两扇哐当哐当响个不停的铁门；问候一块在地上乱跑的石头，也问候一片树叶，一粒细小的尘埃，你们在大地的怀抱里，没有被一场大风裹挟而去。

而风，是什么时候停下来的？仿佛只是一场睡眠，一场浅浅的梦，等我一觉醒来的时候，整个院子里风平浪静。

一夜的风沙鼓荡，似乎也把这空寂的小院给刷新了一遍。

阿达姆拔嘛

我是看惯了这些俗常物事的，仿佛在世界的另一些远方，抑或是遥远岁月里的另一些记忆。关乎我们怀念里的旧，或者时光里的恒久。旧物呈现着一个村庄的面貌，那些安然、保守，寂寞和因循着的，是一些看来簇新的生长，也变得一同缓慢和陈旧起来了的日月。

我们去一些人家里访问，院子的门往往是虚掩着的，或者不需要叫门，径直走进去，站在院子里喊一声“阿达姆拔嘛”（家里有人吗）？这是我们学着翻译玉山的样子，仰着脖子在院子里喊出来的“维吾尔语”。玉山自己就先笑了，往往，他还来不及纠正我们的发音，主人就已经来到了院子里。

在一些早晨，或者晚饭后的时光，我们会趁着大家还没有下地劳动或者下地回来的时候，去一些维吾尔族农民家里访问。在春天的暖阳里，我走进这些混杂着柴草、尘土和羊粪味道的院子里，看见这些有多少时间没有移动过的日常事务，就像周而复始的乡下生活，一天的时辰和一年的光景并不会有太大的差别一样。其实，从睁开眼睛的这一天，到我们闭上眼睛的这一生，我们对世界的影响又会有多大呢?

所以我总会在这些陈旧的院子里，遇见一些一成不变的摆设和陈列。就生活的实用性而言，我遇见的这些馕坑、木凳，还有用来喂牛和羊的原木食槽。你会看见这些最迫近的生活里，有那么多原始的，简陋的，素朴和稚拙的技艺，原来只是为了生活。因为生活只有，或者只需要如此简单而已。

我看见了一条木凳，大概不会是用来坐的，是用来剁草还是用来登高的呢？我琢磨着，在饲料粉碎机还没有被引进来的时候，这个木凳子的高度和足够的厚度，应该是用来剁草料喂食牛羊的吧。我不是惊奇于这些憨头憨脑的奇异组合，反而是为这一条木凳子上，看起来互不相关的树木而感叹。最为年长的一棵树，应该是用来做凳身的那一截厚厚的原木了，它几乎没有被怎么斧刨，圆墩墩地躺着，被四根来自不同年龄的小木棍子支撑着，看上去模样有些滑稽可笑，又显得悠然自得。而那些用来支撑这凳身的四条小木棍，粗细不一，长短不齐，同样也没有经过任何修饰和修理，可是它们竟然如此天然地组合在一起，稳稳当当地待在这个小院里。

我不知这条木凳在这个小院里待了多久，和那些堆积在院子里的树枝和柴草一样，仿佛早已经被生活弃之一旁了。我知道，现在的村子里，大多数人家里，都用上了饲料粉碎机，用刀剁食饲料的时代，也许一去不复返了。但是我们对一些旧事物的怀念是没有终止的，我们需要不断地返回去，才有可能更深切地抵达我们曾经的贫弱和悲切。

试想，有哪一场旧梦里，不是满布着荒凉的往事。

在另一户人家的院子里，我还看见了另一件时代的“旧物”。一截粗壮的“朽木”，横卧在一间草棚或是牛圈的下面，刚好成了支撑这间草棚的“地基”，甚至一根用来支撑草棚的木棍，是插进“朽木”的天然孔洞里的。而横卧在草棚下面的这一截体积庞大的“朽木”也没有闲着，它笨拙地掏挖出一个巨大的食槽，用来喂食牛羊。

有哪一些艺术的创作，遵从了生活的经验和生存者的法则？在这间草棚下的“朽木”上，我们看见了那些所谓的“行为艺术”者的虚妄和矫情，也望见了那些躺在都市生活的大床上，睡不着觉的艺术家们，为一些所谓“深刻”的艺术创作绞尽了脑汁的人，他们凭空想象和创造出来的艺术作品，又怎能不是浅薄和虚弱的呢？

在我们漫漶无边的乡村生活中，古老而简朴的秩序里，蕴含着多么丰富的艺术空间。它们浑然天成，质朴无华，每一件作品，都远远超出了我们能够想象的边界。

我想说，这才是生活能够给予我们的教诲。

桃花贴

在皮恰克松地，我有过一场桃花的梦。可是，在即将过去的这个春天里，我还没有来得及遇见一树真实的桃花，春天就这样远我而去了。是的，这个春天来得太过迅捷了，就像我还来不及搬运的一些时光，她们停留在我们命运的远方，恍惚而匆忙的日子里，总是有一些惊讶和束手无策。

曾经，有那么几回，我们骑着车子路过一个村庄的人家，远远地遥望着远处灼灼的桃花，一小片春天的火焰，隔着大片的土地和拥挤的房舍，多么偏安的一个小院，桃红相映，春暖花开。这件事情，想来我至今还是有些后悔。我没有停下车子，或者径直沿着桃花的方向开过去，我只是恋恋不舍地犹豫了那么几秒钟，便随着前面的车子一溜尘地开过去了。所以这一院子的桃花，至今成为我在南疆三月里一个虚幻的梦。

我原来以为，这一片温暖如春的土地上，南疆春早，一定会让我遇到一片真实的桃园，和开放在远方春天里的花朵。此后的日子里，我一直在寻找这样的机会，接下来，在走村入户，下地寻访的过程中，我一直没有放弃过寻找和遇见桃花的机会。

这或许也只是我的一个梦，一个被搁置在春天里的梦。想来，已经过去了多少个春天，在大地的飘忽和漫游般的生涯里，我一次次和春天的桃花擦肩而过。记得十多年前，还在报社工作的时候，也曾经有过一次短暂的“挂职”经历。那是在石河子垦区一个叫“花园农场”的北疆农场。也是春天，我开始了一段为期三个月的农场生活。

在那个时候，我还来不及转换自己的作为“外省人”的心理角色，总是觉得这片土地和自己终极的命运没有多少直接的关系。所以我对身边的季节，并没有太多的敏感和关心，只是觉得三个月的时间，对自己来说是那样的漫长。甚至，我还参加过几天农场在桃园里的植树活动，将一些从山东还是什么地方引进来的蟠桃树苗，栽植在农场规划的一大片桃园里。我曾经想象着，在另一些春暖花开的季节，经由自己亲手栽下的一树桃花，它的花苞打开，枝叶伸展，连绵和怒放在无边的大地上，那些莫名的向往，常常也使我激动万分。

现在我离开那片桃园已经十多年了，如果我栽下的那些桃树还在的话，也已经是一棵棵老树了吧。我不知道它们在一些独自绽放的春天里，会是怎样的情景。曾经有当地朋友打来电话，说你亲手栽下的那些桃树上，已经结满了桃子，快回来看看吧。我当然会感到欣慰。可是，他并不能理解我内心的想法，除了这满树的桃子，我更愿意遇见它一树的桃花。那些娇嫩的桃花，哪怕只有一个中午的开放，面对整个荒芜的春天，我想也是足够我们珍惜的了。

可惜，在一个又一个桃花盛开的季节，我都在命运的远方奔波着呢。我来不及想念，甚至在一些年份里，我已经彻底的忘记了自己的生命里，还有一些桃花的邀约。我的遗忘是残酷的，我把自己命运里的一些桃花弄丢了，也弄丢了自己几十年来，一些最温暖的记忆。

我知道这些温暖的记忆有多么遥远。一些桃花，盛开在苦难的原野上，来自童年的那一片山坡，记忆里已经模糊了许多。我知道那一片山坡上埋葬着我的父亲。每一年的春天，我都会穿过这一面开满桃花的山坡，去为父亲上坟。上山和下山的路上，我会一遍遍压低内心的悲伤，甚至不敢大声地喘息，在父亲的坟前，我没有想起过一句对他说过的话，我不知道和他说什么好？我烧纸、磕头，然后，看着一阵风吹走父亲坟前的纸钱，看着那一缕青烟在坟前飘散，我才起身往回走。我已经多么熟悉了父亲坟前的这一条山路。多少年了，我只身在外，父母坟前的荒草，只在我的一场场旧梦里摇曳。

那个时候，桃花开或者没有开过，我似乎没有注意过。所以我在很多年后的一首诗里写道："四月的桃花，是我遍地的伤痕。"曾经有人不解地问我，四月的桃花，怎么会是你的伤痕呢？我只是苦笑着摇摇头。

这么些年，我都做了自己命运的逃客。在一次次远方的放逐中，我遇见过一些开满桃花的山谷，也遇见过连绵成片的桃花季节，可我总是以为，这些盛开在别处的桃花，总归是"别人"的。

在皮恰克松地的春天里，桃花的讯息如此稀薄，这是否暗合了我们命运里的那些相遇？

买乌拉

我想不起来第一次遇见买乌拉的准确时间了。三月份工作组刚来连队的时候,按计划要入户走访,紧接着是治安排查,大概是这个时候,买乌拉在我的视野里出现的。虽然买乌拉就是八连的孩子,后来他陪着我们排查的时候,还到过他的家里。可是,那个时候好像买乌拉还不是八连警务室的协警。他是团综治办派下来协助搞治安排查的。

刚开始的时候,好像买乌拉并不在我所在的那个小组,他被分配在另一个小组里。那个时候,早晨晚上的还有些冷,买乌拉穿着一件迷彩军用棉衣,里面穿着同他的身体同样瘦小的蓝黑色警服,骑在他的那辆摩托车上,好像一阵风就可以连车带人一起飘走了似的。

买乌拉引起我的注意,是在一个晚饭后的傍晚,他骑着摩托车缓缓地停在我们工作组的门口,眼睛里噙着眼泪,满是委屈地抽泣着说，刚才在团部被两个同事给打了，晚上不能陪我们去走访了。他是来给我们请假的。我这才注意到，他的蓝黑色警服上似乎还清晰地保留着几只清晰的鞋底印子。小强和小罗忙问他是怎么了？买乌拉吞吞吐吐地也说不清楚，小罗说你是不是喝酒了？买乌拉直摇头，似乎一下子又伤心了许多，有几滴眼泪也甩了出来。看他委屈和伤心的样子，我赶紧说，早点回去休息吧，今晚上的排查你就不用去了。

买乌拉骑上摩托歪歪扭扭地走了。我问小罗和小强，这个小伙子是不是喝酒了？小强说肯定是。放心，明天早上一觉醒来什么事都没有了。我没有想得那么远，我在想，不管什么情况，即便是他喝酒，又挨了两个同事的一顿拳脚，心情糟糕是不用说的了，但还是没有忘记为自己来请个假。这个陌生的维吾尔族小伙子，一下子给我留下了印象。

果然，第二天一大早，买乌拉准时出现在了我们的面前，对于昨天傍晚的事情，我们没有一个人去问他，他也像什么都没有发生似的，衣服也整洁了不少。在我们一同走家入户的访问间隙，我开始有意无意地和他交流。知道他的家就在八连，十九岁的买乌拉已经有了女朋友。我问他女朋友是做什么的？他有些神气地说，女朋友在团部医院里做护士呢。我故意问他，连队里好多你这么大的巴郎子都偷偷地结婚了，你怎么还没有结婚呀？买乌拉不好意思地回头看了我一眼，便悄悄地走开了。

好像过了没有几天，买乌拉兴冲冲地来到工作组说，他已经正式调到八连警务室当协警了。我们向他表示了祝贺。我说，以后我们同事，可以做好朋友了。说完这话后没有几天晚上，工作组的院子里来了一位喝多的人，似乎以前也是当过了兵的，正在给我们吹嘘自己的武功有多么厉害。当时大家引以为笑话，谁都没有当真。倒霉的是，晚上值班的买乌拉正要从我们的中间经过，被这个酒后吹嘘着自己功夫了得的家伙，一把扯住了领子，像拎着一片树叶一样拽到面前，一手抓着买乌拉的衣服领子，一只手指着自己的脑袋，大声地质问买乌拉说："怕不怕我，怕不怕我！"我倒是有些害怕了。我害怕这个五大三粗的家伙，借着酒劲真的伤害到买乌拉。

再看买乌拉脸上的表情，显然有些愤怒，又有点哭笑不得。他知道自己遇上了一个力气和个头都比自己大得多的"酒鬼"。我们赶忙过去劝阻。谁知那酒后的莽汉，不劝倒罢，一经劝阻，反而倒来了精神。他一把将众人推开，对着买乌拉厉声喝道："立正，稍息，向右转！"然后又重复着前面说过的话，问买乌拉："怕不怕我，怕不怕我！"这一系列动作，看得我们目瞪口呆。而买乌拉却好像也进入了状况，随着这莽汉的口令，逐一完成了动作，虽然有些慌乱和不太情愿。趁着大家一齐上去劝阻的机会，买乌拉一溜烟跑掉了。送走了这个醉酒的家伙，觉得这件事情太过荒唐，也为这个倒霉蛋买乌拉感到些无辜。

第二天早上我见到买乌拉，第一句话就问他，昨天晚上没有事吧？那个家伙喝多了，你把握得很好呢。买乌拉并没有为自己感到冤枉和委屈，只是说，我知道他酒喝多了嘛，所以也不好和他计较。回答的从容而淡定。

慢慢地，大家混得熟了，有些话也就不再见外了。可以看得出来，买乌拉在极力让自己的年龄往上走，他怕大家把他当作"小屁孩"来看待，所以事事都要表现得像一个"大人"一样成熟和稳重，却往往欲速而不达。有一天，他见到身材魁梧的小罗竟然脱口而出："哎，胖子！"这让正在减肥的小罗甚是恼火，但又不好发作，便又开玩笑地说,小屁孩,你想不想混了!我跟上一句,小伙子,以后见到罗科长要敬礼!说完大家都开心地笑了。

我从乌鲁木齐休假回来,带回来一顶用来遮阳的牛仔帽。有一天在院子里打井,我便戴在了头上,买乌拉见了说,哦,你的帽子好酷!我随口说,等我回去的时候这个帽子就送给你。这家伙马上说,你什么时候走?一句话把我给问住了。确实,我真的还不知道自己什么时候会离开这个小院子呢?

买乌拉是个孩子。在我的眼睛里,他十九岁的年龄和单薄的身板,和他身上的这一身警服有点儿不太协调,与其他几位身材高大的警察和协警相比,买乌拉实在是太过于瘦小了。

黄昏的麦田

春夏季节里，南疆浓密的绿叶包裹着的乡野气息，被一阵阵风和细小的尘沙，裹进来了。你在院子里，或者一推开房门，这些大地和植物的气息会席卷而至，而你又囿于某种原因不得出门与它们相见，该是一件多么遗憾的事情。

平静了几天之后，终于有人提议，晚饭后还是出去走走吧，几个人结伴走，不会有问题的，也不枉我们来了南疆这一年的光景。最后我们达成了默契，走，不过要改变一下散步的方式和线路。

原来我们晚饭后散步的范围，大多集中在连队周围的庄稼地，或者直接就在巷子间走走。时间长了，再加上地里的庄稼也长出来了，便有了要去“外面”走走的愿望。这几天，我大致是从八连散步去了六连或者七连的地盘上，地亩相连，林带环绕，其实这些连队的土地和庄稼也大多一样或是相似的。在这些维吾尔族人为主的连队间行走，在田间和公路上，与你遇见的人和车辆，有百分之九十九以上都是维吾尔族人。他们开着三轮车、摩托车，在你的身边或者对面一晃而过，速度和表情都是迅捷和模糊的。晚饭后的光景里，多数人要赶着回家吧，所以无论男女，骑车的速度都会非常快。

我还是有一些纳闷，在乡间公路上，总会遇见一些年轻的洋缸子开着一辆满载着青草和饲料的三轮车往家赶，甚至我还看到一个年轻的洋缸子，直接把她的小巴郎子放在座位的前边，车把的下面，一点也没有顾忌地疾驰着。这让我很揪心，一方面我为这些勤劳的洋缸子们感叹，另一方面，也为这些幼小的巴郎子的安全感到担忧。

当然，另外的情形也会出现。我们散步和行走的这些环绕在一大片麦子和玉米地之间的乡路上，不止一辆三轮车的车斗子里坐着一群叽叽喳喳的孩子，这些车辆从我们身边经过的时候，总是会听到孩子的喧哗和尖叫声，当然还会有些好奇的表情。我回过头问小罗，这是什么情况？小罗虽然出生在北疆的石河子垦区，大学毕业后就来南疆工作和生活，在我面前，他已经处处以南疆人自居了。小罗笑了笑说，什么情况？一看就知道你不是“本地人”呗！

我最近理了个光头，胡子也一把给推光了，走路热了，我会把上衣随意地系在肩膀上，自然是没有什么形象可言的。这些坐在车斗里的小巴郎子们，一定会觉得走在路边上的这个异族“老汉”，怎么会和他们平时生活里见到的人不一样呢？每每想到这些，我的心里是惭愧难当的。好在夜色渐浓，有凉风吹送，乡野空旷，又无城里的路灯照见，多数时候，我的行走是简单而快意的。

重要的是，我的心思还不全在这些临近傍晚的马路上。重要的是这些傍晚的行走，多数时候紧挨着一大片即将黄熟的麦子地。晚霞、树影，不远处的村落和居民区，一大片又一大片麦子就要熟了。这些大地的作物，在多么短暂的一个春天里，播种、发芽，如此迅捷地生长，在这些干渴和裸露的土地上茂密而浩荡。几乎是一场梦，她临近夜晚，又如此遥远，天空真的就低下了胸口，让这些春夏的风，裹走一个夜晚的清凉和铺天盖地的闷热。

天空是低的，大地却在上升。是的，大地在跟随着这些麦子的节奏和速度一次次隆起，成就了这些遥远的天际间，最壮美的一道抛物线。我站在一片麦田的远方，目睹着这一道晚霞，从参差不齐的树梢上掠过之后，麦田的上方，竟然神奇地升腾起一道乳白色的水雾，然后是彩霞和水雾的会合，而麦子黄熟的气息才刚刚显露，在一道巨大的水雾和彩霞中，麦浪缓缓涌过，一瞬间，大地复又归于平静。

这一幕不可思议的景象，使我忘记了行走。我驻足在一大片麦地的神话和虚幻情景之中，许久，等我醒过来的时候，晚霞消失了，只剩下了一条朦胧的水雾在麦田的上方横陈着。我忙指给小罗看，他似乎并没有感到丝毫的惊奇，只是说，这都是一天地里的热气在散发。也许他的解释更具有科学的依据吧，只是经由他这么一说，几乎所有的诗意和想象全都没有了。

我是愿意相信科学的。但是，我更愿意相信，在大地万物的悲喜交加中，一切生命的景象，都应该有他们自己的秩序。果然，在我们散步回到连队的时候，见到路口聚集着许多人，男人们头戴白帽，女人身着黑色长裙，头披着白纱。一问才知道，连队里有人去世了，他们是来参加葬礼的。

天色已暗了下来，小院里也安静了许多。我心里念念的，还是那一片连绵的麦地，在黄昏里的起伏。

静默与安然

在一片又一片麦子的波浪翻滚中，我走走停停，不时驻足于一片云霞，或者大地的黄昏里，倾听一种似有若无的悠远和宁静。是的，大地的寂静如此辽阔，在日光谢幕的这一刻，万物遵守了缄默的秩序。

而在大地的寂静和万物的缄默之中，我也同时看到了那些匆忙的人。我首先看到的，是一些在生死时速里飙车的年轻人。我说的是这些骑着摩托车，在乡间公路上把速度调到最高档的年轻人。这些年轻的维吾尔族农民，大多不会把自己的终极命运维系在土地上，他们或是在团部巴扎上做生意，或是在附近的工厂和工地上打工，也或者什么都没有做，靠父母和家庭供养着，但是这些年轻人的衣着打扮会比较时尚，摩托车也必须是那种超酷的越野型。无论他们骑着车子从你的对面迎面驶来，还是从你的身后疾驶而过，那速度可以称得上是一道闪电。

有些年轻人是一个人骑着车子在我们对面疾驰而来，遇到路边的行人躲避时，甚至会有意地把车子骑成“S”形，以显示自己的速度和技巧。在路人的一声惊呼和惊吓中扬长而去，我有时候会惊异，也会不由地躲闪，看着一个个绝尘而去的背影，真的会为这些“飙车”的年轻人感到担忧。

还有一辆摩托车上，坐着三个甚至是四个人的情况也相当普遍，更让你感到不可思议的是，他们的速度一点也不会降下来。有些人的摩托车上不仅坐了人，后面的那个人肩膀上还扛着一根长长的水管子，看他们泰然自若地疾驰在马路上，简直就像是在欣赏一场杂技。

在摩托车上飙车技、驮东西的高难度动作，一般来讲都是属于年轻的巴郎子或者男人们的事情。而另外一些三轮车上的各种让你看了揪心又忍俊不禁的事情，则多数情况下是这些洋缸子和孩子们的事情了。三轮车的车斗里，坐满或者挤满了孩子是司空见惯的事了，我说的往往是一些年轻的洋缸子们，会与自己的两个或者三个孩子并排坐在驾驶座上。与孩子拥挤着坐在一起，母亲只有扭着身子扶着车把，脚底下还应该会有不停地动作吧。孩子们喜笑颜开，母亲神情自若，这样的车子行驶在村庄与连队之间的马路上，回家，或者去往乡间的亲戚家，在一些晚霞的映衬下，她们不是一些急于回家的人，她们成了一些风景，绿树、云影，初夏时节里的旷野南疆，微风吹送着的寂静和远乡。

这样的情形不止一次地出现在我们晚饭后的乡路上，让人唏嘘，又觉得习以为常。刚开始我会感到惊讶，但见得多了，似乎这已经成了一种乡间的传统，看着这些洋缸子和孩子在车上“谈笑风生”，我仅存的一点点顾虑也消散了。

我有时在想，对于某一些规则的藐视，是不是构成了对文明秩序的挑战？譬如一些七八岁或者年龄的更小一些的孩子，驾驶着一辆三轮车载着自己的母亲或者兄弟姐妹，出现在田间地头和一些乡间的公路上，你就会知道，他们娴熟的驾驶技术，绝不是一两次的偶然事件。

我有时候会在马路上，看见孩子父亲坐在旁边，而由一个小巴郎子独自驾驶着三轮车在路上行驶。所以我会觉得，一些习惯性的传承，不是对所谓现代秩序的挑战，而是我们的文明进程与另一些生活的习俗，从来没有相遇或者只是擦肩而过。而这一切，对于偏居于南疆一隅的皮恰克松地而言，似乎是天经地义的事情。从没有被改变，还是这样的改变显得微不足道？

我只是看到了土地上的起伏，一个旺盛的季节正在蓬勃地生长着。在这个季节里，到处都能感觉到生命的扩张，田野、果树，簇拥在远处的农舍和房前屋后，路边的篱笆下丛生的野草，甚至一条水渠静静地流淌着，一棵大树下的经年老屋，她的饮料和水果摊，也都被这个鼓胀的季节席卷着，进入大地的黄昏。

我常常忘记了自己的行走。空气中飘散着果树和田地里，散发出来的植物气息，我有一万种理由屏住了呼吸，等待这一波又一波生长中的植物气息袭来。我多么希望，是这些万千植物中的一分子，如果成不了一棵树，我愿意是一棵庄稼，如果我连一个庄稼也成不了，没有关系，就让我成为这攀爬在路边篱笆上的一棵草吧！是呀，一棵草的夏天也是生机盎然的，哪怕是一棵野地上的芦苇，也会在大地的缝隙里，找到自己活下来的理由。

大地在安然中墨守着自己的秩序，从来没有改变。万物生长，川流不息，轰轰然，也寂寂无声。这是多么美妙的乡间音乐，没有伴奏，也没有和鸣，嘈杂是被过滤了的，我们只需要这些真实的乡村，一道晚霞的背景和远乡者的回眸。

院子里的风和沙

总是无法回避这些灼目的阳光，像一场盛大的日光盛宴，在整个南疆大地上，阳光因为雨水的匮乏，而变得宽阔和无遮无拦，而庄稼、树木，瓜果和一切在野地里旺盛生长着的绿色植被，似乎都是对这个季节里灿烂阳光的最热烈呼应。我们目睹着这些无垠的生长，在沙漠边缘每一片细小的绿洲之间，聚集着旷日持久的大风和流沙。一场风沙在烈日下鼓荡，浩茫千里，却又可以在一瞬间停歇下来，你能够感叹的，真的是这些天地间的主宰者。

人与沙的对峙，实际上就是这样一场又一场卷天裹地的风。大风一来，遮天蔽日，我们只有退回到自己的房子里去，眼瞅着一棵大树被吹折了腰，连部房顶上的那一面国旗，却像是一面整齐的钢板，风仿佛扯住了国旗的四角，在一场风沙里平展而舒缓。我还从来没有见到过如此平展的旗子，哪怕只是一个短暂的瞬间，那一面旗子的飘动，在一场风沙的怒吼里，平静而温和。

多数时候，我只是坐在窗户底下，目睹着一场可怕的风沙，并渴望着这一场风，在就要把整个村庄吞没之前停下来。而整个村庄里，除了风沙的咆哮，竟发不出任何声音来，也许真的有过各种各样的声音，从这个村庄里发出来，只是这所有的声音，在此时此刻都是徒劳的了。

我们能够遇见的风，全都是没有缘由的，大风总是说来就来，说走就走了。昨天晚上，忽然又起了一阵大风。院子里正在排着队打乒乓球的小巴郎子们，赶紧收了球往回家跑去，一溜烟，全都不见了。平时这些贪玩的小巴郎子们，到了晚上该关门的时候，总是要招呼好几遍才恋恋不舍地离去。这些五六岁，十几岁不等的巴郎子们，白天上课，大概六点不到就放学了，有些孩子直接就从学校来到我们的院子里，他们成群结队地在院子里的健身器材上做着各种在我看起来非常奇怪的动作，也真的想不到，原来这些为成年人设计的健身器材，在一群小巴郎子这里，还能够被发挥出如此多的花样来。

这是一群吵闹不休的孩子，由于人数众多，他们打球实行一种自然的淘汰制，就是每个回合只打三个球，输球的人自动把球拍放在台面上，没有人监督，也没有人提醒，所有的人自觉排队，所有的眼睛都是裁判。我有时会参加他们的乒乓球“比赛”。对了，这样的“比赛”没有人员和时间的限制，不管你什么时候进来，只要遵守先来后到的原则，你就会自动享有参加比赛的权利。

孩子们的球技参差不齐，他们使用的球拍也五花八门。许多孩子都是使用着自制的球拍，有些球拍上只有薄薄的一层胶皮，有些球拍上的胶片残缺不全，更多的孩子手里的球拍，只剩下了光光的木板子，有些球拍用黑胶布缠着，显然是自己动手制作的。但不管是光板还是缠满了胶布的球拍,也不管是直拍还是横拍,小巴郎子们打的认真又投入。

有一次,小巴郎子玉素甫在我们的办公室里只找到一只球拍,干脆在院子里找来一个矿泉水瓶子,狠狠地在地上踩了几脚,拿在手上,还是横排,照样发球接球,一点也没有影响。而围在一边的小巴郎子们,也觉得这件事情习以为常,大家正常的"比赛"并没有受到影响。我赶紧在另一间屋里找来另一个球拍,"比赛"正常进行。

有时候,听见他们一群小巴郎子叽叽歪歪地拼球比赛,也忍不住想上去凑上一个回合,对不起,要排队,等待着一轮下来,轮到你的时候,会有人示意你上,你才能正式参加比赛。在这样的少年乡村乒乓球比赛上,我几乎每次都是这些小巴郎子的手下败将。

好在我只是偶尔加入到一场业余的乡村少年的球赛里来,更多的时候,我只是一个观众。混得熟了,小巴郎子们也就不再陌生,我能够直接叫出他们的名字来了,库尔班、玉素甫、克里木……有一天,小玉素甫仰着小脸问我,老师,你叫什么名字?我望了一下四周,全是孩子们好奇的眼神,我说,叫我老汉好了!小玉素甫有些疑惑地小声叫了一声老汉,似乎觉得这个名字不太好听,或者不好玩吧,转身又去打球了。

偶尔也会有争吵和打架的时候,一不注意,热合木把比他矮一头的小卡德按倒在地上了。旁边的小巴郎子们一同起哄,骑在上面的小热合木也不好意思了,他一下子松了手,站起身来。从他身子底下爬起来的小卡德,也只是用愤怒的眼睛望了一眼热合木,两个人又重新回到队伍里继续等待"比赛"了。平日里,在乒乓球桌前,小巴郎子们争吵、推推搡搡的事情是难免的,像这样直接把人按倒在地上的事情我还是头一次遇见。

参加比赛的人越多，每个人上场的机会就越少，在球桌上发生争议和争吵的概率就会越高。往往在这个时候，我会自动退出，然后这些小巴郎子们会一直“比赛”到晚上院子关门。

如果没有风和沙，这些小巴郎子们的快乐和激情会一直持续下去。令我感动的是，每次他们玩完了，不论多晚，总会有人把球和球拍子还回我们工作组的房子里来，尽管这些球拍子已经算不上严格意义上的球拍了。这么长时间以来，这一副越打越旧的球拍，一直在履行着自己的使命。有些被打坏了，他们也舍不得扔，放在嘴里用牙齿咬合一番，还会继续打，还回来的时候，我已经不止一次地看到了这些满是牙印的乒乓球拍。

这仿佛是一场契约，即便是旧的和坏掉了的球，在这些小巴郎子的眼睛里，依然是要被归还回来的。我会在这些小巴郎子的肩膀上拍一拍，因为这个时候，已经没有使用语言交流的必要了。

是呀，该有多么渴望这些没有风，也没有沙的日子呢。在一些村庄和树荫的傍晚，一切嘈杂和喧哗的声音，都会被传得很远很远。我已经习惯了这些来自于远处的嘈杂和喧哗，而内心的寂静里，依然有一场风沙在肆虐。

一只蹲在门口的猫

傍晚的时光，总是让人如此着迷。已经不再炽烈的阳光，温和地铺洒在大片的庄稼和远处的屋顶上，而金黄，正是这些植物和叶子们被照亮的颜色。我们还不能够等待着这些光泽里鲜亮的颜色暗淡下来。我们的行走，在这些庄稼和村庄的边缘，真正的寂静还没有到来，那些日光下的纷扰还没有完全退去，天空和大地，只是随着日光的大幕，在缓缓降落。

我看不见一条辽远的地平线，我们的远方，被一些树木和村庄遮挡着，遥不可及的昆仑山和浩瀚无边的塔克拉玛干，被一条叫作叶尔羌的河流绕着，静静地流淌着。我能够眺望的，是一片荒野里的胡杨林，远处和近处的棉花、麦田，果园和维吾尔族农家的院落。

在库尔班家的红色铁门下面，一只白猫端坐着，支棱着两只耳朵若有所思。像所有保持着高度警觉的猫科动物一样，一只猫在家门口的守望，也使我赶紧停下了脚步。猫看着我停下了脚步，只是目不转睛地看着我，并没有任何肢体上的反应。我只是好奇，试着往它的跟前走两步，小心翼翼地，它依然转动着两只大大的眼睛，似乎也充满好奇，眼神往大门的两边游移了几秒钟，然后定定地看着我。我们就这样僵持着，在门前的虚土和柴草里，我的心跳仿佛也要停止了。

我不能，也不敢再往前挪动脚步了，我害怕此时哪怕是轻微的一个声响，都会打破了这僵持的平衡，而惊跑了端坐在门口的猫。我就像一棵静止的树，站在那里一动也不敢动。我在想，这一只猫呀，它也在这样小心翼翼地对待我吗？我没有挪动自己的脚步，而这一只白颜色的猫，坐在一堆灰土里，在傍晚的阳光下，精神饱满地注视着我。

我是一棵树吗？如果我在一只猫的眼睛里，真的像是一棵树的话，那我的叶子和阔大的枝干哪里去了？我还一定是一棵古老的树，没有茂密的枝叶，也没有伸展的枝干，我身体里的全部绿色都已经耗尽。我像这门前的土墙边，一根用来拴牲口的木桩子，有着光秃秃的年轮和尘埃般的光华。一棵树，或者一根朽木的光影，在一只猫的眼睛里，都将是黯淡无光的吧。

猫的眼睛里充满了警惕，却表现得是那样从容。在与猫的对视中，我很快就败下阵来。我只是眼神慌乱地看了一眼猫的眼睛，而猫却在目不转睛地看着我，我慌忙移走自己的眼神，只是装作无意间地瞄了一眼，猫依然没有放弃对我的注视。它似乎已经觉察到我内心的慌乱或者不怀好意，时刻保持着进攻和逃走的姿势。而无论是哪一种结果，都不是我在这个时候想要的。

我在想，我需要在门前的虚土里站上多久，才既不能引起一只猫的厌倦和反感，又能与猫保持在足够友好的距离中相互观望呢？我首先想到了自己的撤退，是友善的，礼貌的，也必将是有尊严的撤退。更为重要的，我希望在我撤退的过程中，猫的眼睛能够一直注视着我，我需要告诉这只目不转睛地猫，我从来没有要冒犯它的意思，我们在这个傍晚的不期而遇，纯粹是一次偶然。

我的担心是多余的。库尔班家门口的这一只猫，知道我的脚步完全退出了它的视线，也没有任何的移动。它如同这个傍晚村庄的象征，一尊矗立在黄昏里的微型雕塑，在一抹夕阳的照耀下，灰白的毛色泛着油光。它的眼睛依然是明亮的，它看得见门前的这一条小路，寂寞和繁华，尘土与阳光，淡然的世界里，一只猫守望着一扇空空的院门。

在我就要走开的时候，我突然意识到了需要做点什么。我连忙掏出手机，对着坐在门口的猫，轻轻地按下了快门。我没有敢再往前走上一步，我担心自己的惊扰会使它逃离，

库尔班家的这两扇铁门，有一扇是敞开着的。在我和猫对视的这几分钟里，这个小院里没有传来一点声响。库尔班是我们的老朋友了，我有好几次走进过这个被两扇铁门值守的小院，长长的走廊后，是葡萄和花池，院子不大，却别有洞天。最让我着迷的是库尔班家的院墙上，有一间鸽子棚，顺着一截梯子爬上墙头，就可以在他的屋顶上放鸽子了。他的羊圈里是一群墨守成规的羊，也因为圈养的缘故，几乎看不清楚羊毛的颜色了。我没有进到库尔班隔着一道门帘子的客厅里去，只是在院子里和这个一脸胡茬子的小伙了聊了一会儿天。

我不知道这一刻库尔班去了哪里，是否在家，或者他正在院子里浇花，在他的鸽子棚或者羊圈里劳作，或者他和一家人，正在享受一张毯子上摊开的晚餐。他没有办法理解一只猫，如此惬意地端坐在自家的门口，朝向一条尘土飞扬的土路，一个刚刚开始的夏天，张望着一个远去的背影。

夜晚的风

就像我们曾经遇见的一片麦田，在南疆漫长的黄熟季节还没有到来之前，仿佛整个大地都在预热，不管荒漠有多么遥远，绿洲上的每一片土地，都迎来了自己最丰盈的时刻。热风从每一个方向吹来，大片的棉花，翻滚的麦浪，路边的沙枣、红柳与低矮的村庄，连缀着皮恰克松地夜晚的苍茫。

你甚至看不见一片真实的果园，因为你的目光永远也翻不过一道夜晚的泥墙。除了热浪翻滚的气息从无边的田野里涌来，那些青草和庄稼的土腥味道，是乘着夜色的翅膀飞过来的吗？我听见了隔壁的小强和小罗，早已受不了这些午夜的闷热，他们打开了门窗，冲凉、洗脸，凉水哗哗地泼洒在夜晚的睡梦中。其实我早就先于他们醒来了，我的窗户对着一片空旷的田野，那些热风和麦浪，径直地在我的梦里游荡着，所以用不着邀请，我的睡眠里，满是这片土地的寂寞和空旷。

我不知道这是一片陌生还是熟悉的土地,我对自己寄居在远处的生活早已习以为常了。有许多时候,我不知道自己的故乡在哪里,我只需要慢慢地回味,那些久远了的故乡气息,那些泥土的味道,那些无法被清除的记忆。而这一切,在一个人的血液里流淌着,所以一切来自于泥土和乡野的风,都会使得我备感亲切。

而整个村庄都是宁静的。一个村庄的睡眠,在夜晚里如此安详。此刻,我听不见一声鸟鸣和另外的声音,哪怕是一片树叶的翻动声,有时候寂静也是令人窒息的。其实我多么希望能够听见这些夜晚的喘息,这些泥墙土院里的风,翻过了一道又一道院墙,她们来到村子的某一棵树下秘密的约会,或者她们去了一片篱笆后面的果园,最后这些风顺着一条通往北疆的国道,越走越远了。我想象着这些夜晚的风,将要穿越的死亡之海塔克拉玛干大沙漠,最后还要翻越的天山屏障,这一路上,还会遇到的凶险和坦途,我就会在心里默默地祈祷。

一些风穿越的万水千山,何曾不是我今天的命运。奔走和滞留,无数次出发和一次次归来,我已经忘记了哪一条路可以再一次把我带回家。在乡下的时间长了,就会慢慢地忘记时间的概念,忘记你曾经经历的繁华和急迫。生活简单到生存是刚刚好的,就像这些生活在这里的维吾尔族人,日常的哲学,就是把生活简朴到极致。这也一下子解开了这几个月来,我在这些维吾尔族人家里遇到的一切困惑。从房舍到院墙,在这些村庄里,你去过的维吾尔族人家里,他们能省下的东西全部省了,一张土炕上可以摊开生活的全部内容,一扇用木条子钉成的木门,其象征的意味,远远大于它的实际意义。

简单的快乐其实适用这块土地上你能够遇见的每一个人。我从来没有遇见一个因为生活的艰难而愁眉苦脸。相较于现代人的生活,我的周围大都是一些穷人,他们穿着这个世界上最廉价的衣服,面孔里的尘土永远洗不掉。每一次见面都会和你握一次手,谦和的美德和他拥有财富的多少一点关系都没有。

哪怕是一个穷人家的孩子和你打招呼,他也会把一个穷人的灿烂写在自己的脸上。经常来院子里打乒乓球的小玉素甫只有九岁,我一直以为他的家就在我们的院子周围不远的地方。一天晚上我散步的时候,遇见小玉素甫从他的家里出来,一下子看到我们有一些意外,我忙问,玉素甫你的家是哪一个?小玉素甫拉着我手指着一处低矮的院墙,说那就是我家。我说你放学后,不吃饭就往外跑呀,他说晚上不用吃饭。

每一次这个小巴郎子听见我喊他的名字都会非常高兴,这一次也不例外。他并不介意把自己家里指给我们看,或许多数孩子的家里都会是这样的吧。我见到的小玉素甫和他的小伙伴们,大多小脸蛋上“脏兮兮”的,好像洗干净自己的脸蛋,对于这些孩子来说是一件完全多余的事情。而衣服也是,因为我们和泥土的关系如此亲近,所以衣服上沾上了泥土才是合理的。我曾经问过小玉素甫,我说你身上的衣服多长时间洗一次呀?他疑惑地摇着头望着我,似乎不太明白或者没有听懂我说的话。我赶紧收回了话题,说了些别的。

或许在孩子的眼睛里,这个尘土飞扬的世界,才是真实和可靠的世界吧。就像我们习以为常的阳光和空气一样。其实我们所谓的故土,有哪一个故乡不是镌刻在土地上的呢?在这个季节和一些夜晚的风里,我总是可以闻到一些泥土的味道,也仿佛,只有闻着这些季节在泥土里散发出来的气息,也才能让我的睡眠踏实起来。

我没有办法追赶上一个夜晚的风，我的睡眠刚刚停留在一片土地的边缘。我刚刚打开的窗户里，惊喜地看到有一轮圆月在树梢上挂着，这是我来南疆的几个月里，第一次如此清晰和近距离地遇见一轮故乡般的月亮。我知道这个夜晚就要结束了，多么漫长的旅行，总会有一个终点在那里等着你。

所谓清风明月，古已有之。有的人在路上，有的人在梦里。一些夜晚的风，千年一梦，万里飘摇，哪里还有故人今朝？只是徒生华发。来不及回到夜晚里去，窗外已是鸟声一片。

逆光的枣园

我们总是要路过一些枣园。一些成片的,或者散布在田间地头和房前屋后的枣园,在浑圆的果实还没有长出来之前,先是这些深藏在枝叶间的尖刺,最先露出了锋芒。趁着他们还在嫩绿的时候,也就是春夏交接的这些日子里,我曾经几次冒着衣服被扯烂的危险,在这些微风中摇头晃脑的枣树间穿梭,我并不是要寻找这些幼年枣树的果实,我要寻找的,是一个幼年时丢失的梦。

我家院子里的那几棵枣树,据说是父亲生前栽下的幼苗。父亲离开的那些年,枣树只是长个子,每年都会蹿高了一截子,可就是迟迟不结枣子。后来的哪一年,突然一棵树上结枣子了,是院子的南边,靠近水缸的那几棵中的一棵,后来剩下的几棵也都跟着陆陆续续地结枣子了。从春天里开始,我便数着这些树上的枣子,小心翼翼地,害怕一场风,把树上的枣子给刮跑了。

树上的枣子其实结的并不多,每棵树上的我都能数得过来。我和三哥闲下来的时候，就会围着这几棵枣树数树上的枣子。母亲说，我们家的这几棵枣树上结的都是脆枣，生甜生甜的那种。在枣子还是豌豆大小的时候，我和三哥就开始仰着脖子等待了，后来枣子一天天长大，总有忍不住要摘一个尝尝的欲望，却总是被提醒或者警告。有时候，在院子里我会光着膀子，望着一个枣子发呆，我望着一个枣子在头顶上疯长，长到我的眼睛生疼，脑袋发晕的时候，就再也看不见了。

枣子成熟的季节是如此遥远。我已经等不及了，记不清在某一个上午还是下午，我学着邻居家的孩子，用水缸里的水和泥巴，照着他们的样子做了一些小泥人、房子、竹篮、锅灶和日常的家具。没有邻居家的孩子做得好，但总是做成了。他说，把这些东西晒干后，秘密地埋在自己家的院子里，任何人都不能告诉，若干年后，这些小泥人就会变成你的仆人，其余的东西就会变成一个大大的宅院，想要什么就有什么。我是信了他的话的，我没有告诉任何人，我把泥人和房子在院子里晒干后，在院子里的枣树底下，挖了一个小坑，小心地铺上麦草，把这些小泥人和房舍等，统统地埋进去了。

我一直坚守着这个秘密，等待着若干年后的那个童话。

此后的很多年，我似乎已经忘记了这个秘密，枣树长大了许多，每年的雨季过后院子里都会被垫上许多沙土。我完全忘记自己在幼年时代埋下的这个秘密的心愿。突然有一天我想起来的时候，已经是若干年后了，我怀着巨大的兴奋，提着一把铁铲子在记忆中的树底下，连续挖了整整一个下午，除了泥土就是泥土。我不知道是我记错了地方，还是这个秘密自己跑了。

我还有一丝幻想，就是觉得时机还不到吧，还需要等待。后来我到了新疆，开始了这一生的漂泊和浪迹生涯，这个幼年时埋下的秘密和幻想，在许多年里被忘得一干二净。隔了许多年，我回去探亲，整个村庄都变了模样，我们家的院子也只剩下了屋门前的一米多。那几棵枣树和大片的院子，都变成了一条宽阔的马路。院门、灶台和门楼子，全都不见了。我异常惊讶地望着母亲，母亲说，这条路修了好几年啦，不是我们一家的院子，东墙西院的都给扒掉了。

母亲是在安慰我，她一定是觉得我为这个消失的院子心疼和可惜。我的叹息是有的，在当时，虽然还有老母亲健在，但是一院子的童年和记忆，就这样一下子消失了，我的伤感是不言而喻的。可是还有一个秘密我一直没有说，也羞于出口了。我当年埋下的那些房舍和泥人们，也就此彻底地成了一个秘密了吗？

母亲已经去世多年，故乡成为我真正的异乡。没有了父母的家，也早已经荒芜了。又有多少年，没有再踏上那片万里之外的故土了？我想着父母坟头上的荒草萋萋，想到了那个早已经荒芜的家，一个再也回不去的院子，被搁在了痛心的远方。是时光磨砺了我的心肠，也是这些遥不可及的回忆，一次次陪着我走向远方。我常常想，如果我不是一个把故乡丢失的人，就是一个把故乡背在身上的人吧。

在广袤的南疆，我只是望见了一片枣园，一片黄昏中的枣园，逆光而行。我来到了一片和我的幼年一样低矮的土地。是的，同样低矮的院墙和房舍，同样低矮的果树、枣园，棉花和麦田，她们生长在我无垠的往事中，泛着尘土的光芒。这里注定是另一些人的故乡，而我只是一个怀揣着秘密的人，在这些幼年的光景里，在黄昏里进行的一次行走。

我总是这样，总是在一些黄昏里的行走中，遇见了自己秘密的人。我一个人，站在一片枣园的背后，看见夕阳洒落在枣园里，那些枝叶翻动着黄金般的鳞片，像一些波涛，在巨大的时光和天地间游移。我屏住了呼吸，等待着一副梦境般的风景，在我的眼前缓缓飘过。

大地是无声的，那些在匆忙间停下了脚步的人，还来不及呼吸，枣园里的风已经走得很远了。我没有看见果实，我望见了这些枣树的枝叶和它细碎的花瓣在微风里绽放。我只是遇见了南疆，遇见了一片故乡般的土地，在向着夏天的深处迁徙的时候，一片枣园上空的夕阳，被我一个人怀揣了多年的秘密给撞见了。

我只是来到了一片逆光的枣园，在它无限的明媚和寂静背后，在黄昏里的祈祷里，停下了自己的脚步。

寻杏记

正是麦黄时节，晚饭后走在一片片泛黄的麦浪中间，大地经过了一整天的太阳暴晒，到了这个时候，正是热气从地里往外升腾的时候，微风之下，麦浪翻卷着的，是这些大地的温热气息里席卷而来的阵阵麦香。我说不清楚，这些混合着野草、果木和粮食气息的麦浪里，到底是哪一种植物的味道充斥着这片黄昏的土地。

村里的杏子熟了，这是我期待已久的事。就像前一阵子桑葚的季节里，我们曾经有过的欢欣和鼓舞一样，每一种果蔬到来的时节，都使我在这些遥远的夏天里，心神摇荡。至今走在村子的土巷里，触手可及的桑葚，仍是让我看上去唇齿流蜜。我知道这些尘土飞扬的巷子深处，哪一家的院子里，桑葚和杏子是丰盈的。因为从春天里开始，我就在这些泥墙土巷里穿梭来往，许多人家的孩子都会冲着我喊“亚克西”！

还在采食桑葚的时节，我就曾经盘算过，我说老十连艾则孜家院子里的那几棵杏树，一定不要错过了。春天里我们走访的时候，那一院子的杏花，远远地飘过来，就已经迷了路人的眼目。几个月过去了，我们不知道在何处忙碌着的时候，这一院子红杏，已经飘然而过了。前天傍晚，我和小罗散步往老十连的方向走，说前面院子里的杏子应该熟了，小罗也说，早就熟了吧，我们过去看看。

站在路口的桥头上，就可以望见那几棵杏树了。春天里枯干的篱笆上，已经爬满了绿色的藤蔓，密密实实的望过去，已经很难看得清楚，哪是篱笆墙的颜色，哪是杏树青葱的枝叶了。我有些失望，枝叶浓密，怎么不见熟透的杏子呢？走近了，才见树梢上还有些星星点点的火红色的杏子，在一树繁茂的枝叶间飘摇着。我有些惊讶地问小罗，怎么几天的工夫，这一树杏子就没了？小罗说一点也不奇怪，这是早熟的杏子，十天半月前就已经被采摘完了，前些天在巴扎里卖的就是这种杏子。再往里走，果然见到的一些院子里，几树红杏挑在枝头，零落而刺眼。

小罗说，不急，这个季节的杏子有好几拨。我是有些急的，虽然我不是一个贪婪于果色的人，向往已久的南疆腹地，果树上的每一个季节，于我都是一个盛大的节日，错过了的，将永远都不会再来了。遂商定，明天一早就到村子里寻找杏树人家。

第二天，我们约了连队的政工员小崔，三个人离开连部往村子里走。我们对于这个村子里的杏树，都有一处共同的记忆和方向——村子西南角的九号地方向。我们首先遇到的是一些桑树，一棵桑树下散落着一地的新鲜羊粪，两只鸡也悠闲地在树底下散步，并不时叨食着坠落在羊粪蛋蛋间的黑紫色桑葚。这是一棵老年的桑树，枝干坚硬地挺举着一些阔大的桑叶和数量可观的黑色桑葚。近前，顺手扯过一根老枝，采下一枚透亮的紫色桑葚，不用咀嚼，黑紫色的汁液在唇齿间漫漶开来，手指间也被这些甜蜜的紫色涂抹着。

另一些桑树的枝头上，不知道是树龄小还是别的缘故，结出的全是白色的桑葚，而口感却要比那棵老桑树上的紫黑色桑葚要好得多。这些看上去尚显幼小的桑树，生长在一条水渠的两边，盛夏炎炎，遍地灼热的黄土上，一渠清水在桑葚树间缓缓流过，这多少让人有些不舍。接下来，还不能在这些偶遇的桑树上浪费太多的时间，所有人的心思，都在另一些杏树的枝头上悬着呢。

其实早在一个多月前，我们就曾经造访过这几棵杏树。诗人孔维冰从乌鲁木齐出差阿克苏，顺便来连队看我。他提出的唯一要求就是希望我带他到老乡家里去做客。我没有答应这个倔强诗人的要求，我怕他冒冒失失地到老乡家里，惹得大家都不开心。我和六连工作组的青年诗人杨钊等人，带着他在九号地里转了一圈，然后来到这几棵缀满了青涩果实的杏树下，望青杏而酸水横流。

老孔走的这些日子里，我也总在盘算着，杏子应该到了黄熟的季节了。拐过了一条砂石路，几棵盘根错节的老杏树，已经被一枝枝硕大的杏子镶嵌得金碧辉煌了，那些被一串串杏子压弯了腰的枝条，一下子点亮了所有人的眼睛。

跨过一条小水渠，仿佛一步就跳到了杏树下面。原来，这些庞大的枝叶是从一道篱笆院里伸展出来的。我们透过茂密的枝叶和篱笆院子的主人打着招呼，老人家顺着篱笆墙伸出手来，一番问候之后，他翻过篱笆，领着我们从一棵杏树摘到另一棵杏树上，用他粗糙的大手，用力扯着一根树枝，招呼大家前来采杏。这是老人家的杏园子，也是他在这个季节里的坦诚和荣耀。只是，满目黄杏灿然，我们也只能适可而止，不能贪得无厌。最后，在老人家的再三挽留下，我们几乎是仓皇逃出了杏园。

重新回到土路上，正欲往回返的时候，被一老一少两个维吾尔族妇女拦住了去路，她们嘴里说的什么我一句都没有听懂，从她们的手势里，我们大概明白是邀请我们去她们家的院子吃杏子。大体上，我能够知道这样的时刻是不能拒绝的，因为在这里拒绝一个人的邀请会被认为是“看不起”人家。但是在这老少两位妇女之间，我们只能选择一家。最后，我们选择了那位年长的维吾尔族老人，而向另一位年轻的维吾尔族妇女表示了歉意。当她明白了我们的选择之后，脸色一下子沉了下来，有些伤心地扭过脸，头也不回地径直走了。

而另一位老人，抱歉，我们都没有来得及问清她老人家的名字。她的脾气看起来有些耿直，不容分说地就带着我们往她家的院子走去。途中，她指着走在我旁边的连队政工员崔广亮，对着我一连串地说了很多话，我没有听懂，也来不及回应。好像一下子惹恼了老人家。最后，还是略懂维吾尔语的小罗说，她问小崔是不是你家的巴郎子？这一下我和小崔都明白了，小崔有点儿不知所措，又不知道该怎样回答老人。我趁机占下了这个便宜，连忙对着老人指着小崔说，对对对，这是我家的巴郎子！老人这才如释重负，倔强地收住了脸上的怒气。

这时我看见小崔一脸的无辜和无奈。虽然他在连队里一直叫我郁老，但一下子让他当一回我的“巴郎子”，他多少还是有些委屈的。我转过头，笑着安慰小崔说，也差不多，你这年龄做我的“巴郎子”条件够了。其实这些安慰小崔的话，大多是来自我对这个小伙子的调侃，谁也不知道我心里那个美呀，凭空里又多了一个“巴郎子”。我只能在心里说，对不起了小崔，你就凑合着委屈一会儿吧。

进了老人的家,她留着长长白胡子的老伴正坐在长廊下的床榻上乘凉。问候了老人,他用手指着旁边的一个小侧门,用生硬的汉语说,去,去吃!这才是一座真正的杏园子,我平生里也是头一遭遇见这么大的一座杏园。问题是你遇见的满园子丰硕的果实。几乎看不见树叶,一根根枝条上整齐地排列着金黄的杏子。杏子已经吃不下了,剩下的时间只能用来赏杏。这时两个老人看我们只是在园子里来回穿梭,并不怎么动手摘杏子,心里有些急了,过来拉着小崔的手走到一棵杏树前,比画着说,吃,吃!

我站在一边,看着这个新近荣升的“巴郎子”,忍不住笑出了声来。

夜雨南疆

夜雨袭来的那一刻，我刚刚从一场睡梦中醒来。那是一阵什么样的声音呢，在夜色中，你看不见的一些脚步，纷乱而急促，那阵势是要赶一场天地间的约会。我躺在一张睡意蒙眬的床上，睁不开眼睛，零星的雨点，不知是从睡梦里飘来，还是从一扇打开的窗子里，溅落下来？我揉了揉惺忪的睡眼，趴在床上，看窗外黑压压的雨声里，竟喘不上一口气来。

来南疆之后，我睡眠愈发得早，经受不住这些风沙和时空的颠倒，当大片的深夜还没有降临的时候，我已经酣然入梦了。所以多数时候的夜间动静，我是听不见的。常常第二天醒来后，听他们描述夜晚的“往事”，我都会觉得那是别人的事情，我的睡眠中一片安静，偶有一些故人旧梦，这些无垠的夜晚里，持续着一些风沙和干旱的旧貌。

南疆的雨，像她的远天阔地一样，来得急促，走得匆忙。一阵子

紧锣密鼓，转眼间就悄无声息了。这些雨在夜色里潜来的时候，好多人的睡梦中，飘不进一滴雨水来。所以就像这些土地在四季里的干渴一样，南疆人的一生里，都在等待着一场雨水的浇灌。我是渴望着这样一些雨水降临的，从春天里的一场又一场风沙开始，我们多么需要一场透彻的雨水，来打扫一个季节的后院。

进入夏天以后，“雨水”似乎也多起来了。当然我在这里所说的“雨水”，是需要打上引号的，因为它的短暂和游移不定。但是今年以来，从春天里开始，我已经不是第一次感受到雨水飘落的喜悦了。我曾经问过身边的人，不是说南疆不下雨吗？有人回答，没有人说过南疆不下雨的。但是像今年这样隔三岔五地来一场雨，还是比较少见的吧。

但是，我见到和经历的这些雨，总是小，或者少得可怜。往往，不知道哪里飘来的一片云彩，你也不会得到任何暗示，一场雨，三两分钟就完事了。脚底下的浮土里，你还找不见那些雨点的下落。规模稍大一点儿的雨，地面上湿了，庄稼和树叶子上也留下了一些天外的“泥沙”。雨水很快干掉了，但是这些“泥沙”还来不及撤退，她们大多保持着一滴雨水的痕迹，以一滴雨又一滴雨水的形式存在着，象征着一滴雨水还没有走远的灵魂。

和那些风中的尘沙不一样，这些雨水中一同降临的沙，是礼貌而谦和的，它们迥异于一场风在大地上的裹挟，搅得一时间周天寒彻，甚至一场沙尘暴里，走失的羊群和破败的屋顶，摧毁的，是大地的生长和万物的面貌。而一场雨，在我们潮湿的内心里，总是会打开一道温柔的缺口，它通向我们干渴至极的心灵绿洲，漫长的荒野，广阔的焦土，在南疆的天空下，这些在雨水中一同到来的沙，才是沙中之君子。

而夜里的一场雨,总是这样悄无声息。就像一场盛大的仪式在黑暗中进行着,无人喝彩。我艰难地睁开了眼睛,却移不动依旧睡眠的身体,我停留在一场梦和雨水的边缘,索性躺下来,闭上眼睛,聆听一场雨水在深夜里的行走,聆听一场雨,从我的身边经过,从我身边的村庄、房屋、庄稼和果园里经过。此刻,我紧闭的眼睛里,满是大地的泪痕。我知道一个夜晚的雨,在梦一样的南疆里,正无处躲藏,它们蜿蜒而下,大地广阔的内心里,只剩下了一场雨。

有谁曾经说过,雨是我们最好的乡愁。一场雨水离得我这么近,而故乡却是远的。记不清,有多少雨声里的纷乱和喧哗,那些故乡般的泥泞里,只剩下了一片潮湿的记忆。我们总是难以抽身而出,面对记忆的泥淖,雨水漫漶的那些遥远往事,只是我此刻的雨声里,另一些虚幻的平原上,早已经模糊一片。雨水溢出了这些寂静的夜晚,多么盛大的欢宴,只需要一眨眼的工夫,便戛然而止了。

夜晚的雨,总是来去匆匆。等不到天亮,大地上已经没有了这些雨水和泥沙的影子,树梢上的鸟鸣,像是被雨水洗过了的歌唱,一万只小嘴巴,在麻雀的树丛间跳跃和欢呼,它们小声地喧哗,越过了这个夜晚所有的黑暗,和黑暗中到来过的一场雨水。

我无法确认这个夜晚,雨水在我的睡梦中,是否真正地到来过?借着一盏灯光,我只是看见了自己的一扇窗,雨水敲打的那些夜色里,奔跑着的脚步声。似乎已经走的够远了,我望不见一滴水,在深夜里的停留,我需要在一张遥远的床榻上,铭记一场雨,一场来自南疆夜晚的雨。似乎不需要怀念,也早已经过了在雨水里伤感的季节,我们只是这一场夜雨的过客。

我说的是南疆,是皮恰克松地这样的小地方,一场雨,总是令人感动的。在茫茫夜色的深处,鸟声寥落,或者人迹罕至,一滴雨水叩响了大地的脚步，那些陈旧的柴门，荒芜的土院里，一只惶恐不安的羊从羊圈里探出头，不知道院子里发生了什么，它只是有些惊恐，这些急促间到来的声音和雨水，使它再一次嗅到了青草的气息。一只鸡谨慎地抬起头来，它没有办法让这些雨水在翅膀上降落，它只是谨慎地走了几小步，若有所思地回到了自己的鸡窝里，就像这个夜晚什么都没有发生一样。

这是遥远南疆的，一个村庄的尘土和雨水之梦。在所有的庄稼还没有伸展开枝叶之前，我有幸在她的夜晚里，和一场悄然的雨水，一起来过。

我遇见过的一场雨，和我闭上眼睛，聆听到的脚步声。

新鲜的馕

热合曼·卡德尔的馕坑，更准确地说应该是馕铺子，就在老十连通往“白房子”的柏油路上。和那些偏街背巷的土房子不同，他家门前的这条马路，虽然算不上是一条交通要道，但在连队里，热合曼·卡德尔家门前的这条马路，在整个连队穿街而过，许多人家的商店和瓜铺子也都开在这条街上，算得上是一条“商业街”了。其实，热合曼·卡德尔的这个小门面我们并不陌生。我们在村子里走访、散步时，多次在他的这个馕铺子前走过。我还曾经好奇地问过，这么冷清的一个馕铺子，怎么既见不到顾客，也见不到主人？住在连队的这些日子里，我从来没有看见过这个馕铺子真正的开过张。直到有一天，小罗回来跟我说，连队有一家打馕的老乡，我跟他说好了，我们用面粉跟他换，就不用去巴扎上买馕了。

我当时也是半信半疑，权当是小罗随口说说而已。我们工作组四个人，平时吃米饭居多，有时早晨会在团部买些馒头回来，早餐喝点稀饭或者玉米糊糊，一般也就打发过去了。好几次说到买些馕回来吃，种种原因，一次次错过了。我们的生活，也总是随着季节的变化而变得越来越缺乏条理了，甚至有时候会显得杂乱无章。连里经常停水，天气也热了，炒菜做饭就成了问题。这时，每每说到馕，就会有一种无法抑制的食欲和冲动。

有一次，我们在连队村子里查访，刚好路过一家人的馕坑，不知道他们家的馕打了多少，那些香喷喷的馕，离开了馕坑有多么久了，只是闻到那一股子只有热馕才能发出来的面食的香气。有人说，嗯，打馕了，新鲜的馕，香极了。似乎，我比他们闻到的馕香要更早一些，因为我最先看见了那个还没有完全熄火的馕坑，在一户人家的院子里，像一口无底的大锅，静静地卧在那里，而整个院子的馕香，也就是从那一口“无底的大锅”里散发出来的。如同一个馕，可以存放很长的时间一样，一个新鲜馕的香气，从一户人家的院子里飘出来，飘满了一条巷子和半个村子。常常，我们在村子里走过，也就是在这些新馕的香气中萦绕和徘徊，有好多次，我都想一脚踏进散发着馕香的院子里去，一寻馕香的源头。

也曾经，做客在老乡家的土炕上，最必不可少的就是每个人跟前的一盘子馕。但是，那些馕是家里存放的，而不是新打出来的鲜馕。你用手掰开，撕着吃，或者直接泡进茶水里，那绵软或者坚硬的面食的香气，会一点点地从你的味觉里返出来，而不是像新馕那样，那些热烈的馕香会扑面而来。它们像是一些冷面的美人，这些冷却下来的馕，只是远处地供你欣赏，而不会像你的爱人一样，直接扑到你的怀里来。

村子里老乡的馕，都是每家每户自己打的，它们来自不同的馕坑，也出自不同人的手，然后它们被一家人储存、包裹，打发一日三餐,或者被用来送礼和招待客人。馕在南疆,在无数个维吾尔族人的村庄里,是最普遍的食物,也是最为尊贵的象征。它维持了维吾尔族人家里最基本的生活,也传递着维吾尔族人对于土地最为朴素的信仰。

和我在乌鲁木齐大街上见到的馕铺子不同,这里的馕坑看上去大都很不起眼,在院子的一角,或者在低矮的院墙外面,和那些城里的大馕坑相比,又矮又小,张着黑黑的小洞口,多数时候,蹲守在无人理睬的生活的一角。哦,对了,这里烤馕用的是木头,胡杨、红柳的树根和它们粗壮的枝干,或者它们缭乱的枝条。这些年胡杨林被保护起来了,老乡们用的大多是果园里砍伐下来的树枝,桃树、杏树,梨树,还有核桃的枝干,它们单独或者结伴完成了一次次烘烤,而酥软的鲜馕,也一次次完成了由面粉和面食的裂变。焦黄的馕,酥软的馕,或者在时间里,慢慢冷却而变得坚硬无比的馕,正是由于一次次木柴的断裂和燃烧,而完成了自己。

在来八连之前,我吃过的馕,大多是在街上和路边买来的。来到连队以后,去老乡家里做客,吃过不同人家和不同"版本"的馕。特别是品尝那些已经没有了温度,但是依然绵软的馕时,慢慢地嚼在嘴里,就会咀嚼出老家"烧饼"的味道来。在我有限的老家记忆里,那一张张圆圆的烧饼,和我们今天手里的馕在形制上并无二致,甚至口感。我没有考证过这些来自西域的馕和中原的烧饼,它们之间的关系和渊源。我只是知道,漫长的时光里,馕在西域之新疆,是作为"胡饼"被历史记载的。而一张"烧饼"的浓郁面香,现在也只是在我的记忆里存放着。置身在南疆腹地的皮恰克松地,我的味觉和嗅觉里,全是这些形状各异的馕。

热合曼·卡德尔的馕坑就在自己的家门口,一张桌子上整齐地码放着小个头的圆馕。他七岁的小巴郎子绕着桌子跑来跑去，并学着热合曼·卡德尔的样子，不停地踮起脚尖，用小手摆弄着躺在桌子上的馕。这些刚刚从馕坑里被挑出来的馕，已经变得很规矩了，它们那样小心和整齐地排着队，等待这父子两个人的检阅和敲打。不一会，邻居家的一个小巴郎子，自己在桌子上捡了五个馕，在桌子里的另一角，放下了十元钱。两元钱一个的小圆馕，热合曼·卡德尔说他一天能卖上一百元左右，刚刚够一家人的开支。三十九岁的热合曼·卡德尔家里还有十二只羊，十三亩地，种了四亩地的甜瓜，等到甜瓜下来的时候，他的馕铺子前面的两张床一样长的桌子上，会同时卖瓜。

个头矮小的热合曼·卡德尔说起这些来不紧不慢，一点也不着急。他的生活在连队里算是温饱有余，富裕不足的人家。他对自己的生活倒是非常满意，除了打馕卖馕，热合曼·卡德尔还有足够多的时间去连部的篮球场上，看年轻人们打球和喧荒。如果有比赛，他也会不失时机地煮上一筐子鸡蛋拿到球场上卖。而家里的羊和地里的活，都是他的洋缸子在打理。

热合曼·卡德尔对生活的态度，让我羡慕又让我疑惑。贫穷，或者安于贫穷的生活，如果不是迫不得已，而只是生活的选择的话，我不知道应该向他们表示向往还是同情？曾经何时，我的生活里满是饥荒，那是一些被追逐着的贫困和艰难岁月，但那个时候，我所能向往的生活，就应该是像今天的热合曼·卡德尔一样，有足够多的食物，就已经令我满足了。在渴望改变的命运和逼仄的现实处境之间，在我曾经的生活里没有选择。

我们用一袋子面粉和热合曼·卡德尔达成的交易就是换他的六十个小圆馕，分三次取回，每次只领走二十个馕，吃完了再取。没有想到的是，他的馕还没有打完，热合曼·卡德尔就打发人骑着摩托车来和我们打招呼了，让我们去取馕。小罗骑着电动车拿着面粉袋子去了，回来的时候说，热合曼·卡德尔达又另外送了六个花馕。打开袋子，一股子热气直冲上来，滚烫的馕，散发着奇异的面香，忍不住用手掰了一块放进嘴里，噗噜噗噜地翻卷着舌头咽下去了，来不及咀嚼，也来不及品味，滚烫的吞咽间，有一股子发酵后绵长的面食的清香在舌头和牙齿间流连。

我不得不放弃了对更多食物的考究，我选择了这些新鲜的馕，在我的餐桌上，以主食的身份来分享生活的美味。

卷十　鸟声一片≫

乌拉斯台散记

秋天更适合一次远行，何况深秋。久居新疆，身心里都被那些阔大的物事充塞着，在城里待得久了，便有一种被圈禁的感觉，所以任何一次野外的出行，都会使我兴奋异常。去乌拉斯台亦然。距离乌鲁木齐四百多公里之外的乌拉斯台，在奇台县境内，地处中蒙边境，除了口岸下面的北塔山牧场，大部分区域属于边境禁区，人迹罕至，广袤的草场和深山沟壑间，自然多了些野旷和冷寂的味道。

昌吉州《回族文学》和州外事部门组织的这次作家采风团，规模小，也十分低调，像一只潜伏游走在边境地带的小分队。三天时间，“小分队”深居简出，牧秋风而登高，眺望山河绵延，一览众山小；入深谷浅滩，涉清溪浊流，越深秋密林。有道是：边关秋深处，浑然已世外。

北塔山夜话

乌拉斯台是遥远的。多少年来，像北塔山和乌拉斯台，在我的心里一直是一个巨大的谜团。寄居新疆三十多年，去过许多偏僻和遥远的地方，偏偏乌拉斯台和她所依傍的北塔山，一直没有机会来过。同行之光老，在新疆生活了五十多年，闲谈间他也说自己没有到过北塔山和乌拉斯台。此一行，竟也是为了却一桩多年的心愿。从“中国第三大城市——奇台县城”（据说，这是自豪的奇台人对自己这座“古老城市”的“准确”定位。有人问，那剩下的两座大城市是哪里？我得到的答案分别是北京和上海！这也是我们在奇台县城午饭的时候，一位老奇台人给我们讲的一个小笑话。）出发，去往乌拉斯台的路，其实没有我们想象的那样艰难，一路上柏油马路，车上放着时断时续的草原歌曲，歌曲自然是如泣如诉，而我的心思却全在车窗外边，那些一掠而过的荒凉和枯败，风沙弥漫的秋阳深处，这些流落的风景，俨然我失散的乡愁，在混沌和茫然的心绪间，我知道自己是适宜在这些荒凉和辽阔间生长的另一些植物。

穿过蜿蜒的北塔山牧场，乌拉斯台陈旧如20世纪的面貌，落寞地在那里等着我们了。的确也是如此，乌拉斯台口岸的这一溜平房，大抵是建于20世纪的七八十年代的老旧建筑，房顶和院子里的荒草，展示了最为原始和自然的生存景象。只是房顶的门楣上，“乌拉斯台口岸”下面的那一枚国徽，不曾退却的颜色里，刻印着一个国家和民族的尊严。多么荒远的国土上，总有一些坚守着荒凉和孤寂的人们。据说,乌拉斯台方圆好几百公里的土地上,加上下面牧场的哈萨克族牧民,常驻居民不会超过一千人。而口岸这边,更是人烟稀少,加上正在施工的甘肃民工,总人口也不会超过三十个人吧。有一条街,其实只是一条通关的马路,马路两边是一些破败和荒弃的房子。我们心生疑虑,外事办的沙主任解释说,口岸最繁盛的时期,大概在20世纪90年代,那个时候,中蒙两国的边贸生意做得红火,都是一些最原始的易货贸易。那边的羊绒,这边的生活日用品,每天都有上千人的聚集和交易,以致形成了“浙江一条街”。那边的一斤羊绒要二三万元,而我们这边的一瓶啤酒也要一百块,所以内地的很多商贩云集,也带动了附近的牧民们支起毡房,做起住宿和接待的生意。马路两边的山坡上到处都可以看到牧民们的毡房,而现在马路两边这些废弃的房子,就是那个时候建起来的。果不其然,在口岸斜对面的马路边上,有一栋很气派的房子,门头上的称谓是“北塔山贸易公司”。而现在里面住着的正是那些来自甘肃天水的建筑工人,他们正在为另一座新的口岸大楼忙活着。

想来,那个时候的盛况早已经不复存在了。问其原因,答案是两国政策的调整和经济形势的变化。这样的问题过于宏观,也不便于深究。我关心的是,还有没有留在口岸上的人呢?有,有一家开商店的!这使一行人不禁喜出望外。想一想,荒凉至极的地方,人就变得重要和珍贵了。晚饭后,我们沿着马路往回返,先是拜访那一家“贸易公司”。有人出门没有带洗漱用品,没有想到这里的集体宿舍里什么都没有,想买一只牙刷。可是“贸易公司的女老总”只顾埋首于一只红色的洗衣盆里,仿佛没有听懂众人的问候。往其身后望去,屋子里凌乱的床铺上,满是起床后没有收拾的棉被和衣物。原来,这位埋首洗衣的“女老总”,早已经不知道门头上的贸易为何物,她只是施工队从甘肃老家带来做饭的一位村妇。

再往前走,有一片开阔的河谷,秋草枯黄,几道似有若无的铁丝网,看来也是当年繁盛时期留下的“遗物”,走到近前,一块牌子上写着“索尔巴斯陶”,问何意?同行作家刘河山答曰:碱水沟的意思。有人提出质疑,但理由不甚了了。我宁愿相信河山的解释,因为,作为《昌吉日报》的“名记”,刘河山不止一次地来过这里,他比此行的任何一位作家都更有发言权。我们在草滩上漫无目的地走着,山地的夕阳也变得绚烂起来。越过一道铁丝网,有一间人字形的小木屋吸引了众人的目光。看样子木屋早已经废弃,几只野鸽子在屋顶上盘旋,忍不住好奇心,大家都想知道这间破败的小木屋里到底住着怎样的一家人呢?转来转去,竟然找不到小屋的门,原来,这是一间仿照古树建筑的房子,一扇小门完全保持了几棵大树的样子,斑驳的树皮,深深地嵌在整栋房子的纹理间,不走近细瞧,根本看不见机关所在。还是光老经验丰富,他老人家一眼就看出来破绽,高声一呼,众人接应,大家犹如探宝找到了洞口,兴奋异常。谁知光老一脚探门而入,却是接连后退了好几步远。紧接着,一股子浓烈的霉变气息喷涌而出,紧随其后的是一群鸽子惊恐而愤怒地扑闪着幽暗的翅膀,冲向了远处的山头。待鸽子飞走以后,大家稍定气息,一个个小心翼翼地走进了这间低矮的小木屋,里面却是别有洞天——吧台,沙发,茶几,铁皮炉子一应俱全,只是东倒西歪,厚厚的灰尘,一张餐桌上还堆着一层鸽子粪。有几只没有来得及飞出去的鸽子,正慌忙地往墙缝里钻。想一想小木屋的主人撤退的时候,该有多么匆忙,甚至连那些最便于携带的餐具都没有带走。还有,这荒山野岭的边境地带,哪里来的这些野鸽子呢,是不是主人临走的时候,没有来得及带走的一只或者一群呢?繁华如浮云散去,往事也已经尘埃落定，只剩下了这一群独自繁衍生息的鸽子们，为它们匆忙离去的主人照看着这一间孤独的小木屋。

这时，有人依然惦记着找商店的事。返回途中，大家仔细查看着每一间房子，因为大多数路边的房子里都是空着的，连一个问寻的人都找不到，到哪里去找一间商店呢。有人在墙上发现了两个字——“高店”下面还有一个拐弯的箭头，有点晕。按说应该是“商店”，可是人家硬是省去了下面的那两个笔画，真真切切地两个字：“高店”。大家忍俊不禁，还是按照箭头所指的方向寻将过去，在一排废弃房屋的中间，果然一个门洞里有些光亮，隔着玻璃往里看，一排货架上倒是“琳琅满目”，只是门窗紧闭，不见人影。

回去就餐，免不了又要喝一些酒的。我有些为难，说自己血糖太高，喝不成了，光老就一脸生气的样子，训斥着说，这荒天野地的，好不容易出来一回，这么长的夜，不喝一点，你这是要做些啥子？紧接着，惠老也跟着开骂，出都出来了，还在这里装什么铅笔，难道你是铅笔盒不成？哦，我忘记交代了，光老和惠老，都是我们这一行德高望重的前辈作家，乌鲁木齐来了三个人，除去这两个老人家，就是我了，我也就跟着他们沾了点光，遂自称“鸟市三老”之一，光、惠二老虽不屑一顾，但也碍于情面，以三老称之，倒也其乐融融。本来我也是有点酒瘾的，只是医生和家人都叮嘱过，少喝或者不喝为好，我也谨慎着呢，但是，经这“二老”一蹶一骂的，我也就没有了再坚持的理由，心里想着，还不如顺坡下驴，送个顺水人情，喝上两杯小酒，自己心里倒也是舒坦着的。遂开喝。三老带头，兼有河山兄弟助阵，女作家秀娟也不怯场，招呼大家前来的王勇主编本是要总量控制，怎奈何酒已开喝，箭已离弦，君子出口，驷马难追了。倒是酒桌上掉了队的青年作家王旭，先是看望了一位朋友，在那里小喝了几杯，赶过来时，大家嚷嚷着叫他补酒，结果这家伙一杯酒下去，就趴在桌子上了。

王旭趴在酒桌上睡觉的时候，大家的酒也差不多了。收拾残局，回屋睡觉。有幸和光、惠二老同居一室。这两个老哥们是当年知青插队时的老同学，一见这三个人一间的“样板间”，登时兴奋地不得了，说是又回到了知青下乡的那个年代。他们两个靠近窗户隔着一张桌子两张床，我在门后的一张床上安排妥当，往炉子里加了些大块的无烟煤，就等着安歇起来。不料我的这一张靠近门口的床铺凹凸不平，稍一翻身，就听见床底下稀里哗啦，我下床翻看，床底下的床挡，竟然都是断了好几截的，底下用两个方凳子勉强撑着床板，床板竟也是零散的木片，甚至还有一块压扁的纸箱子。幸好两位老人家的床板都是好的，二位很快就酣然入梦了。我这边床不老实，也不敢大动作翻身，身体里就有了一些“憋屈”，虽然总是小心翼翼，稍一翻身，身子底下就会响声一串，加上路途劳累和酒精的缘故，一夜雷动，响声不绝。半夜，光老终于忍不住了，连声抗议，说这是搞什么人身迫害，我不停地陪着不是，解释说这也是“天灾人祸”，不可抗拒的自然灾害啊。光老无奈，唉声叹气了一夜。

我还在庆幸，惠老耳背，没有被我这不良的声音所打扰了好梦。谁知，第二天早晨起床，惠老对着赵老就是一通抱怨，说什么一夜就听见你放屁了，你老婆怎么受得了你！闻听此言，光老立时傻了眼，无以辩驳，只是看着我无奈地笑着说，这么个聋子，竟将这等罪名安插在我的身上，殊不知我这一夜受得“熏陶”之苦，“雷震”之灾！我听闻了二老的对话，心里面暗自幸灾乐祸了好一阵子，又不好当着光老的面，把这一份“荣光”和“功劳”全都抢了过来，便只好安慰着光老说，“天灾人祸”，“天灾人祸”呀。

再说我的床铺之灾。第二天晚上，善良的光老和惠老张罗着要请人给我换一张床。实际上我知道，他们是想自己夜里也好睡个安稳觉。我连忙谢过，说，就这两晚上，这么简陋的地方哪里让人家去弄一张床来呢？我小时在乡下睡草窝子都行，这么点困难我能克服。两位前辈见我这等隐忍，又有如此吃苦耐劳的精神，就也不再坚持了。只是这等荒寒之地，我这硕大肥壮的身躯，在几片碎床板和两个方凳子的支撑下，定然是要受一些苦的。我的身体虽然是不够轻盈，可是那破碎的床板也是真的不争气，终于在我一次睡梦中的翻身动作里，稀里哗啦地碎了一地，我只当是悬崖坠落，棉被加身，来了云梦中的一次软着陆而已。可怜睡梦中的两个前辈，被这惊天霹雷嘁哩喀喳地响动给吓了半死不说，黑暗中，竟依然听到那熟悉的声音。我只是翻身睡去了。后来，两位老人家见我把一张床睡成了这般模样，也甚是无奈。大抵是他们听信了我那句"天灾人祸"的胡话，任是由他去吧。

两棵树，一群马

登上乌拉斯台口岸对面的黑山头，沿着碎裂的焦土和山石而上，便可以依次见到一些废弃的坑道和防御阵地。有人说，这里曾经是蒙元时期的军事要塞，我不以为然，至少从眼前的这些军事设施上判断，虽然荒废经年，但从其瞭望洞或者"枪口"处，我看到了水泥灌注的痕迹。回来查了一下资料，1947年，北塔山地区爆发过一次小规模的边界战争，北塔山成为军事防线，而乌拉斯台作为北塔山的防御前线，这些沉睡在中蒙边境地带的防御工事，应该是那个时代留下的遗迹吧。想一想人们要靠肩扛马驮的那个时代，水，粮食，纷繁的战事和孤绝的守望，似乎一切都还没有走远。时光流散，这些坚硬的痕迹还在，苍茫和辽远的山谷还在，漫无边际的荒芜，依然在这个秋日的午后，弥散开来。

我首先看到的是两棵在山谷里，顶着金黄树冠的杨树，或者，我不能确定这两棵树到底是杨树还是榆树。因为在蒙古语里，乌拉斯台就是白杨生长的地方，我们姑且叫它们杨树吧。是的，此时此刻，我是多么欣喜地发现了这两棵和谷地的荒草几乎是同一个颜色的树呢？这几天来，我们去过界碑，爬过哨所，站在高坡上眺望，连同对面的蒙古国境内，山丘低伏，秋草枯黄，视野里却很难发现一棵树的影子。正如人类的生存如此艰难一样，一棵树，要在这样酷寒和风沙的高原上存活下来，同样显得不可思议。

我匆忙放弃了继续往另一座更高的山顶上去寻找防御工事的努力，径直地走下山来，义无反顾。我向着谷底的那两棵树走去，那两棵金黄的树冠上闪烁着这个下午秋阳的魅惑，它们像极了两顶黄金的桂冠，任这世界的喧嚣和繁杂，时间过去了多久，两棵树，以一种寂静和秘密的方式，照亮了整个秋天的山谷。

秋草枯黄的季节，任是疯长着的，无人收割。那些齐腰深的茅草，在两棵树冠的照耀下，也都弥漫着这个午后的饱满和温暖。阳光，是从哪一个方向照过来的呢？我已经无从判断。我举着手机，从不同的角度拍下这两棵孤独而倔强的树。等我走到跟前，发现这两棵树并不高，树冠刚好超过了我的头顶，主干最粗处也不会超过15厘米，之所以这么显眼，大概是因为两边的荒山和这一片开阔的谷地上，除了胡乱生长的荒草，再也没有比它更“高大”的身躯和更为俊美的生命了。

是的,山谷里的这两棵树是如此俊美。在秋天即将远去的季节,在中蒙边境人迹罕至的这一条无名峡谷里,两棵树站在彼此可以遥望的距离,它们相互鼓励着对方,缓慢而又寂寞地等待着一些时光的消散。

如果时间只是一些流云,大多数时候,我们不知道它们都去了哪里。当我站在两棵树下,静静地遥望着山谷的时候,忽然,奇迹出现了。我用力地揉了一下眼睛,以确定我眼睛里的这一群马,不是来自于一片虚幻的天空。天空是湛蓝的,风轻云淡。似乎是从山谷的尽头,一群数量不详的马缓慢地向我站立的方向移动过来了。那些时而埋头吃草,时而举首遥望或者发呆的马群,正在一点点地向我走来。说不清是惊喜还是恐惧,我回头看了看身后山坡上那些攀登军事碉堡的同伴,可是此刻,他们的身影一个都找不见了。

我陷身于一片阔大的山谷,即将与一群毫无缘由的马,遭遇了。我的后背有些发凉,谷地的荒草上,山风吹过,竟也有一些诡异的波浪起伏。而马群移动过来的速度,远远超过了我的预估。它们像是一小股迅猛而至的潮水,或许只是一个瞬间吧,一下子就要来到我的眼前了,我还在发愣的时候,先头的几匹马,就已经在距我和这两棵树几米远的地方停下来,我也连忙拿出手机准备拍照,后面的马群已经拥到了跟前,齐整整的一队马群,立时和这个莫名其妙的人展开了对视。可能是我手机拍照的声音抑或是我鲁莽的动作,惊扰了这一队游走在山谷里的马群,它们只是稍作停留,一匹头马,扭头便返回去了。我有一些后悔,也有些着急,连忙追着拍了几张照片,马群已经冲上了另一面山坡。

想来这是一支规模不小的家族。头马健硕,行动敏捷,幼马被错落地围在马群的中间，一些成年的马，警惕地不时回头张望着。我只是怀着巨大的惊喜，小心地尾随并目送着这个庞大家族的离去。此时的秋阳已经开始西斜，我只能远远地望着马群顺着山坡上的一道哑口缓缓地消失。我想，本来这支马群是要从我眼前的山谷里经过的，只是由于我的出现使得它们受到了惊扰，不得不返回了。可是他们又没有原路返回，只是斜刺里进了另一道哑口，而我真的不知道他们要到哪里去呢？

我悻悻地往回走，拄着一根手杖，在山谷外面的一块石头上坐定喘息。再一次惊喜地发现，是在不经意间的一回头看见的。我只是无意间地回头看了一眼山谷外面的天空，却看见了那一群马，正从山谷外面的哑口里鱼贯而出。经验告诉我，这一次不要轻举妄动了。我只是坐在石头上，静静地看着马群从我远处的山石间走过，我甚至屏住了呼吸，看着这一大家子马的家族，到底要去哪里？我设想，这可能是山下牧民家的马群，晚上要回家了吧。我看着马群在乱石间穿行，也没有吃草的心思了，是不是我刚才的干扰和惊吓的缘故呢？

我一直这样目送着马群，看它们到底要到哪里去。马群没有理会，或者压根就没有发现我的存在，它们径直去了山谷外面不远处的草滩上，那一汪看上去面积并不大的水塘，然后便一下子乱了阵脚，有的埋头喝水，有的甩头摇尾，水花四溅，有的马儿也不顾这晚秋的寒凉，竟然整个身子扑到水里，打滚嘶鸣起来，一身泥水在夕光的照射下，泥水淋淋。而更大的光影在一片水塘和马群间散落着，那些金黄中有些泛红的巨大光晕，铺展在一片深秋的草滩上，马群的嬉戏和欢腾时光里，高挂云天的夕阳，无遮无拦，作了这个瞬间最好的铺垫。

我等待着马群回家。可是，马群从水塘里嬉戏饮水后，并没有往山下走，而是和从山哑口出来基本一致，“原路返回”了。由于光线的原因，也许我坐在一堆乱石间，和山石并无大的区别吧，这一回马儿们从我身边经过的时候，脚步轻盈，从容不迫。它们向着我身后那片更加开阔的谷地走去。我还是忍不住这一刻的好奇心，不由自主站起身来，紧追着马群走向开阔地。机警的马群立马加快了脚步，随即小跑起来，我便也学着小马的样子小跑着追在后面，一只马回过头来，朝我冷冷地看了一眼。它这一眼瞪得我没有了底气，我害怕再跟下去，这匹断后的老马，会向我采取行动了。

我站在一面山坡的岩石上，目送着马群越过了一道山梁，在一片开阔地上放慢了脚步，低头吃草，交头接耳了。我到底也没有弄清楚这些马的家在哪里，有没有放牧它们的人，是漫无目的地游走，也或许，这是一群无所归属的马群，它们游牧在天地间，行走在深谷里，这野天阔地，才是他们自己的家。

“哈军”将领和张继保将军

去哈萨克族人家里作客，也是一次愉快的行程。我们先是去了北塔山牧场三连连部，与几位哈萨克族“巡边员”民兵座谈。几位老民兵，土生土长的北塔山牧民，大多数都有过当兵的历史，在边境线上放牧、护边，有时会协同边防部队和武警官兵在边境地带巡逻。他们属于兵团牧工，也属于边境线上永不退役的“边防战士”。谈及这些年来“巡边”、“护边”的经历，每个人都是一部传奇，可是时间久了，平淡的时光里，这些边境线上的“老民兵”们早已经习以为常了。

谈话间，几位哈萨克族民兵身着迷彩服，兵味十足。不光是几位值班的护边民兵，我们在北塔山牧场三连的这个小居民区里，看到的不少人，包括老人和孩子身上，都是一身迷彩服，除了传统的哈萨克族服饰，使你感觉到这里的“迷彩服”，是一种通用的语言。去哈萨克族家里做客，酥油、奶茶、馓子等摆满了一桌子，提着茶壶添茶的小伙子也是一身的迷彩服，一问也是连队的值班民兵。兵团、武警、边防，海关、口岸——在北塔山，在乌拉斯台的天空下面，这些生活在关卡和边境地带的人们，似乎早已经形成了一种天然的默契，在辽阔的背景上被标识的疆域，这些内心的尺度，对于世代生活在这里的哈萨克族牧民来说，是不是已经习以为常了呢？

从牧民家里出来，在马路上等车的时候，悠闲的哈萨克族人也三三两两地聚拢过来。大家趁着这个机会相互留影，山风在阳光的照耀下，粗粝而坚硬，乌拉斯台的秋天，没有山果和红叶遍地，也看不见所谓的“丰收景象”，坚硬的山脊绵延起伏，生冷、疏远。此刻，或许那些温暖的气息，会停留在转场的马背上，停留在那些从夏牧场迁徙在冬窝子的路上呢。外面所在的三连是一个定居的哈萨克族兵团连队，所以，在这个时节，大部分人已经能够习惯了这样的悠闲生活。

大家在马路边上合影留念的时候，一位“老兵”模样的哈萨克族老人摇摇晃晃地走了过来。重要的是这位“老兵”身材魁梧，一身迷彩服，迷彩帽下花白的鬓角和脸膛上如我一般杂乱的胡须也是一层霜白。我转身看见这位“老兵”的时候，不禁心生欢喜，主动上前握住了“老兵”的手，示意大家留一张合影。“老兵”听不懂我的话，但也许被我的热情和真诚感动着，不仅大方地与我合影，猛然间，还用他那双粗壮有力的大手重重地砸在了我的肩膀上。

我和这位“老兵”的互动，引来了现场和路过的哈萨克族牧民的围观。有牧民通过翻译告诉我说，这个人脑袋受过伤，现在“勺”的呢，意思是说，他脑子不好使了，有点儿神经，提醒我离他远一点。我来不及理会那么多，只顾着和这个兴趣盎然的“老兵”合影留念了。众人见状，也都纷纷过来和“老兵”合影。

在一旁目睹了我和“老兵”互动合影的光老，终于忍不住了，坏笑着说，两个“胡子将军”长得倒是挺像。过后，光老在自己的微信上发了一张我和这个哈萨克族“老兵”的合影，题目就是《哈军将领和张继保将军》，哦，对了，张继保是我曾经的名字。光老在这里不仅开了一个荒凉的玩笑，也将这深秋的山谷里发生的一幕戏剧性画面，存储进我五十岁的生命瞬间。其实，我们每一天的生命里，都会发生这样的偶然相遇。有的时候，是我们过于匆忙，没有停下自己的脚步，有的时候，却是由于我们过于清醒，就像那位好心的哈萨克族牧民提醒的那样，遇到“脑子坏掉的人”，总要躲得远一点。可是，我们因此而错过了多少生命的精彩呢？

我真是太喜欢这位从斜刺里杀出来的“哈军将领”了。我至今也不知道这位“将军”是从哪里来到我们中间的，像一个真正的将军那样，他满面笑容地与大家合影，并一一握手后，一个人又摇摇晃晃地穿过马路，走到山坡下面的居民点去了。

我至今也不知道，这位据说长得和我差不多、脑子也许还有点儿乱的“将军”的名字。直到“将军”走下马路，在我的视线里消失的时候，我才意识到，应该问一下他的名字。我只是沉浸在兴奋和大家的恶搞之中，忘乎所以了吧。更不知道众人们将我的“美貌”和这位来自山野的“哈军将领”作类比，到底是出于赞美还是嘲讽，于我而言，我宁愿以我“非凡的相貌”，配合这位哈萨克“将军”的客串，也算是成全了大家的美意。

红山遇雨记

这是多么短暂的一场雨。倾盆而至,却又戛然而止。晚饭后,照例去红山上“走路”,就像是一次次茫然的约会,我不知道自己在接下来的时间里,在时光的明亮和昏暗之间,会有怎样的一些人生际会和突然的遭遇。

从傍晚到黄昏,在夕光的照耀下我拾阶而上,又或许,我会在暗若一团的红山上,眺望一下山下的乌鲁木齐,此时此刻,这座城市的万家灯火,似乎已经远离了嘈杂和市井的喧嚣。多么热闹的人间欢场,总有归于沉寂的时刻。

我说的是刚刚经历的一场雨,一场突然降临的雨。我上山的时候,似乎还是暖阳如春,只是我在沿着山路疾步行走的时候,一些风和着星星的雨点,开始在我的长发和胡须间游荡了,但我不会相信一场有规模的雨水,会在这个春天的傍晚到来。我扬起了双手向后拢了拢稀疏的长发,一些黏稠的汗水顺着我的手指流下来,我的脚步正在机械地运动着,这个时刻我无法让自己真正的停下来。倒是希望这一阵凉爽的风和零星的雨点,可以一路随行,不要停下来。

黄昏似乎在一点点地向夜色里靠拢。晚饭后到山上锻炼或者观赏风景的人们慢慢地多了起来,那些恋爱或者即将要进入恋爱状态的年轻人们,早已躲在树底下的石凳上,进行着一项项甜蜜的事业呢。走路的人旁若无人,恋爱的人也旁若无人。我想,建设一个能够满足不同人不同需要的和谐社会,在这座小小的山冈上,已经基本上得到了实现。在这里,在黄昏和夜色的山路上,我看见了不同颜色和不同表情的面孔上,任山风吹拂,雨点挥洒,却看不到急急缓缓地脚步,没有一个人愿意停下来呢。

只是山雨欲来风更烈。随着几声山顶上的雷声,那风便骤然猛烈地摇动起山路两边的树冠,像一只强暴的手,将那不曾屈服的树枝左摇右晃,似乎顷刻间要将一棵树的头给折断了,却又给扳回来。树枝发出了痛苦的呻吟,为这强暴者的暴行,只是这一棵棵树被分散着站立在凸凹不平的山坡上,它们没有抵抗的能力,有的只是这呻吟和怒吼。可是,那些山路上的人们害怕了,他们像是接到了演习命令一样,呼喊着,逃命般向着公园的出口处狂奔而去。

转瞬间,熙熙攘攘的山路上,已经空无一人。

转瞬间一座空山寂然而立。我有些茫然地在山路上走着,不停地走着,不知道接下来会发生什么。我张开了双臂,向着狂风和雷声大作的天空,发出了在胸腔里积攒了一个春天的号叫。我号叫着,我大步地走,我想这一条山路上除了自己,再也不会有一个多余的人了。

但是,在一个山脚处,我看到一对穿着红色运动服的夫妻,他们相互搀扶着,撑着两把雨伞。事实上这个时候,雨还没有真正的倾盆而下。我突然感到了唐突,不知道我的这一路号叫,是不是吓着了这对夫妻。我在想,在所有人都下山的时候,他们为什么没有“逃跑”呢?是他们早有准备,还是他们夫妻中一位跑不动,而另一位紧紧地守护着呢?我从他们身边疾步走过的时候,感到他们紧紧地依偎在一起,两把雨伞在剧烈的风和雨水中,交叉重叠着,不停地摇晃。

我几乎是用跑步的方式从他们的身边经过,我穿在身上的短袖衫,已经在雨水的作用下,紧紧地贴在我的前胸和后背上了。我不知道自己是在享受雨水还是在忍受雨水,但是我想说,这春天的雨水,真的是好凉,好凉啊!

我必须张开双臂在风雨中怒吼,像一个勇士迎接一次洗礼。我要用来自胸腔里的声音和温度,来面对这些从天而降的春天的雨水。

而我也几乎就是在这一瞬间,看到了路面上的黄花铺地,那么多,那么快的时间里,整整一条山路上,铺满了来自山坡上的黄花。或许是在昏暗的山路上,我的视觉出现了幻影,但是我可以确认的是,这不是一次短暂幻觉。准确地说,这些被雨水和山风铺展在路面上的细碎的黄花,不是别的,应该是山路两旁的榆树上,早春的榆钱,到了该凋落的季节了,适逢一场疾风春雨,便也纷然而下,给这个寂寞的山野铺就一条金黄的丝带。可惜了这一条山路,雨打黄花,春风拍遍,却不见了那依稀的脚步。是啊,不见,不见也罢。

我宁愿相信这些干枯的榆钱,是这个春天的黄花。那些早春里的明亮和鲜嫩,一如过江的潮汐,早已经不知去向了。

沿着雨水的方向,我来到山脚处的“吉坛”上,举首望苍天,闭目听风雨,我想这空旷的山野间,一个人的风雨,是一次多么难得的机缘呢！我忘记就要下山的路，听得几声响雷从山顶滚了过来，不觉有些胆怯了。我快步下山，一身雨水和快意，雨竟一阵急似一阵，全然没有停歇的意思，我也不自觉地来到一棵大树底下避雨。这时，山路上遇见的那对夫妻走过了，他们见我一身湿透，执意要我到他们的伞下一同下山。我婉言谢绝了，一是不忍心打搅这一对恩爱的夫妻；再者，我还想回到夜色里的雨水下面，好好地享受一下呢。

可是，就在我从树底下走出来的时候，雨声渐渐地停了下来。

临街的窗

卧室的窗户紧挨着一条马路。白天的车声喧哗,多数时候我是听不见的,因为这个时候,我一般会在上班或者外出的路上,即使窝在家里,我的注意力也基本上不在窗户外面的这条马路上。况且,站在七楼的窗台一眼望去,我更愿意把目光往马路对面的红山公园里,那一片高高低低的树梢上望去。我知道,一个汹涌澎湃的季节,已经在那些秘密的时光里出发,或者已悄然抵达。

此刻,春天的暖阳,温热地照在我的背上,仿佛过去那些无数个春天里的悲伤,全都化作了幸福的暖流。我一个人,背对着一个春天的阳光,在她的温热和明媚里,默想着一些遥远年代里的陈旧往事。我想,在一切温热的抚慰里,都容易让人陷入那些久远的回忆,那些隐蔽在过往里的阴冷、潮湿,积满了灰尘抑或无法修补的记忆,在这一刻,被慢慢地融化了。

有时,你甚至无法阻止这些身体里悄然发生的变化。其实,何止是你身体里的变化呢,你的丰盈抑或凋残的生命影像里,春天,才是你真正复苏的开始。就像没有哪一个春天会拒绝大地的苏醒一样,没有哪一个寂寞的灵魂,会拒绝这些春天里温热的阳光。

我说的是夜晚,一些幽闭的灯光里,无法被开启的另一扇窗户呢。每天晚上,我从红山公园里锻炼完身体,都会穿着一件迷彩背心,汗津津地从山上下来,在明亮的夜晚和呼啸着一掠而过的车辆缝隙里,穿过一条马路,兴犹未尽地朝我居住的小区走来。我像一个多年前就在这里居住的人一样,熟门熟路,打开自己的房门,并轻轻地关上。洗完澡换好睡衣,我会一边拨拉着潮湿的头发,一边走到窗前,看一条马路上来来往往的"车水马龙"。夜色还不曾深深地掩下来,迷离的灯火,就已经蔓延了街道。再仔细看那些或行色匆匆,或悠闲散步的人们,不知怎么,心里便有了一种隔岸观火的感觉了。

想起我刚搬来不久发生的一件事,突然就觉得有点儿好玩了。那是我刚搬进小区一个星期左右的时间吧,进进出出,我没有熟悉和认识的人,也就用不着打招呼,自以为这是自然而然的事情。有一天中午,我胳膊上挽着外套,兴冲冲地往楼上走的时候,在三楼,还是二楼的台阶上,一个穿着红毛衣的老太太正在和她的对门聊天。我就要从她的身边经过的时候,那穿红毛衣的老太太用一口纯正的新疆话问我:"哎,你等一哈(下)子,你在几楼住哈(下)的撒!"

其时,我的脚步已经从这位老人家的身边迈过去了,惯性也使我不愿意一下子就停下了脚步。另外,我也不能断定这句没头没脑的话,就是这个老太太对着我说的,我还以为这是她和对门的另一个老太太的对话呢。紧接着,那个不依不饶的红毛衣老太太跳起了脚尖,仰着脖子说,几乎冲着我喊了起来:"哎,问你的呐,你在几楼住哈(下)的？我是楼长!”

我急忙调转了身子,口不择言地(当然也是居高临下地)回答她:“怎么了!”语气里充满了愤怒和不满。明显感受到这种审问式的盘问,让我有一种受辱时的应急反应。我没有回答老太太的问题,也没有让自己的脚步停下来,径直往楼上走着。那老太太急了,嘴里念叨着说:“看你还歪(厉害)得不行,看见陌生人问一哈(下)子又咋啦吗?”

我没有理会楼下老太太的自言自语。并且,为了表示自己的愤怒和不满,故意把脚底下的楼梯踩得更响了,甚至最后,我多少带着几分快意打开了自己的房门。在那一刻,我有过一个“陌生人”的屈辱,也有了一种对这种“屈辱”置之不理的畅快和豁然。心里面埋怨着,怎么会遇到这样多管闲事的老太太呢?

事情过去了好几天,我下楼去红山公园锻炼身体的时候,又一次“意外”地遇见了这位身穿红毛衣的老太太。此时,她正弯腰从小区的一个垃圾箱里,吃力地往外掏着什么,另一只手上,是一只被压扁了的纸箱子。她艰难地从垃圾箱里翻找了半天,等到我走近她的身边时,她一脸漠然地抬起头来,似乎不曾和这个陌生的“大胡子”发生过不愉快的“质问”。我在想,老太太是不是已经忘记了几天前发生在楼梯间的那次不愉快。或许人家压根儿就没有往心里去,是我自己在这里小肚鸡肠了吧。

我有些后悔自己那天在楼梯上的态度。仔细想想,一个尽职尽责的“楼长”,一位年迈的母亲,遇到了一个自己没有见过的陌生人,尤其是像我这样长得一看就不像什么好人的“大胡子”,问你一句不行吗？不应该吗?

自此以后,每一次上楼下楼,我都会特别留意二楼和三楼间的这个转弯处，特别希望能够遇见这位倚门而立的“楼长”，不用她问，我会告诉她，我住在几楼和几号房门。可是这多少天过去了，我再也没有遇见过穿着红毛衣的老太太。是她有意在躲着我，还是出来进去的时候，刚好都没有碰上过她？

我能够守着的，就是这个临街的窗口了。站在七楼之上，我的视野里有不变的风景，也有时光的匆匆掠过，阴晴不定，明暗交替，这些匆忙里变或不变的恒定法则，更是映照了人生的无常。这个季节里温情的阳光，连绵的春雨，风轻轻地抽打着远处的枝条，忽然一嗓子飘过来的歌声，又忽然消失得无影无踪，而那一刻，突然到来的安静和无动于衷，又将使得我忘记了这些时间的存在。

我能够做的，就是每一天早晨去拉开了窗帘，为自己，为这个沉睡的世界，打开一扇临街的窗口。

红　馆

楼下，马路对面的“红馆”。两个硕大的红字，在白天的喧嚣里并不显得醒目，且在多数时候是安静的，和那些并排在一条马路上的体育用品、和田地毯等专卖店的门面比起来，甚至有些畏手畏脚。我时常在早晨，或者午后的慵懒时光里，站在七楼的窗台上，打量着马路对面这些“低矮”的门面，在呼啸的车流和穿行的人群里，这些装修讲究，想必也是昂贵的门店里，总是门可罗雀。

我真的替他们的老板们担心起来，这样的门面，能够支撑多久呢？

想必，我的担心是多余的吧。因为这许多日子下来，那些门面里的人们依然面色鲜亮地进进出出，他们穿着整齐，带有明显的公司标志，即使没有一单生意的日子，也依然是光鲜亮丽的面目示人。在春节过后，开始上班的那几天里，一家比一家地在各自门店前的空地上，铆着劲地放鞭炮。我原来以为，门店开业了，放一挂鞭炮以示开门大吉吧，中国人嘛，骨子里的这点传统，走到哪里都是不容易丢掉的。可是，我没有想到会有这么夸张。

我搬来这里不久，便遇上了这些竞相开门营业的“专卖店”们，举行一年一度的开门仪式。他们把整箱整箱的鞭炮扯开，并排铺在地上，像一层厚厚的红地毯，然后，由一个或者几个勇敢的小伙子用手里的打火机，把地上的某一处捻子点着了，迅速地闪到一边，也并不躲避。店里的员工们大都堆涌在门外，满怀期待地等待着接下来的一通炸响。有人用手捂着耳朵，又不甘心这凭空里少有的声响，试试探探地拿开捂在耳朵上的手，然后又迅速地返回。还有胆子更小一点的女孩子们，远远地躲在玻璃门后面，把脸贴在玻璃上，然后又不时地被一声爆响惊吓得跳起脚来。虽然不知道她们是害怕还是喜悦更多一点，但从她们脸上绽放的表情上，大抵是可以感受一二的。

门外拥挤在一边的小伙子们，不时会发出一声声尖叫，随着那一排排鞭炮地毯式的炸响，一个节日的长假，似乎也画上了一个句号。而过路的行人纷纷侧目过来，远远地躲开了这些躺在地上的鞭炮。喜悦，或者说一个开门的仪式总是短暂的。鞭炮炸响以后，各家门前的地面上便铺了一层厚厚的琐屑，那是一些鞭炮的尸体，被炸响过后的碎裂，还保留着一些猛烈的余温，它们散乱地摊铺在地上，似乎并没有人急于清扫，就这样一地碎屑地躺着。进来或者出去的人们，踏在这些鞭炮的碎屑上，图得也是这一年的吉利吗？

在那些“开门大吉”的日子里，我没有遇见过“红馆”的鞭炮声，或者我已经错过了。但“红馆”这两个红色大字，却是那样敦实地映入我的眼目。每次我拉开窗帘，往往是第一眼，便落在那两个红色的大字上了。然后，越过这些低矮的屋顶，我的目光会向更远处的红山公园的深处放逐，那些更高一些的楼房和屋顶的后面，是莽莽苍苍的一片“森林”。高低错落着的，大佛寺的门楼和琉璃屋檐之间的树梢上，总有这个春天里最温暖的讯息。

对了，“红馆”是做什么的呢？从字面上理解，应该是一个酒吧或者休闲会所之类的去处吧。这样的疑问，是我在一些深夜里得来的。是的，我常常被一些深夜的声音从睡梦里惊醒。我对处于马路边上的这间卧室是早就有了思想准备的，我已经想到并准备好了迎接这条马路上彻夜不息的车声人流。然而，还是有一些声音超出了我的意料。

常常是在深夜，马路上除了偶尔一阵疾驰而过的车轮声，已经没有多少多余的喧嚣了。事实上呢，我也已经习惯了这些车轮在马路上发出来的奔跑的声音，那些细密的碾压声，在一些昏暗的深夜里，几乎成就了我多半的梦境。这些声音，已经变成了我长夜里的另一种音乐，急急缓缓，循环往复中，成为一种不可替代的节奏。

而我在睡梦中醒来，多半不是因为马路上的车声和人流。那是另外一些刺耳的尖叫、哀号，或者歇斯底里，又多半是女生的，来自遥远的深夜和梦境的破碎，伴随着嘈杂的劝慰抑或争吵。所以我会被吵醒，或许被惊醒。

或许这些声音由于夜晚的原因，被扩张和放大了。但是，有一个不争的事实是，她们都发生在我深夜的楼下，隔着一条马路，那些挣扎般的哭泣和喧闹，毫无遮拦地冲击到我的睡眠里来了。我有时会忍不住走到窗前，拉开窗帘，看到马路对面的“红馆”门前，相互搀扶着的情侣和纵情歌酒后的年轻人，在马路边上张牙舞爪的打车，有些夜晚的出租车，犹犹豫豫地驶过来，又一脚油门冲过去了，大抵是害怕这些酒后的年轻人不好惹吧。有些车甚至早早地加快了速度，像躲避瘟神一样地躲着他们。已经毫无睡意的我，总是站在窗台上，看着这些在深夜里灵魂飞扬的年轻人，大呼小叫地打车，却总是不得。

我真的替这些深夜买醉的年轻人担心，他们会怎样回家呢。我真想陪着他们，看看他们一个个是怎样在深夜里回家的。可是困倦总是在我快要支持不住的时候到来，我不得不带着哈欠回到床上去，当我的睡眠再一次袭来时，似乎马路上的声音也安静了下来。我一直没有见到，那些深夜里的年轻人最终都去了哪里？

几天前的一个雨夜，外面的雨不知下到了什么程度，沙沙的雨声，似乎也使得马路上的车轮，一下子轻柔了许多。我在床头上的灯光里，就着一本小说等待着入眠。我将要合上书本，拧灭灯光的时候，一个女孩子的哭闹声，嘶哑而又粗粝。终是忍不住好奇拉开了窗帘，是几个女生，搀着一个醉酒的同伴。昏黄的路灯下面，她的哭闹声，让这些娟秀的女孩子有些不堪，但极力地劝慰又毫无结果。终于有人显得束手无策了，有一个女孩子躲在屋檐下打手机，另两个女孩子冒着雨水，一边骂着，一边轻轻拍打着弯腰垂头的醉酒者，似乎是要呕吐了，大声地干呕，伴着哭声，也好不惨烈呢。这时，一辆车在她们的身边，轻轻地停了下来。

我望着空空的街道，春夜里的雨水淅沥，“红馆”的霓虹灯，愈加鲜亮和刺目了许多。一个人年轻的时候，总会有一些多余的时光，是用来挥霍的。回首我们自己的青春年代，那些苦涩的、坚韧和漂泊不定的夜晚里，也有过如此绚烂的迷醉。往事里的灯光旧影，也总是在这样的时刻，照见了一条马路在深夜里的迷茫。

我想，我是渴望过这样一场春雨的，一场春天里的雨水，在深夜里的某一个时刻，洒满空旷的街道和无声的睡眠。多少年过后，回忆起红馆对面的这条马路，和七楼上这间卧室里，不时被惊扰和打断的睡眠，我也会为我自己曾经的青春，默默地鼓掌呢。

摇曳的深巷

我从西北路上的一家小酒馆里出来,已经是晚上十一点了。天上飘着毛毛细雨,打在酒后的脸上,不觉得雨在下,感觉只是这个夜晚里春天的抚摸,凉爽而又惬意。这个时间在内地,差不多应该是到了深夜了,在乌鲁木齐,似乎夜生活才刚刚开始。和我同行的王君,一出门就把雨伞撑开了,他有一些难以压抑的酒后的兴奋,摇摇晃晃地和我说着一些前言不搭后语的话。

王君比我年轻几岁,是一家报社的摄影记者,南北疆的许多地方都去过了,也是一位酒场上的宿将。他虽然没有醉酒,但酒精已经在他的身体里发挥了作用,张口说话的时候,酒气和口水一起喷到了你的脸上来,他还不以为然地继续着他的热情和兴奋。多么希望,这个春天夜晚的雨水,可以使他清醒一些。

我们需要穿过一个地下通道,到马路对面去。就在我们的脚步下到通道的时候,一个扎着马尾巴的姑娘像一股旋风一样,从我们的身边吹过去了。她的白色裙摆上,仿佛系满了铃铛,叮当作响地舞动着有些寂静的地下通道。几乎同时,我和王君不约而同地扭过了头,发出了异口同声地惊叹。一瞬间,那姑娘骄傲的身影就从地下通道的另一端消失了。我们也加快了脚步,一两分钟后,我们又在台阶上看到了那个美丽的身影。

直到这时,这个穿着白色裙子,独自在雨夜里穿行的春天的女子,似乎还没有发现身后这两个酒后的男人。她缓步走上台阶,忽然蹲下了身子,埋头整理着自己的"鞋带"。这时,手里举着一把雨伞的王君,做出了一个非常绅士也出乎我意料的举动——他一脚上前,迅速把那把雨伞从我的头顶上移开,举到姑娘的头顶上去了。他站在姑娘的身后,朝着我坏坏地笑着,装出一副怜香惜玉或者英雄救美的样子来。看得我是一脸的惊讶,也算是长了见识了。我在等待着姑娘回过头来的一刹那,看着这个自作多情的家伙,该如何收场。

或许,姑娘早就发现了我们。设想一下,一个机智而沉着的女性,在行人稀少的夜晚,地下通道里被两个陌生的男子"尾随"着,有可能还闻到了这两个男人身上的酒气,你是该拔腿就跑,还是大声地呼救?这一切都没有发生,她只是委婉地蹲下了身子,借故整理一下自己的"鞋带",观察身后这两个"图谋不轨"的男人。在可能的预料中,王君这个雨中打伞的行为,使这个蹲在地上的姑娘似乎有了些小小的感动。她扭过头来,浅浅地一笑,不知道是表示感谢,还是柔软的拒绝。

而有几分酒意的王君,也似乎受到了某种鼓励,他一直举着手中的雨伞,同姑娘搭讪着,好像在关心地问姑娘一个人从哪里来,又到哪里去等等无聊又合理的问题。我的角色在这个时候是多么尴尬。我找不到理由上前去制止他们的“亲昵”行为，甚至还有几分嫉妒这个“胆大不要脸”的王君，更多的，是为这个雨夜里独自行走的姑娘担心，这么轻易地就相信了一个满嘴酒气的男人。我是一个雨中的观众，一个夜晚的随行者，又是这一场活剧的参与者。假如这个春天的雨夜是一道幕布，湿漉漉的路灯下的马路，是一个不断移动和变换的舞台，这两个陌生又熟识的“演员”是这场活剧的主角的话，作为背景中一个可有可无的角色，我已经有几分厌倦了。我多么希望这一切早一点结束。

我与王君和雨伞下的姑娘保持着必要的距离，听不见他们到底说了些什么，也从心底里，替这个名叫王君的人感到“害臊”。姑娘在一个小巷的入口处，突然停下了脚步，说自己到家了，对着王君和我表示了感谢，转身进入了小巷。意犹未尽的王君还没有回过神来，姑娘的身影已经被雨中的夜色淹没了。

一脸坏笑的王君，面对我的表情，是既骄傲又兴奋。他显然还没有从这场“艳遇”中醒来。这多么像是一场梦，一场男人们可遇而不可求的梦。他早已经忘记了自己回家的路，执意要我陪着他一起往回走。我表示了自己的“愤怒”和“不屑”，说你赶快醒醒神吧，别忘了自己姓王名君。

醉意朦胧的王君，怅然若失地走上了独自回家的路。我站在那里没有动，目送着王君的背影消失以后，回头望着夜雨中幽深的小巷，那个姑娘的身影，似乎还一直在某一盏路灯后面的黑暗中徘徊着。她一直在黑暗中注视着这两个雨夜相送的陌生男人，被一个满嘴酒气的人举伞相送的一路上，她是不是感到过害怕和紧张，还是在略微的紧张和不适之后，沉浸在短暂的甜蜜和幸福的之中呢？

这个夜晚的雨水恰到好处，幽深的小巷，夜色淹没了姑娘摇曳的身影。她几乎是飘着走进巷子的，她没有回头；她的眼睛，在黑夜的另一端，注视过两个在雨水中站立的男人吗？

再也没有一场雨水和一个春天的夜晚，那一把雨伞下面，姑娘浅浅的心跳和微笑，一个勇敢的举伞者，还有一位冷眼旁观的人。

隐约的桃花

站在红山公园的入口处，其实不需要探进头去，你就望见了两树桃花，粉红色的火焰在枝头上跳跃，在初春的四月里，被微风吹拂着轻轻地摇晃。你不由地心惊，害怕你的莽撞和不小心，会碰伤了她。

那时，这两个巨大的“池塘”里，还没有被注满水，有些空荡的水池子里，细小的波纹，正在一圈圈地散开来。而两棵桃树已经耐不住了，像两位怀春的少女那样“隔江相望”，顾盼留情。只是这个早晨的游人稀少，清洁工人扫地的“唰——唰——”声，仿佛也要躲避了这桃花的鲜艳，不使一粒尘埃，落在了那些就要被风吹开的花瓣上。

这么早，我也是一个怀揣着火焰的人。我努力回想着梦中的那一树火焰，与我今天早晨遇见的桃花，有什么必然的姻缘和关联。我不知道这两棵桃树在这里站了多么久。想必当初，曾经是一片桃林，那些首尾相连的春天里，桃花盛开的季节，红山脚下的这一片开阔地，杂草丛生，荒寂和沉睡的历史，已无从窥知。

而蜿蜒的桃花，在这一季，已是晚年的胜景。她们才是这个早晨的两扇门，推开了梦境和春天的雾岚，一些似醒非醒的清晨，就是这样被缓缓地打开的。她们站在这个早晨的低处，呼应着脚底下，似有若无的春水，宁静、透明，不失了娇艳和粉红的名分。

拾级而上，或者，就站在桃树的底下向山上张望，“漫山遍野”——请原谅我使用了“漫山遍野”这么阔大的词汇——那些更为炽烈的红，鹅黄，或者雪白的小花连成一片或者斑斑点点，山风摇荡着的，是更为驳杂的颜色和风景。但是，除了桃花之外，我全然叫不上她们的名字。我不知道这些被移植还是就地生长着的“遥远处”的花朵，她们姓甚名谁？我一个人，守着漫山遍野的春天，叫不出一朵野花的名字。

就像是一些新鲜的往事，绚烂还没有开始的时候，我们就已经各奔东西。我几乎每天都要进行的“登山运动”，使我有机会在更为寂寞的早晨，就着朦胧的夜色，看见一些孤独的“登山者”。他们大多以自己的孤寂为伴，在黎明前的黑暗中，借着些微的夜色和晨光出发，他们漫步、弯腰、踢腿，拾级而上，赶在晨曦里的寂静完全消失之前，完成一天的功课。甚至，你也分不清这些在不同的方向赶到红山上来的晨练者的脸庞，只消一回头的工夫，这些陌生者的身影，就消失在树丛和山花的掩护中了。我习惯地称他们为“走友”，是走路的“走”，朋友的“友”。因为再也没有更贴切的词汇，来称谓这些每天早晨或者朦胧夜色中，熟悉而又陌生的身影了。

春天总是过于匆忙，在这些寂静的脚步和神秘的表情中，我总是希望有一张清晰的面孔为我展开。每一天，每一天的早晨，我在匆匆和恍惚的人影中,希望可以迎来那一张幸福的笑容。

没有,再也没有出现过。我开始怀疑自己,曾经遭遇的那一抹笑容,是来自幻觉还是早年的记忆。那个天色若明若暗的早晨,我从高高的台阶上下来,以一种跳跃和颠簸的脚步,往下“颠”。汗水已经从脑门子上“淌”下来。山野沉寂,夜色朦胧,我习惯性的动作加上旁若无人,脚底下不免会狂野起来。有时,也会被这不争气的眼神骗了自己,不时会在台阶上来一个趔趄,然后是有惊无险的放慢脚步。可是这一次,脚底下的慌乱,一下子使我整个身体失去了重心,我不知道这样的紧急关头是否发出了声音,或者慌乱中的尖叫吧。这时,一双大手接住了我。一个中年男人,在我即将跌倒的黑暗中扶住了我的肩膀。我连声致谢后才发现,原来是两个人,或者是四只手扶住我也未可知。那个中年男人,在朦胧的“夜色”中给了我一个怎样的一个表情,是尴尬地一笑,还是一句轻声的提醒?

但我确切地看见了那位夫人的笑容,准确地说,是我听见了那位夫人几近放声的大笑。一定是我这狂奔而下的狼狈相,给这一对中年夫妻,或者相约晨练的两位朋友带来了惊吓,继而止不住地笑出了声来。

我当然是满怀感激的。但这样的情境下,说的太多,又觉得多余。我除了连声谢谢之外,说得最多的是对不起。不知道是一时的紧张还是习惯性用语,但这声对不起,我想也是不乏真诚的。因为,我并不能确定自己的莽撞行为所导致的后果,是否影响了他们继续登山的兴致和情绪。

我惶然离去,留下了高高的台阶上,两个缓慢移动的身影。走了好远,我还回头看了看,那两个再也没有回头的爬山人。

在接下来的许多日子里,有时在台阶上,有时在山路上走,时不时地我会想起这个早晨的“遇险”经历。我多么希望再一次遇见那两位中年人。可是,无论我在那个台阶上怎样的“等待”和“停留”,再也没有遇见过他们了。不知是他们再也没有来过这里,还是来过了,我们没有机会相遇。仔细想想,这样的相遇几乎是不可能的,因为,即使我们再一次相遇了,也未必能将对方认出来,毕竟是在“夜色朦胧”中,急慌忙乱的,根本看不清对方的面容和表情。再者说,即使我们真的相遇了,又会是怎样的一种状况呢?

想来,我离开红山的日子已经两年了。只是春天里的桃花,还有一池春水,那两位一面之缘的中年夫妻,皆为尘事阻隔,日渐飘摇了。其实我现在的住处离红山也并不远,只是我的生活发生了变化。偶尔,我还会望见那些桃花的盛开,那些被我遗忘在春天里的,一些往事,和晨曦中的邀约。

月光草垛

我一眼就望见了这一堆草垛，月光盈盈，缥缈的村庄，一些旧瓦上霜迹一片。风轻快地掠过了伯父家的院墙，一棵树影是最先摇动的，我扯了嗓子地喊，没有一个人应声。

我翻身醒来。夜已经深了，不知道是月光还是灯光，斜斜地照进窗子里来。我抹了一把眼泪，从床头上坐起，望望这四下里无声的旧物，不知道继续睡下还是要披衣起床。连续几个晚上了，我都会在这间深夜的老屋里，遇见母亲或者祖母的村庄。这些深夜的梦境里，母亲的笑容如故，老祖母的缄默和唉声叹气，也还是几十年前的老模样。我知道自己亏欠了她们，一连多年，我没有办法来到她们的坟上烧一刀纸，磕一个头。对于一个漂泊异乡的人来说，还有什么能够比得上这种“生不能尽孝，死不能尽忠”算得上是更大的惩罚呢。

我学着忘记，已经很久没有再朝那个方向遥望了。可是我无法让自己在一场又一场的旧梦里，回到幼小的时光里去。最近的纠结是，母亲的三周年就要到了，我要不要回去？大哥二哥分别打来了电话，其实他们的电话不打来，我也是想着的，每每梦醒，都被这三年来的悲伤围绕着，无时无刻。

早在三年前，我就决定不再回去了。安葬了母亲之后，在母亲空屋的遗像前，我重重地磕过三个头之后，一直到坐进车子离开这个村庄，我都没有让自己转过身，我没有回头，我噙满了泪水的眼睛和哽咽地喉咙里，已经再也发不出一点声音了。在那一刻，我只是看见了年逾八旬的姑姑和伯父，佝偻着身子，不停地擦拭着眼泪，我说自己还有时间来看他们，请他们多多保重。我知道他们谁也没有听进去，就像伯母说过的那句话——双目失明的伯母用双手搜索着我的额头说，孩子，没有你娘了，你就再也不会回来了。这一句话让我泪如泉涌，几近失声，这一句话道尽了我所有的哀伤和悲凉。自此以后，我就是一个没有了亲娘，也没有了故乡的人了吗？

虽然漂泊塞外多年，却觉着故乡一直没有走远。母亲在的时候，这个村子，过上几年我总是要回去一趟的。这个我出生并自小生长的村庄，不管过去了多少年，发生着怎样的变化，我都会一眼就能认得出来。因为母亲的缘故，我从来没有觉得这个村庄和我真正的分开过。可是母亲走了，一下子带走了我那么多年的牵挂，也一下子割断了几十年来，我和鲁南平原上这个小村子的联系。就像你一下子丢失了自己的前半生，那些熟悉的街道、小巷、枯树新枝、老屋旧墙，东邻西舍的乡音渺渺，都随着母亲的离去而不再和你发生关系了。你再回到这个村子，你就是一个客人了。因为你在这个村子里没有了亲人，你推开哪一家的院门，都是做客。你的亲人走了，院门空了，剩下了你一个人，重新踏上一条几十年前漂泊的路，那个让你无法回头的远方,才是你这一生漂泊不定的“故乡”。

过年过节,我会给仍然住在村子里的伯父伯母打个电话,早已经在外闯生活的哥哥姐姐们说,母亲生前的那个小院子,一直荒着呢。尽管已置身“远方”,这些年来,我会不时地想起来,幼小的、懵懂的时光里,一些幻影般的往事。明明知道这些是再也回不去了的,却偏偏要久久地沉陷其中而不能自拔,这到底是生者的悲伤,还是往者的哀痛?一代又一代人的村庄,就是这样无情地驱赶着那些远离故乡的人,使他们到了自己年老的时候,变成了一个个身份不明的人,需要被寄放在一个不确定的远方,等你死了,就会变成这个地方的孤魂野鬼,在旷野里游荡。

这有多么可怕。我过去认为,没有了故乡的人,都是些铁石心肠的人,等我自己也失去了故乡以后,才觉得这是一群精神多么孤单的人。我们安慰自己的方式就是要让自己变得“强大”或者貌似“强大”。而这一切都是无效的,回到这样一个无垠的夜晚,月光铺地,寂静无边,皓首明月当头空,宛若山溪涓涓来,历历往事,会在一场梦里乘着月光的翅膀追踪而来。

举头邀明月,低头思故乡。这些千古不朽的月光,一定是穿越了乌鲁木齐的拥挤不堪的夜晚,来到了我的床前。地上已是霜迹一片,我的眼睛里一片惶然。我知道那一堆草垛在虚拟的月光里,早已飘忽成一个故乡的梦,万水千山,遥不可及。

植物园

从空军医院的北侧一个小门出去，穿过一条坑洼不平的马路，就是植物园高高的铁栅栏上，爬满绿色植物的“院墙”了。往左走上十几米，是乌鲁木齐闻名已久的北京路。早在二十多年前，北京路就以其路面宽阔、双向通行，道路两侧的树木整齐、“植被”茂密而为人称道。

我居住在城市的另一端，对北京路以及北京路一带的社区和街道并不熟悉，也对诸如植物园这样的“城市绿地”，多年来也只是心存向往，可是踏足的机会并不多。

没想到这机会说来就来了。穿过那条窄窄的马路，沿着北京路这一侧高高的“植物院墙”，寻找到了植物园。五元钱一张的门票。

这时，我回头看了一眼夕阳，一团泼墨般的夕阳，把城市的天边染成了一片遥远的火焰。而植物园里的安静，也是我所想象的。虽然夕阳那一团火焰远在天边，她的光影和温度，还是在这个傍晚，恰到好处地镀亮了植物园里每一条幽秘的小路。花影摇曳，树叶婆娑。在春天还没有彻底结束的时候，植物们就已经率先来到了夏季。

傍晚的阳光，是最适合用来散步的。只是，在这个季节里你看不到落叶般的黄金，你满眼的花香，或者已经残了的花瓣。一小片又一小片金色、白色、粉色和红色，或者紫色的花朵，被一阵微风吹了，摇头晃脑的，像一群群开花的少女，摆动着裙裾，傍晚的树荫下面，便多了些无声的歌者。

草地上，树叶上，甚至这些行人稀少的林间小路上，恰好是刚刚被昨天的一场雨水洗过的。洁净的花香，和青草的气息，弥漫在这个园子的每一个角落。我们来到一大朵盛开的白色芍药面前，看她薄如蝉翼的花瓣在枝头颤抖着，海笑说，怎么像假的一样啊，这么大的一朵花，仿佛是被安放在花池里的盆景。

远远地看见一些树木，都似曾相识，却叫不上名字。什么高大的樟子松，幼小的山樱桃，我想我都是见过的。我出生在一片古老的土地上，就在山野里长大，那些漫山遍野的植物和原野上无名的花朵，塞满了我苦涩而又不乏快乐的童年记忆。一直以来，都以为自己是一个没有远离土地和山野的自然主义者。却原来，我是并不熟悉植物的。

一些植物让我觉得陌生，或许是它们来自异国他乡的缘故。那些南美和欧洲大陆的高大植物，就像一些高鼻深目的外国人一样，站在一群和风细雨的海棠果和杜子梨的旁边，显得有些扎眼睛。

我们还不能责怪这些被移植的“外来物种”，其实我们谁又不是这个世界的“外来者”呢？四海为家的人，哪一片土地都是异乡。我这样想着，也在心里安慰着自己，天涯客旅，也就不会觉得孤单了。

我抬头看了看西边的天空，夕阳落尽的时候，溅落在一片楼宇里了。那一片“最后的光芒”，像一个巨大的火球，最终砸向了一片参差不齐的楼顶。我看得出奇，觉得这末日般的辉煌，怎么这么近呀。

这时候，我坐在一汪水塘边的石头上，看见脚底下的这一汪浅浅的水里，一只小鸟在不远处快乐的“戏水”。一只麻雀大小的类似于喜鹊的小鸟，它先是在水边尝试着“吃”了几口水，觉得不过瘾，便忽闪着翅膀往深处走去，进而将大半个身子浸在水里，试图将整个身体都浸到水里去，终是由于胆小或者其他缘故，只是湿了大半个身子在水里抖动，细小的水花，溅落一圈圈涟漪。它顾不上这些，只是腾地一下从水里蹿起，贴着水面，一个弧线飞到了一块从湖水里探出头来的石头上，左顾右盼，惊动了另一只独自在浅水里饮水的小鸟。被打搅的另一只小鸟不耐烦了吗？它抬起头来，左右看了看这位不速之客，有点厌烦地伸了伸脖子，一定还用鸟语骂了几句，心有不甘地又低头喝了几口水，一个扑棱飞身走了，沿着茂密的树林，去了云深不知处。

一只小鸟飞身离去，消失在夕阳陷落的那一片天空。我以为留下的这一只小鸟，可以安心地在水面上“游戏”了。可是这一只小鸟只是犹豫了片刻，在水面上盘旋一圈，飞走了。我还以为，这是两只毫不相干的鸟。只见后面的这一只小鸟，在树林上空绕了一圈，便沿着前一只小鸟飞过的路线，弯弯地飞过去了。我有一点意外地兴奋，一种发现的喜悦——两只小鸟，一弯浅水，倦了的云朵，乘着夕阳归去的夫妻鸟。多么微小的爱情，在这个傍晚的夕阳里飞翔。

这一汪水，重又恢复了平静。我坐在一块石头上吃惊地发呆。这是昨天晚上的那场雨留下的水吗？或者是去年的一片“湖底”？

浅浅的一汪水,照见了一对鸟儿卑微的生活里,全部的快乐和幸福。

这时我才起身,看见海笑举着手机,在不远处的一片李子树下,不知道是在拍照,还是在记录着什么。夕阳的最后一点点辉光,已经完全被园子里的树影给遮挡了。

鸟声一片

我在梦中醒来的时候，窗外就已经鸟声一片了。我躺在枕头上，还没有醒过神来，被这莫名的声音鼓噪着，一点点，艰难地从一场旧梦中脱身而出。我抹了一把似梦似醒的眼睛，准备就这样躺上一会儿，听一听这比黎明还要早一些的鸟鸣，来自于窗外的哪一个方向？

我已经彻底地醒来了。可是，鸟声却稀薄了许多。我站在窗台上看着楼下那一排榆树林，树叶哗哗作响，没有看见一只鸟的翅膀。那是一排被修剪了树顶的榆树，树冠不大，但枝叶茂盛，藏下几只小鸟应该不成问题。我有些纳闷，那些叽叽喳喳的鸟叫的声音，这一刻，飞到哪里去了呢？春眠不觉晓，现在已经到了夏天，我的睡梦却依然是这样稠密，我从一个夜晚里，背负了一场怎样的春秋大梦，还没有醒来，就被这一群不知名的小鸟儿给吵醒了。

我没有怪罪它们的意思，我只是觉得有点奇怪，怎么我一醒来，几乎所有的鸟声都不见了呢？想来，我是见过这些小鸟的。在乌鲁木齐日益变得污浊和拥挤的天空下面，我的生活里，并没有缺少了小鸟的飞翔。我说的是那些命运卑微的麻雀，哪怕是在一条寸草不生的马路上，远远的，一棵树上会忽然飞起一群小小的恶作剧般的麻雀。相较于旷野上的村庄和茂密的森林，这些麻雀，像一群流浪在城市里的难民，它们习惯了被追赶，被机器的轰鸣和人群的驱散。它们机智、勇敢的翅膀掠过城市高高的楼群，在一些低矮的灌木和草地上栖息，对那些明亮的窗子和玻璃大厅视而不见。它们只关心地上的一粒粮食，低头寻找或者振翅歌唱，一飞冲天的麻雀战术，成为这些城市里最为经典的画面。

有一些看似简单的问题，却也常常困扰着我。比如这些麻雀的老家在哪里呢？习惯了乡村生活的人，总是以乡村的观点来看问题。在我早年的那些乡村记忆里，这些麻雀呀，喜鹊呀，斑鸠呀，等等，甚至乌鸦和夜猫子鸟，也都是有老家的。就像我们每一个人都会拥有自己的老家一样，每一只小鸟，最终都会飞回到自己的老家去。可是我在城市里观察了这么多年，从来没有发现一只鸟的老家。难道它们也和我一样，被命运赶到了城市，就再回不去了？

城市里活人难，活一只鸟更难。那么多农村的孩子为了出人头地到城市里打工，打着打着，就被这城市的五彩斑斓给迷惑了眼睛，他们中的大多数人既成不了城市人，又不愿意做回乡下人了，成了一群城市的候鸟，飞来飞去，不知道哪一天，可以飞回到自己真正的老家去。而一群麻雀一样的小鸟，在一片嘈杂的城市天空里，也无法找到自己的方向，它们费了多大的劲，才飞出了城市的一个街区。条条块块的城市森林，是永远没有尽头的方格子天空，没有了原野和庄稼的城市上空，乌云滚滚，怎么也看不见回家的方向。

一群又一群乡下人被城市生活困住了手脚，一群又一群鸟，也被城市的天空折断了翅膀。

那么这些宿命般的小鸟，是怎样在城市里养活自己的呢？这是一个谜团。尤其是在那些寒冷的季节里，这些身单力薄的小鸟，没有了成片的庄稼地和草垛，没有了低矮的屋檐和一棵巨大的树冠，它们依靠什么度过漫长的冬天？那些积雪覆盖的街道上，到哪里去寻找一粒活命的粮食呢？可是一到春天，这些活蹦乱跳的小精灵们，就又出现在城市的大街小巷了。这真是一个奇迹。

每一个早晨，我都会被这些清脆的鸟声叫醒。可是，它们蹲在黑夜里的那些时光，我去了哪里呢？我在一床温暖的被窝里，做着一场不着边际的梦。那些黑暗中的蹲守，那些风餐露宿的日子，一只小鸟的翅膀上刻满天空的背影。飞来飞去，白天黑夜，没有人告诉一只鸟，苦难就是这些没有尽头的飞翔。而一只小鸟的快乐，通过一双小小的翅膀和它不知疲倦的歌唱，被传递着，塞满了这个城市的大街小巷。

我们都是些疲于奔波的命，人和鸟，在城市的街道上行走和飞翔，永远无法放弃的，是自己的脚步和翅膀。城市人和乡下人，城里的鸟和田野里的鸟，我们眼睛里的天空，拥有共同的晴朗和一片驱不散的乌云。

后　记

立秋过后，天气变得温和了一些，虽然我的身体还停留在这个夏日的酷热里。的确，从1983年10月进入新疆的那一天开始，我在新疆的时光里，没有一天不是在晕眩甚至惶惑中度过的。有人可能觉得我言过其实了。其实呢，从踏上新疆的那一天开始，我的脑子里，就一直糊涂着新疆的“东西南北”，用一句鲁南老家的话说，就是“转向”。是的，我这一“转向”就是三十多年。人家说“东”的时候，我的脑子就是“西”，人家说“北”，我的脑子里一定是“南”。这许多年来，我的脑子里一直装着这么个“转向”的指南针在新疆大地上行走，时间长了，竟也习以为常，偶尔有一次因为什么奇怪的原因，脑子里有那么一个瞬间的“颠倒”，回归到正常方向了，反而觉得有些不适应了。

所以许多年来，可以用“晕头转向”来形容我在新疆的大致生活。因而我的新疆经验里，基本上没有东西南北准确的概念存在过。但是，这一点也没有影响到我在新疆大地上的漫游历程，从南疆到北疆，从沙漠到戈壁，帕米尔高原，昆仑山巅，天山腹地，阿勒泰的高山草甸，我见识过新疆的壮美和辽阔，也亲历了这些漫长山水间的人性与灰暗。经常听到有人说，自己走遍了新疆的每一个县，每一座山，每一条河流，可是，我并不会为这些带着炫耀的口吻而有所尊重，反倒让我觉出了几分浅薄和庸俗。我所尊重的，是那些除了脚步的丈量之外，一颗鲜活的心脏与大地的亲吻。与那些浮光掠影的观光客不同，也与那些冒险者的猎奇和欲望旅行不同，我的文字里，大多是关于这片土地上卑微者命运中的挣扎，那些荒天野地里迷茫的身影，更能激起我内心的波澜。

是呀，天涯的沦落和大美的山水之间，我总是难以取舍。这或许与个人的命运和经历有关吧。我的文字里满是忧伤，有时候走得越远，我内心的悲凉就愈加浓郁。走在路上，你望不见故乡，或者，是一条永远也回不去的故乡之路了。就这样，多少年来，我满怀欣喜又忧心忡忡地走在新疆的山水和美景之间，一次次遇见又短暂地挥别那些陌生的“亲人”，或许就是我永远的故土。一些人，一些风景，只是在路上，一个刹那的相逢，永远，只在路上。

《坎土曼的春天》，是我的第几本书了？我没有算过。我想说这本书的意义在于，我终于经由这些关于新疆的文字，触摸到了这片土地背后的真实存在。这些风沙弥漫中的春天般的往事，在这个秋日的午后，再一次撞击了我日渐苍老的心。

其实，写下了这些文字的时候，我的脑子里也还是分不清楚“东西南北”的。好在午后的时光里，已经多了些绵稠的回忆。

仅此，是为后记。